AF189773

Für Luca

Das Leben einer Tiroler Familie vor und nach der Flutung des Reschensees

Bibliographische Information der Deutschen
Nationalbibliothek:
Die Deutsche Nationalbibliothek verzeichnet diese
Publikation in der Deutschen Nationalbibliographie;
detaillierte bibliographische Daten sind im Internet über
dnb.dnb.de abrufbar

Herstellung und Verlag:
BoD – Books on Demand, Norderstedt

ISBN: 9783746057019

Ich bekenne, ich brauche Geschichten, um die Welt zu verstehen.

Siegfried Lenz

Prolog

Der Leumund von Ambros Dachgruber war über alle Zweifel erhaben. Die Familie, seine Nachkommen und auch die angeheirateten Familienmitglieder waren ehrliche, zuverlässige und arbeitsame Leute.

Aber warum musste ihnen immer wieder das Schicksal, das überwiegend von Menschenhand beeinflusst wurde, einen Knüppel zwischen die Beine werfen? Ein großer Eingriff in ihre Eigentumsrechte war diese unsägliche Flutung des Reschensees. Dadurch hat man ihnen Haus und Hof gestohlen, ja richtig, gestohlen und nicht nur weggenommen.

Die Menschen in Tirol oder deren Vorfahren hatten sich etwas aufgebaut. Sie wollten es nachhaltig bewahren und darin ihren Frieden und ihr persönliches Glück finden. Wollten sich ihre Zukunft erarbeiten. Aber plötzlich wurden sie fortgejagt, ohne nach ihren Bedürfnissen oder geschweige denn, nach ihren Wünschen gefragt zu werden.

Dann kamen noch Ereignisse hinzu, die sich durch unglückliche Verkettungen ergeben haben und zu allem Übel auch noch der Zweite Weltkrieg. Wie alle Kriege wurde auch der völlig zu Unrecht begonnen. Hitlers Krieg brachte unendliches Leid über die Bevölkerung. Er war das traurige Ergebnis menschlicher Absurdität und Grausamkeit.

Leider lernen manche Leute niemals hinzu. Auch jetzt, Anfang des Jahres 2022, wurde in Europa wieder ein Krieg unter fadenscheinigen, geschichtlichen Begründungen, die auch nicht den Tod eines einzigen Menschen rechtfertigen würden, vom Zaun gebrochen.

Dieser Roman ist frei erfunden und erhebt keinen Anspruch auf Vollständigkeit; er erzählt eine Geschichte, in der sich Recht und Unrecht konfrontieren. Dabei werden die Probleme des Lebens widergespiegelt, die sich auf der ganzen Welt ereignen können, genau so, oder so ähnlich.

Hauptpersonen im Roman

Ambros (der Unsterbliche) Dachgruber geb. 7.10.21 in Graun.

Genoveva (die Schicksalsweberin) Dachgruber, geb. Hichegger, geb. 17.10.22 in Graun.

Jakob (der von Gott beschützte) Gruber, geb. 19.9.1917 in Graun.

Anna (die Anmutige) Gruber, geb. Hichegger, geb. 15.1.1920 in Graun. Schwester von Genoveva.

Filomena (die Geliebte) Salzlechner geb. Dachgruber, geb. 15.4.1948 in Graun, 1. Tochter von Genoveva und Ambros.

Valentina (die Mutige) Dachgruber, geb. 16. 5. 1952 in Nauders. 2. Tochter von Genoveva und Ambros.

Urban Salzlechner, geb. 1.6.1946 in Mals.

Birgit (die Erhabene) Wirsching, geb. Salzlechner, geb. 15.3.1968 in Nauders. Tochter von Filomena und Urban Salzlechner.

Sven (junger Krieger) Wirsching, geb. 18.7.1967 in Laas.

Crescencia (die Wachsende) Jones geb. Wirsching, geb. 29.7.1988 in Zams. Tochter von Sven und Birgit Wirsching.

Tom (der Zwilling) Jones, 14.2.1987 in Zams.

Woody (der Waldreiche) Jones, Toms jüngerer Bruder.

Veronika (die Siegbringerin) Lynn Jones, geb. 1.5.2005 in Zams.

Thomas (der Zwilling) Brümmer, geb. 24.9.2004 in Nauders.

Weitere Personen

Dr. Sarah Brümmer, Mutter von Thomas Brümmer
Dr. Niklas Brümmer, Vater von Thomas Brümmer
Gabriele Brümmer, Schwester von Thomas Brümmer
Oliver Kramer, Freund von Thomas Brümmer
Ferdinand Krämer-Boltenhagen mit seinen Eltern
Ulrike Unger-Netz, Lehrerin in Landeck
Vincent van Gogh, Niederländischer Maler
Don McLean, US-amerikanischer Sänger
Hans Noggler und Franz Frötscher, Skifreunde von Thomas B.
Irving Stone, US-amerikanischer Schriftsteller
Hermann Hesse, Deutsch-schweizerischer Schriftsteller
Andrea Conrad, Mitschülerin von Veronika Jones
Projektleiter Gardumi, Reschensee
Adriano Gelatti, Arbeiter am Projekt Reschensee
Richard Eckert, Bürger von Graun
Die schwarze Trinali, Bürgerin von Graun
Michael Heinrich, Psychologe in Nauders
Frau Dr. Mutabo, Gynäkologin in Berlin
Bruno Brenneisen, Bürger von Graun
Alfred Rieper, Pfarrer von Graun
Johann Haselgruber, Bürger von Graun
Karl Erckert, Landeshauptmann von Südtirol
Raimund von Klebelsberg, Südtiroler Geologe
Andreas Hofer, Freiheitskämpfer von Tirol
Jan Vermeer, Niederländischer Maler
Josef Vogeltanz, Lehrer in Nauders
Gerhard Neuber, Freund von Jakob Gruber
Rembrandt van Rijn, Niederländischer Maler
Walter Chrzan, Hubschrauberpilot in Karres
Emil von Behring, Robert Koch und Paul Ehrlich
Isabel Heinrich, Erzieherin in Nauders
Tobias Heinrich, Bankkaufmann in Landeck
Marie Heinrich, Freundin von Crescencia
Josefine Euring, Freundin von Crescencia
Prof. Hans Jürgen Kunde, Chefarzt im Krankenhaus Zams
Harry Jones und Erika, mit Jimmy und Jenny
Reinhard und Andrea Fendrich
Gerhard Schulz, Biolandwirt in Nauders

9

RESCHENSEE
GEFLUTET MIT TRÄNEN

VON
HANS G. HIRSCH

Nauders in Tirol
Spätsommer 2022

In dem idyllischen Tiroler Bergdorf Nauders regnete es
schon seit den frühen Morgenstunden. Die sonst so
gewaltigen Gebirgszüge waren im Dunst der Regen-
schauer verschwunden. Das mächtige Grau dominierte
die großflächigen Wolken, die unbeweglich am Himmel
standen.

Der Regen trommelte unwirklich gegen die Fenster-
scheiben. In seinem Zimmer war es warm, fast zu
warm. Thomas Brümmer träumte vor sich hin, wog
seine Gedanken ab, konnte es sich noch nicht so richtig
erklären. Veronika Jones hatte ihn heute Mittag in der
Schule zum ersten Mal angesprochen. Völlig überraschend. Er hatte die plötzlich auftretende Röte in
seinem Gesicht nicht mehr verhindern können, was ihm
sehr peinlich gewesen war.

Thomas hatte die neue Mitschülerin lange Zeit überhaupt nicht beachtet. Sie war zwar sehr hübsch, aber
irgendwie eine Nummer zu groß für ihn, dachte er.
Kannte sie auch erst seit ein paar Wochen. Man hat sich
in seiner Schule erzählt, dass sie aus Deutschland
gekommen sei, aus Berlin. Ihr Vater, Tom Jones, habe
dort seine Frau und damit auch seine Tochter verlassen
und jetzt sei Crescencia Jones zusammen mit ihrer sieb-
zehnjährigen Tochter Veronika wieder in das heimat-
liche Bergdorf Nauders gezogen.

Tom und Crescencia waren einst in Nauders aufgewachsen und auch zur Schule gegangen. Hier hatten sie
sich kennengelernt.

Am 1. Mai 2005 kam dann ihre Tochter Veronika auf
die Welt. Unmittelbar danach war die junge Familie

verschwunden. Zusammen mit dem Baby, das erst ein paar Tage alt gewesen war, waren Crescencia und Tom ohne jegliche Vorankündigung weggegangen. Sie hatten fast alles in ihrer Wohnung zurückgelassen, Möbel, Kleider, ihre Teller und ihr Besteck. Das Haus, in dem sie gewohnt haben, hatte einst ihrer verstorbenen Urgroßtante Anna Gruber gehört. Da damals in Nauders sehr schnell bekannt geworden war, dass sie nur sehr wenige Gegenstände mitgenommen hatten, spekulierten die Leute in alle Richtungen. Ein vorbereiteter Umzug wäre natürlich anders abgelaufen. Es hatte eher nach einer übereilten Flucht ausgesehen.

Am Vorabend war es in der Bierkneipe Yetibar von Nauders noch zu einem Streit zwischen Tom Jones und seinem Bruder Woody gekommen. Aber auch Woody Jones konnte sich nicht erklären, warum sein Bruder mit seiner Familie plötzlich verschwunden war. Das hatte er damals zumindest behauptet. Der Grund der Auseinandersetzung sei lediglich eine kleine Unstimmigkeit unter Brüdern gewesen. Nichts Wichtiges. Man hatte auch schon einiges getrunken. Woody zeigte sich aber sehr aggressiv, wenn er auf den damaligen Streit in der Yetibar angesprochen worden war.

Die junge Familie war nach ihrem Verschwinden überall in Nauders und Umgebung gesucht worden, da man auch einen Unfall nicht ausschließen konnte. Aber sie war nirgends gefunden worden. Taucher suchten sogar den Reschensee ab, weil ein Zeuge in der Nacht zuvor die Familie dort gesehen haben wollte. In der Nähe von Graun. Am Kirchturm St. Katharina, der noch heute als politisches Mahnmal aus dem Wasser ragt und täglich an das versunkene Dorf Alt-Graun erinnert.

Der Zeuge Johann Haselgruber, ein zweiundachtzigjähriger Bürger aus Graun, wollte zusätzlich auch noch Stimmen gehört haben, die aus dem Kirchturm gekommen seien. Auch habe er ganz leise, fast gespenstisch, die Glocken von St. Katharina läuten hören.

Aber die Taucher hatten die junge Familie weder im Kirchturm noch im See finden können. Außerdem waren die Glocken vom Kirchturm St. Katharina bereits Mitte des zwanzigsten Jahrhunderts abgehängt worden.

Jedoch wollten einzelne Bürger, die das Fluten des Reschensees hautnah miterleben mussten, später immer wieder die Glocken des Kirchturms gehört haben ...

Der Vorfall, der sich damals Mitte Mai im Jahr 2005 abgespielt hatte, war im Lauf der Jahre immer mehr in Vergessenheit geraten.

Erst durch das kürzliche Auftauchen von Crescencia Jones mit ihrer Tochter Veronika wurde er wieder zum interessanten Gesprächsthema stigmatisiert.

Dass der Vater, Tom Jones, bei der Rückkehr nicht dabei war, verstärkte natürlich die Neugier der Bürgerschaft, … auch über Nauders hinaus.

Heute Mittag, direkt nach dem Unterrichtsende, war dann Veronika völlig überraschend auf Thomas zugekommen. Ob er vielleicht etwas Zeit habe, sie würde bei einigen Grammatikaufgaben nicht so richtig durchblicken. Hatte sie das wirklich ernst gemeint? Er musste seine Mitschülerin erst einige Sekunden überrascht anschauen, bevor er überhaupt zu einer Antwort fähig gewesen war. Nachdem er sich gefasst und einigermaßen gesammelt hatte, stammelte er verlegen: „Ja … gut, sagen wir 17.00 Uhr? Bei mir?"
Sie hatte nur leicht genickt und sich dann zufrieden lächelnd weggedreht.

13

Er hatte ihr irritiert nachgeschaut.

Sein bester Freund Oliver Kramer hatte ihm von hinten rau auf die Schulter geklopft und ihn aus seinen Gedanken gerissen. „Siehe da, unser Tommy macht sich an die Neue ran. Date heute Abend? Habe ich gerade noch mitbekommen. Oder habe ich mich vielleicht verhört, Tommy?"

Thomas hatte ihn verärgert angesehen. „Arschloch! Setze bitte keine Halbwahrheiten in die Welt, sonst bist du mein bester Freund gewesen … für immer und ewig." Dann war er borniert weggelaufen.

Das war natürlich eine Schlussfolgerung, die Oliver nicht gefallen hatte. „War doch nicht so gemeint, Alter. Spaß! Komm wir gehen noch bei Giovanni ein Eis essen, natürlich auf meine Kosten."

Thomas lächelte schon wieder, als Oliver den Arm freundschaftlich auf seine Schulter gelegt hatte. Beide waren gemeinsam in Richtung Ausgangstür gegangen.

Inzwischen saß Thomas in seinem Zimmer. Ungläubig schüttelte er den Kopf. Es war jetzt genau 16.30 Uhr. In einer halben Stunde würde sie kommen. Grammatikaufgaben? War es nur ein Vorwand? Thomas war in der Klasse einer der besseren Schüler. Er beteiligte sich sehr oft aktiv am Unterricht. Meldete sich auch regelmäßig, öfter als alle anderen. Er konnte auch diejenigen Aufgaben ohne größere Mühe lösen, mit denen seine Mitschüler und seine Mitschülerinnen überwiegend ihre Schwierigkeiten hatten.

War das vielleicht der Grund, warum Veronika heute gerade ihn angesprochen hat?

Thomas sah sich in seinem Zimmer um. Man könnte schon mal aufräumen. Er wollte das Bild seiner Eltern in den Schrank legen, entschied sich aber dann doch dagegen und ließ es auf dem Schreibtisch stehen. Auch das seiner Schwester Gabriele vom letzten Urlaub vor dem Rathaus von Poreč.

Aber die Socken, T-Shirts, seine Lieblingsjeans und die Motorradhefte sammelte er schnell zusammen, warf die Wäsche in den alten Rattankorb. Er nannte ihn Zauberkorb, da er seine schmutzige Wäsche einfach hineinwerfen konnte und sie nur wenige Tage später frisch gewaschen und ordentlich gestapelt in seinem Kleiderschrank wohlriechend wiederfand.

Ordnete dann die Motorradhefte sogar nach ihrem Ausgabedatum und legte sie sorgfältig in das Regal.

Er war heute allein im Haus. Gabriele, seine um zwei Jahre jüngere Schwester, hatte sich nach der Schule mit ihrer Freundin verabredet und seine Eltern, beide Ärzte, hatten heute Morgen erklärt, dass sie noch eine Spätschicht anhängen müssten. Gestern seien wieder acht Coronapatienten eingeliefert worden. Innerhalb einer Stunde.

Die Intensivstation der St. Vinzenzklinik in Zams sei schon seit Wochen ausgelastet. Das Personal reduziere sich aufgrund von Kündigungen der völlig überforderten Krankenhausmitarbeiter rapide, während immer mehr Patienten eingeliefert würden. Und ausgerechnet jetzt sei auch noch dieser neue Virus *Omikron* aus Südafrika im Anmarsch.

Thomas überlegte. *Von Südafrika an den Reschensee … ein langer Weg.* Durch das Klingeln an der Haustür wurde er aus seinen Gedanken gerissen.

Veronika lächelte Thomas selbstsicher an, nachdem er die Tür geöffnet hatte. Mit einer kurzen Kopfbewegung bat er sie, einzutreten.

15

„Kann ich meinen Mundschutz abnehmen? Bin doppelt geimpft."

„Natürlich, wir sind ja alle in der Klasse geimpft, außer Ferdinand, aber das hat ja, wie wir inzwischen wissen, andere Gründe."

Veronika erschrak und sah ihn fragend an. „Ferdinand ist noch nicht geimpft?"

Thomas nickte. „Ja, aber das erzähle ich dir mal später. Ist 'ne ziemlich tragische Geschichte. Der arme Ferdl muss da gerade einiges durchmachen."

Veronika lächelte unsicher und trat zögerlich ein. Sie stellte ihren Schirm in die dafür vorgesehene, bunt bemalte Milchkanne im Eingangsbereich und schaute sich interessiert um. „Hübsch habt ihr's hier."

Thomas nickte nur. Sie folgte ihm durch den großen lichtdurchfluteten Flur und anschließend die Wendeltreppe hoch in den ersten Stock.

Er öffnete die Tür zu seinem Zimmer, an der ein großes Poster von Valentino Rossi hing. Es war schon etwas älter und zeigte den mehrfachen italienischen Motorradweltmeister noch auf einer Ducati.

„Er hört dieses Jahr auf. Hat auch neunmal den Weltmeistertitel in der MotoGP gewonnen. Mit dem zehnten Titel wird es dann wohl nichts mehr werden."

Veronika nickte nur. Sie verstand überhaupt nichts von Motorradrennen.

Thomas' Grammatikheft lag aufgeschlagen auf seinem Schreibtisch. Neben dem Bild seiner Eltern.

„Wir machen ja zur Zeit dieses Plusquamperfekt durch. Ist eigentlich ganz einfach, wenn man sich mal näher damit befasst hat und durchgestiegen ist."

Jetzt nickte Veronika verhalten und wiederholte dann sarkastisch seine letzten Worte: „Ja, wenn man mal durchgestiegen ist. Aber gerade das ist mein Problem. Ich bin leider noch nicht durchgestiegen und in Berlin gibt es kein Plusquamperfekt, … oder ich habe halt noch nichts davon gehört."

Thomas lächelte seine Mitschülerin freundlich an. „Das Plusquamperfekt ist kein großes Geheimnis, sondern nur eine Zeitform für die Vorvergangenheit." Er zog seine Stirn in Falten. „Und wie ist die Vorvergangenheit zu verstehen?"

„Und genau das weiß ich nicht, Herr Oberlehrer. Vergangenheit ist doch Vergangenheit, fertig, aus! Einfach alles was früher mal passiert ist." Veronika schaute unsicher in seine Augen, dann lächelte sie wieder. „Aber deshalb bin ich ja bei dir … hauptsächlich."

Er schüttelte irritiert und etwas dümmlich den Kopf. „Wie hauptsächlich? Ich dachte ..." Veronika legte ihren rechten Zeigefinger auf seinen Mund, was er im ersten Moment doch als eine ziemlich persönliche und gleichzeitig überraschende Geste deutete. Es fühlte sich aber im selben Augenblick sehr angenehm an.

Sie lächelte überlegen und zog dann ihren Zeigefinger wieder langsam zurück. „Das erkläre ich dir später. Erst machen wir die Arbeit und dann ...", sie unterbrach sich selbst. „Wie sieht es jetzt mit dieser Vorvergangenheit aus?" Thomas nickte unsicher. Er war von Veronikas spontanem Verhalten überrascht, konnte sich dann aber wieder schnell auf ihre Frage konzentrieren.

„Gut, pass auf! Es handelt sich dabei um eine Tätigkeit, die zeitlich vor einer anderen Tätigkeit in der Vergangenheit passiert ist. Das heißt, dass wir dazu zwei Verben benötigen."

Veronika hob abweisend die rechte Hand. „Aber das braucht doch kein Mensch. Das Präteritum, oder wie die Österreicher sagen, die Mitvergangenheit, würde mir vollauf genügen. Stehe sowieso auf Kriegsfuß mit der Vergangenheit. Aber das ist eine ganz andere Geschichte. Wenn ich etwas zu sagen hätte, würde ich das Plusquamperfekt komplett aus dem Grammatikbuch streichen. Fertig ... aus!"

„Ja, kannst du versuchen, aber es steht nun mal drin. Wie schon gesagt, wir brauchen es halt, wenn es zwei Handlungen in der Vergangenheit gibt, die nicht gleichzeitig, sondern eine nach der anderen geschehen sind. Hat schon irgendwie seinen Sinn. Sag mir doch einfach mal zwei Verben!"

Sie überlegte kurz, bevor ihre braunen Augen frech strahlten: „Lernen und küssen."

Thomas lief rot an. Wurde unsicher. Da er im Moment nichts sagen konnte, lächelte ihm Veronika provokativ zu: „Als sie seiner Ansicht nach genug gelernt hatten, küsste er sie."

Unsicher stammelte Thomas. „Ja, das wäre schon ein Plusquamperfektsatz. Der erste Teilsatz greift zeitlich vor und ist abgeschlossen. Er steht im Plusquamperfekt, darauf folgt eine Aussage im Präteritum. Stimmt. Aber wie ..."

Sie nahm seine Hand. „Ein Tropfen Liebe ist mehr als ein Ozean Verstand."

Er schaute sie überrascht an und lächelte dann verhalten zurück. Diesen Satz hatte er jetzt nicht so richtig verstanden, aber ihre spielerische Leichtigkeit und die spontane Offenheit von Veronika gefielen ihm.

Am nächsten Morgen liefen sie gemeinsam zum Schulbus. Thomas hatte vorher auf sie gewartet.

Er versuchte sich an einer Klarstellung. „Das was

gestern Abend … also, dass wir … ich meine, könnten wir das für uns behalten?"

„Jetzt übertreibst du aber, soviel ist ja gar nicht passiert. Wir sind doch lediglich von der grauen Theorie, ich meine damit meinen Plusquamperfekt-Beispielsatz, in die praktische Welt übergegangen. Dadurch kann man sich den Lernstoff einfach besser merken. *Learning by doing*, wenn du verstehst, was ich damit meine? Aber natürlich, es geht niemanden etwas an … und die Klasse schon gar nicht. Wir dürfen uns nur nichts anmerken lassen." Veronika ergriff seine Hand. Nach ein paar Schritten drückte sie kurz fester zu und ließ sie dann wieder los.

Er lächelte nur bestätigend. Plötzlich hatte sich einiges in seinem Leben verändert.

Veronika war seine erste Freundin. Seine erste richtige Freundin. Auf diversen Partys war er zwar schon einigen Mädchen mehr oder weniger näher gekommen, aber daraus hatte sich bisher nichts Dauerhaftes entwickelt. Mit Veronika war das anders. Er fühlte es bereits an ihrem ersten Abend. Sie war ihm in einer ganz besonderen Weise nahe, aber er konnte sich diese Nähe nicht erklären. Eigentlich ging ihm das alles viel zu schnell. Veronika kam ja erst vor wenigen Wochen nach Nauders, aber er hatte immer wieder das Gefühl, dass er sie schon eine Ewigkeit lang kannte. Es war noch eine imaginäre Verbindung, die er nicht so richtig verstanden hatte. Oder war es schon Liebe? Richtige Liebe? Was war Liebe überhaupt? War es Zuneigung, Vertrauen, Sympathie oder noch mehr? Etwas völlig Neues …? Auf jeden Fall hatte es bei ihm etwas mit Schmetterlingen im Bauch zu tun. Dann war es also doch Liebe?

In ihrem Klassenzimmer konnte Thomas Veronika von hinten beobachten. Ihm fiel zum ersten Mal auf, dass sie ihr langes, blondes Haar immer wieder mit der rechten Hand sorgsam nach hinten strich, nachdem sie sich zum Lesen oder Schreiben nach vorne gebeugt hatte. Er glaubte, dass sie das unbewusst machte.

Vielleicht weil sie unsicher war? Thomas lächelte in sich hinein. Manchmal wartete er sogar gespannt auf dieses auffällige Ritual, das er noch nicht so richtig deuten konnte. Auf jeden Fall wusste sie, dass er die Möglichkeit hatte, sie jederzeit von hinten beobachten zu können.

„Unser Thomas ist heute wohl nicht so recht bei der Sache! Das bin ich von meinem besten Schüler aber überhaupt nicht gewohnt." Dass seine Lehrerin, Frau Unger-Netz, neben ihm stand, hatte er zunächst überhaupt nicht bemerkt. Aber Thomas konnte diese überraschende Situation schnell erfassen. „Ja, stimmt, habe schon den ganzen Morgen starkes Kopfweh und meine Paracetamoltabletten sind mir leider ausgegangen", log er spontan. „Werde aber nach der Schule gleich zur Apotheke Öttl gehen und Nachschub holen."

Frau Unger-Netz nickte mitfühlend und fuhr mit ihrem Geschichtsunterricht fort.

Nach der Schule lief Veronika zusammen mit ihrer Mitschülerin Andrea Conrad zur Haltestelle. Auch im Bus setzte sie sich zusammen mit Andrea ganz vorne hin. Thomas saß vorher schon in der letzten Reihe. In Nauders folgte er den beiden zwar ein kurzes Stück zu Fuß auf der Martinsbrucker Straße, bog dann aber gleich in die Reschenstraße ein, in Richtung seines Wohnhauses.

„Hattest du gestern Abend Besuch?"

Thomas erschrak. „Nein, wie kommst du darauf?" Er schaute seine Mutter gespielt verdutzt an.

„Nun, es hat mich halt gewundert, dass du aus zwei Gläsern getrunken und an einem sogar noch Lippenstift zurückgelassen hast."

Er lief rot an. „Ja, gut! Ich bin … ich musste … ich habe einer Mitschülerin aus meiner Klasse Nachhilfe in Grammatik gegeben und habe ihr natürlich auch etwas zu trinken angeboten. Das macht man ja bei uns so, wenn man Gäste hat, oder nicht?"

„Aha … doch … na gut. Ja, das macht man so bei uns. Gehört zu den einfachsten Regeln der Gastfreundschaft. Kenne ich die Mitschülerin zufällig?"

Ein gewisses Unbehagen stand ihm ins Gesicht geschrieben. „Nein, bestimmt nicht. Sie kam erst vor ein paar Wochen in unsere Klasse und ist mit dem Lernstoff noch nicht so weit. Habe ihr nur geholfen und bitte jetzt keine weiteren Spekulationen oder falsche Rückschlüsse, Mam." Thomas wechselte absichtlich das Thema. „Was gibt es zu essen?"

Sarah Brümmer ging zunächst nicht auf seine Frage ein und lachte erhaben. „Natürlich nicht. Ihr habt zusammen gelernt und das war's." Um ihren Sohn nicht weiter in Verlegenheit zu bringen, verließ sie wieder das Zimmer und rief ihm noch über die Schulter „Berner Rösti" zurück.

Thomas sah aus dem Fenster. Er erfreute sich an dem regen Treiben auf der Straße. Leute, die geschäftig in alle Richtungen liefen. Zwei Männer trugen gerade einen schweren Balken zu der nahegelegenen Baustelle des neuen Hotels, ein Junge hatte mit seinem Kinderfahrrad angehalten und sah ihnen interessiert nach. Drei

Frauen mit vollen Einkaufstaschen unterhielten sich so laut, dass er hinter dem geschlossenen Fenster jedes Wort verstehen konnte. Sie teilten sich gegenseitig stolz mit, dass sie bereits seit zwei Wochen geboostert seien und bei sämtlichen Impfungen nicht die geringsten Nebenwirkungen verspürt hätten. Die eine Frau könne beim besten Willen nicht verstehen, dass es auch Leute gebe, die sich nicht impfen lassen wollen. Die andere meinte abwertend, dass das wohl deren Sache sei und sie schon sehen werden, was dabei rüberkomme.

Ein junges Ehepaar lief zügig mit Wanderstöcken zur Ortsmitte. Zwei Motorradfahrer fuhren langsam zum nahegelegenen Hotel Lamm und hielten direkt vor dem Eingang an. Offensichtlich hatten sie eine lange Reise hinter sich. An beiden Motorrädern war ein finnisches Kennzeichen angebracht.

Thomas beobachtete gerne Menschen und versuchte dabei in seiner Fantasie zu erkunden, was sie sonst so taten, wo sie wohnten, wie sie lebten … wer sie waren? Dann dachte er an sich selbst, an sein bisheriges, noch junges Leben. Wer war *er* eigentlich? Versuchte dabei herauszufinden, welche Wünsche und Träume tief in ihm schlummerten. Dann fiel ihm spontan Veronika ein. Dachte bei seinen Gedanken an sie sogar an einen blonden Engel. War sie schon sein Engel? Schob diese kitschigen Gedanken aber dann sofort wieder beiseite. Lächelte aber trotzdem beflügelt in sich hinein und war glücklich. Veronika Jones. So hieß sie also … seine erste Freundin ... seine erste richtige Freundin. Aber ganz so weit war es noch nicht … oder doch?

Thomas Brümmer wohnte bereits seit seiner Geburt in Nauders. Ein Bergdorf in Tirol, wie viele andere auch. Knapp 1500 Einwohner. Die Seehöhe betrug fast 1400

Meter. Man lebte hier überwiegend vom Tourismus und zusätzlich von der Vieh- und Landwirtschaft. Nauders war nur ein Dorf von vielen im Tiroler Bundesland Österreich, aber es war seine Heimat. Ihr Haus war zwar keine Villa, aber schon ein schmuckes Einfamilienhaus. Seine Eltern arbeiteten beide in Zams im dortigen St. Vinzenz-Krankenhaus. Seine Mutter war Anästhesistin und Thomas' Vater arbeitete als Oberarzt auf der Intensivstation.

Thomas konnte kein Blut sehen, obwohl beide Elternteile Ärzte waren. Er wollte später etwas mit Kunst machen, liebte besonders die Arbeiten von Vincent van Gogh und auch den Maler selbst. Hatte schon viele Bücher über ihn gelesen. Ein sehr intelligenter Mann voller Visionen mit einem schwierigen Leben und einem schrecklichen Ende, das bis heute nicht vollständig aufgeklärt ist. Die Sieben-Millimeter-Pistole wurde sehr spät, erst in den 1960er Jahren, auf einem Feld nahe des südfranzösischen Dorfes Auvers-sur-Oise gefunden. Van Gogh soll sich damit im Jahr 1890 in die Brust geschossen haben. Zwei Tage später starb er. Es ist aber bis heute ungeklärt, ob er sich selbst erschossen hat, oder ob es doch zwei Jugendliche waren, mit denen Vincent van Gogh oft Probleme gehabt hatte, … nur weil er anders war, … anders dachte und anders lebte. Er hatte, wie jeder Mensch, auch seine Schwächen und die wurden rücksichtslos ausgenutzt.

Vincent hatte viele unerfüllte Liebeleien mit Frauen, die ihn teilweise ebenfalls ausgenutzt hatten oder von vorne herein ablehnten. Aber er war eine Lichtgestalt, was jedoch zu seinen Lebzeiten vom überwiegenden Teil seiner Mitmenschen unerkannt blieb. Man sah in ihm eher den unliebsamen, komischen Kauz, mit dem keiner etwas zu tun haben wollte. Besonders gut gefiel Thomas Van Goghs Sternenhimmel. Das Bild wurde von dem amerikanischen Sänger Don McLean sogar besungen. Es heißt bezeichnenderweise Vincent.

Thomas musste dann aber wieder an Veronika denken. Sie hatte den ersten Schritt gemacht. Er musste ihr daher etwas bedeuten, oder wollte auch sie ihn nur ausnutzen, so wie es Vincent ergangen war? Verwarf aber diesen absurden Gedanken sofort wieder.

Er überlegte. *Veronikas Mutter Crescencia kam wieder zurück in ihr Heimatdorf, in dem sie aufgewachsen und aus dem sie als junge Frau weggegangen war.*

Thomas kannte die Familie nicht. Als Veronikas Mutter, zusammen mit ihrem Freund Tom Jones, Nauders verlassen hatte, war Thomas nicht einmal ein Jahr alt.

Von seinem Smartphone ertönten die Glocken von Hells Bells. Sein Klingelton von Whatsapp. Veronika!

„Können wir uns heute Abend treffen?" Dahinter ein großes pulsierendes Herz.

Er schrieb zurück. *„Ja, freue mich schon. Wo?"*

„Am Gasthof Martha?"

„Ja, natürlich. Gerne. Bis heute Abend. 19.00 Uhr."

„Ja. Freue mich auch."

Sie saßen gemeinsam beim Abendessen. Thomas, seine jüngere Schwester Gabriele und ihre Eltern Niklas und Sarah. Die beiden Ärzte hatten sich heute sogar von ihrer Klinik loseisen können, was aber zur Zeit eine absolute Ausnahme darstellte.

„So, Leute, was gibt es Neues im Hause Brümmer? Bekomme ja zur Zeit überhaupt nichts mehr mit, seit sich dieser neue Covid-19-Virus förmlich in unserem Krankenhaus eingenistet hat, oder besser gesagt immer stärker mit der neuen Variante Omikron ausbreitet."

Niklas lächelte seine Frau herausfordernd an. „Alles was es bei mir Neues gibt, kannst du in den Krankenakten unserer Patienten nachlesen und was ich daheim mache, siehst du jeden Abend und jeden Morgen. Obwohl die Hausarbeit zur Zeit doch etwas zu kurz kommt. Bei mir also nichts Neues von Radio Eriwan."

Thomas lachte verschmitzt. „ … und bei mir ist auch nichts Altes kaputtgegangen ..." Er strahlte in die Runde, als hätte er gerade die Frohe Botschaft verkündet. Die restlichen Familienmitglieder sahen sich fragend an und blickten dann kopfschüttelnd zu Thomas. Gabriele war die Erste, die wieder Worte fand. „Aber sonst bist du doch gesund, Thomas, oder soll ich einen Rettungswagen für dich rufen oder besser gleich den Hubschrauber von der Bergrettung?"

„Nein, brauche ich alles nicht. Weder einen Rettungswagen, noch einen Heli. Bin kerngesund." Er schaute seine Schwester mit hochgezogenen Augenbrauen an. „Aber ich kann es meiner unwissenden Familie gerne erklären. Es ist doch eigentlich so, wenn nichts Altes kaputt geht, dann gibt es auch nichts Neues … und genau das war eben die Frage. Ist halt nur so eine Redensart."

Sarah lächelte. „Ach so, der Herr Sohn hat einen Witz aufgeschnappt und muss ihn jetzt unbedingt bei seiner Familie ausprobieren. Hat vermutlich einen Clown verschluckt."

Thomas blickte die anderen gespielt skeptisch an. „Jetzt habt ihr mir aber richtig Angst gemacht, ich dachte schon, ihr würdet mich ernst nehmen."

Sein Vater hob beide Hände. „Bei deinem Verhalten ist das eigentlich nicht zu befürchten."

Gabriele lachte laut über den Tisch. „Stimmt, Papa, seit gestern redet unser Thomas nur noch dummes Zeug daher und Mamas Bemerkung mit dem Clown kann ich voll bestätigen." Die beiden Frauen der Familie waren sich wieder mal einig und lächelten sich zufrieden an.

Jetzt schaltete sich Niklas wieder ein. „Und, Thomas, was war gestern anders als vorgestern?"

„Och. Nun, ... eigentlich gar nichts, warum fragst du?"

„Naja, weil natürlich auch mir aufgefallen ist, dass du seit gestern deutlich sichtbar über alle vier Backen strahlst ... heller als die Venus."

„Nein, da ist nichts, Papa. Alles gut. Bitte nichts hineininterpretieren oder ins Blaue spekulieren. Aber ich muss heute Abend nochmal kurz weg."

Sarah wurde hellhörig. „Wieder Nachhilfestunden?"

„Nein, natürlich nicht. Treffe mich im Almhof mit meinen Skifreunden Franz und Hans. Es geht um die Vorbereitung für unser Abfahrtsrennen im Dezember am Mutzkopf. Die Tiroler Skimeisterschaft steht ja bald an und ich will meinen Titel bei den Junioren verteidigen."

Diese Notlüge war unbedingt erforderlich. Nur dadurch konnte sich Thomas weitere unangenehme Fragen seiner Familie ersparen. Er war noch nicht so weit und Humor ist immer noch das beste Mittel, die Realität zu entschärfen, besonders, wenn einem die eigene Familie auf die Nerven geht.

Bereits um 18.45 Uhr war Thomas am Hotel Martha. Sie war noch nicht da. Als dann Veronika um 19.30 Uhr immer noch nicht aufgetaucht war und auch auf seine fünf WhatsApp-Anfragen nicht geantwortet hatte, lief er enttäuscht zum Almhof. Tatsächlich saßen seine beiden Freunde Hans und Franz an der Theke. Zufall? Zumindest hatte sich seine Notlüge jetzt neutralisiert.

Er gesellte sich zu ihnen. Trank aber nur zwei Bier; musste immer wieder an Veronika denken. Warum hatte sie sich nicht gemeldet?

Schon gegen 22.00 Uhr lag Thomas in seinem Bett und las die Biographie *Vincent van Gogh von Irving Stone*, als von seinem Handy Hells Bells ertönte.

„Es ging heute leider nicht. Entschuldigung! Meine Mutter hat mich dringend gebraucht. Es war wichtig, denn es geht ihr nicht besonders gut. Konnte dir leider auch nicht Bescheid sagen. Es ging nicht. Jetzt schläft sie ... Gott sei Dank!

Bis morgen in der Schule."

Thomas dachte nach. Er hatte Frau Jones zwei- oder dreimal im Dorf gesehen. Eine großgewachsene, stattliche Frau. Sehr vornehm. Eigentlich passte sie nicht in das Bergpanorama von Nauders. In ihrer Jugend musste sie sehr begehrt gewesen sein. Aber sie strahlte immer noch etwas ganz besonders Erotisches aus. Sie war hübsch, sehr hübsch, wie auch ihre Tochter Veronika.

Jetzt schläft sie ...? Er konnte die Worte von Veronika nicht nachvollziehen. Es klang, als wäre sie froh gewesen, dass ihre Mutter endlich eingeschlafen war. Und warum hatte sie ihm nicht vorher eine Nachricht übermitteln können? Dann hätte er wenigstens nicht so lange warten müssen. Und warum hatte sie an diesem Abend ihre Mutter nicht alleine lassen können? Nicht einmal für ein paar Sekunden um eine WhatsApp zu verfassen?

Kurz danach fanden aber dann die zwei Bier im Almhof doch ihre Wirkung und Thomas schlief ein, ohne dass er Antworten auf seine Fragen gefunden hätte.

Als sie aus dem Schulbus ausgestiegen waren, lief Veronika auf eine Parkbank zu und setzte sich hin, nachdem Thomas ihr einen fragenden Blick zugeworfen hatte. Die anderen Schüler liefen weiter. Als sie außer Sichtweite waren, setzte er sich zu ihr auf die Bank. Gerne hätte er den Arm um sie gelegt und dabei ihren Kopf an seiner Schulter gespürt. Aber es wäre der falsche Zeitpunkt gewesen. Sie hatte gerötete Augen. „Entschuldigung, Thomas. Das bin ich nicht. Ich meine, dass ich gestern Abend einfach nicht zu unserem vereinbarten Treffpunkt am Hotel Martha gekommen bin, aber ..." Sie unterbrach sich selbst und schaute ihn schuldbewusst an.

„Ja ... nein, kein Problem. Heute Abend selbe Zeit, selber Platz? Dann könnten wir reden."

Veronika nickte nur verhalten und stand langsam auf. Bevor sie wegging, bedachte sie ihn mit einem sorgenvollen Blick, den er im Moment nicht deuten konnte. Brach die erst vor kurzem entfaltete Liebe schon wieder in sich zusammen?

Thomas spürte kurz eine tiefe Distanz, aber danach sofort wieder diese warme Verbindung zu ihr, die er sich nicht erklären konnte. Blieb noch auf der Bank sitzen, als Veronika bereits hinter der Werbetafel der Brauerei Forst verschwunden war. Er hatte in ihren traurigen Augen Enttäuschungen und Verletzungen gelesen. Er wollte ihr helfen. Sah sich nach so kurzer Zeit bereits als Teil ihres Schicksals, wovon er aber noch nichts wusste. Gleichzeitig fühlte er sich hilflos, verstand aber nicht warum. Noch nicht!

Erwartungsvoll lief Thomas auf der Alten Straße, vorbei am Schloss Naudersberg, das seine Ortschaft auf einem kleinen Hügel im Süden überragt. Für die Schönheit des alten Gemäuers hatte er aber im Moment keinen Blick übrig. Auch hatte er es bisher noch nicht geschafft, die Innenräume des Schlosses, das sich in Privatbesitz befindet, zu besichtigen. Aber irgendwann würde er das nachholen. Vielleicht sogar mit Veronika? Es war 18.45 Uhr. Veronika stand schon an der runden Après-Ski Hütte vom Hotel Martha.

„Gehen wir spazieren?"

Thomas nickte freudig. „Ja, gerne."

Die knapp zwei Kilometer bis zur Talstation der Bergkastelseilbahn sprachen sie nicht miteinander. Kein Wort unterbrach die abendliche Stille. Er wollte ihr Zeit lassen. Wollte sie nicht drängen. Sie war heute in sich gekehrt und nicht so redefreudig, so spontan wie sonst. An der Skulpturenbank kurz vor der Talstation deutete Thomas an, dass sie sich doch setzen könnten.

Veronika warf die Stirn in Falten, dann entspannte sie sich und begann mit ihrer Erzählung, ohne dass er sie vorher fragen musste. „Es fällt mir sehr schwer, dir zu erzählen was mich bedrückt, aber ich will es auch nicht verheimlichen und ich habe Vertrauen zu dir. Wir kennen uns erst sehr kurz, aber wie gesagt, ich habe Vertrauen zu dir und … und ich liebe dich."

Überrascht sah er sie an. Das tat ihm gut. „Ja, ich liebe dich auch und du kannst offen mit mir sprechen, denn nur wenn ich weiß was dich bedrückt, kann ich dir auch helfen." Er kaute auf seiner Unterlippe. „Genau das ist es, was ich will. Ich will dir helfen." Thomas sah auch in ihrer Offenheit ein Zeichen der Liebe. Es regte sich etwas in seinem Herzen. Ein Gefühl, das er inzwischen verstanden hatte.

Veronika schluckte mehrmals, bevor sie zu sprechen

begann. „Du weißt ja, dass ich mit meiner Mutter vor kurzer Zeit wieder nach Nauders zurückgekommen bin. Eigentlich ist aber nur meine Mutter zurückgekommen; ich selbst war noch nie hier. Doch, eigentlich schon, aber nur als kleines Baby. Ich habe meine Kinder- und Jugendzeit in Berlin verbracht. Es war für mich schon ein großer Schock, als meine Mutter mir eines Tages sagte, dass sie wieder zurück nach Tirol ziehen wolle. Von der Großstadt auf's Land. Ich heulte, schlug die Zimmertür laut zu und schloss mich in meinem Zimmer ein. Warf mich schluchzend auf mein Bett und trommelte wild gegen die Matratze. Als meine Mutter nach mir sehen wollte, schickte ich sie wieder aus meinem Zimmer heraus. Ich befürchtete, alles zu verlieren, die Großstadt, meine Freunde … meine Heimat. Meine Stadt Berlin. Ich war so unendlich traurig. Meine heile Welt brach in sich zusammen. Aber ich sah auch, dass es meine Mutter unbedingt wollte und stimmte dem Umzug nach Nauders schließlich zu."

Veronika sah ziellos in die Ferne. „Als ich dann hier ankam, habe ich die Schönheit der umliegenden Berge völlig ignoriert, ich fühlte mich nur fremd, bedroht, ja sogar irgendwie ausgesetzt. Der Unterschied zwischen Berlin und Nauders war doch zu groß, zumindest für mich. Obwohl ich mich in Berlin manchmal sogar auf die neue Heimat gefreut hatte. Bin aber eigentlich am Ende nur meiner Mutter zuliebe hierher gegangen."

Sie lächelte in sich hinein. „Und jetzt sitze ich hier bei dir, in diesem zuvor so gehassten Bergdorf und … ja, ich bin glücklich … glücklich mit dir. Besser gesagt, ich könnte glücklicher sein, wenn da nicht … irgendein Schatten auf meiner Vergangenheit liegen würde, den ich im Moment selbst noch nicht richtig verstehen

30

kann. Der Grund, warum meine Mama wieder zurück nach Nauders wollte, waren die ständigen Streitigkeiten mit meinem Papa. Dabei ging es immer wieder um mich, aber ich wusste nicht warum."

Thomas legte den Arm um Veronika und tatsächlich neigte sie jetzt den Kopf gegen seine Schulter.

So verharrte das junge Paar eine Weile; er wollte sie nicht drängen, wollte ihr seine Empathie zeigen. Beide verloren sich in ihren Gedanken.

Dann begann sie mit brüchiger Stimme weiterzuerzählen. „Wie ich dir schon gesagt habe, wegen mir haben meine Mama und mein Papa damals Nauders verlassen. Ich war erst ein paar Tage alt. Den Grund habe ich aber bis heute nicht erfahren. Meine Eltern wollten einfach nicht darüber sprechen. Wurden jedes Mal richtig wütend, wenn ich sie danach gefragt hatte. Nicht erst seit wir hier sind, hat meine Mutter immer wieder diese Anfälle. In Berlin hatte es damit begonnen, als mein Papa plötzlich weg war. Sie blieb dann schweißgebadet den ganzen Tag im Bett liegen und hat verlangt, dass ich mich zu ihr setzte … ohne Handy. Erst als sie eingeschlafen war, durfte ich wieder ihr Schlafzimmer verlassen. Wie bei einem kleinen Kind. Sie wollte einfach nicht allein sein. Ich hoffte, dass es hier besser werden würde, aber gestern Abend war es mal wieder so weit. Sie vermisst meinen Papa immer noch." Veronikas Stimme wurde milder und ihre Augen nahmen einen traurigen Ausdruck an. „Ich hatte damals schon regelmäßigen Kontakt mit meiner Oma Birgit, die ja auch hier in Nauders wohnt. Anfangs über das Telefon und später über WhatsApp. Als ich dann fünfzehn Jahre alt war, habe ich meine Großmutter gefragt was genau los sei. Ich wusste zu diesem Zeitpunkt zwar schon einiges, wollte aber genau und vollständig wissen, was in meiner Familie und ganz besonders mit mir in der Vergangenheit alles passiert war. Auch sie blockte zunächst und suchte nach allen erdenklichen Ausreden. Aber dann, am nächsten Tag rief sie mich wieder an und wollte mir alles erzählen. Sie habe sich die ganze Nacht Gedanken darüber gemacht und ich hätte ein Recht darauf, alles zu erfahren. Ob ich dann mit meiner Mutter darüber reden wolle oder nicht, sei allein meine Sache. Außerdem sei jetzt genau der richtige Zeitpunkt, da ich im nächsten Jahr sechzehn Jahre alt werden würde.

Und dann erzählte mir Oma Birgit die Geschichte, aber leider nicht die ganze. Sie hat es versucht, aber sie konnte nicht. Ich habe mir schon ziemlich schlimme Dinge ausgemalt. Meine Oma fing ganz langsam an zu sprechen. Was sie sagte, kann ich noch wortwörtlich wiederholen. Sie erzählte mir folgende Geschichte: 'Ich bin in Nauders aufgewachsen, bin hier in den Kindergarten und auch in die Volksschule gegangen. Meine Eltern Filomena und Urban arbeiteten bei der Bergrettung. Sie waren viel unterwegs. Mussten bei der Rettungsstation Schichtdienst machen. Ich war oft bei meiner Oma Genoveva, die zusammen mit meinem Opa Ambros im Nachbarhaus wohnte. Wir hatten nicht besonders viel Geld, aber es reichte zum Leben. Später konnten meine Eltern mir mein Studium teilweise finanzieren. Der Rest ging über BAföG. Über ein Stipendium konnte ich sogar die ersten zwei Jahre ein Auslandsstudium belegen. Damals in Berlin. Das war schon eine besondere Ehre. Viele Leute unserer Gemeinde hatten kein Geld dazu, ihren Kindern ein Studium zu ermöglichen. Ich meine sogar, dass ich die

Einzige von Nauders war. Wir hatten auch noch Glück, dass wir in Nauders nicht vertrieben worden sind, wie meine Großeltern, die vorher noch in Graun gewohnt hatten. Du hast vielleicht sogar in Berlin davon gehört, dass vor mehr als einem halben Jahrhundert die beiden Dörfer Graun und Reschen geflutet worden waren, um einen Speichersee für ein Wasserkraftwerk anzulegen. Mindestens 160 Wohnhäuser waren damals gesprengt, abgetragen und geflutet worden. Die Dorfbewohner mussten zwangsweise umziehen oder besser gesagt, sie wurden weggejagt, wie räudige Hunde. Eine Sintflut von Menschenhand gemacht.

Nur den Kirchturm St. Katharina aus dem vierzehnten Jahrhundert mussten sie, soweit ich noch weiß, aus Denkmalschutzgründen stehen lassen. Heute stoppen auf dem dortigen Parkplatz die Touristen und fotografieren den Kirchturm im Wasser. Aber die wissen nicht, wie grausam es damals war. Man hatte die Menschen nicht einmal vor eine Wahl gestellt. Sie hatten sich dagegen aufgelehnt, protestiert und gewehrt, aber es half alles nichts. Es gab sogar Tote. Meine Großmutter Genoveva und auch deren Schwester Anna hatten es sehr schwer damals, denn als der Krieg endlich aus war, ging das Drama um die Flutung des Reschensees erst richtig los. Aber die ersten Arbeiten hatten schon vor dem Zweiten Weltkrieg begonnen.' Oma schluchzte laut und fuhr nach einer kurzen Pause fort: 'Nauders war, wie ich dir schon gesagt habe, zum Glück nicht betroffen. Aber meine Großeltern, Genoveva und Ambros Dachgruber, und auch meine Tante Anna Gruber mit ihrem Mann Jakob, waren Zeitzeugen und Geschädigte der Flutung ... der Flutung mit Tränen, wie sie es immer genannt haben. Ach, wenn es doch nur Tränen

33

gewesen wären! Das Schicksal hat sie noch viel härter getroffen. Die Tränen kann man wieder wegwischen und sie können sogar befreien. Aber es war damals noch viel schlimmer. Kannst du dir vorstellen, wenn dir jemand dein Haus wegnimmt, dein gewohntes und erarbeitetes Leben zerstört? Wenn ein gesunder Mann in den Krieg geschickt wird und krank an seiner Seele zurückkommt?'

Dann unterbrach meine Oma ihre Erzählungen. 'Nein, es tut mir leid. Ich kann es dir nicht weitererzählen. Vielleicht darf ich es auch nicht. Es ist so schrecklich, was unserer Familie noch alles widerfahren ist. Wir hatten förmlich das Pech an den Stiefeln kleben.

Einiges hing direkt und anderes indirekt mit diesem verfluchten See zusammen, aber auch der Krieg hat vieles kaputt gemacht.'

Natürlich habe ich meine geliebte Großmutter inständig gebeten, mir alles vollständig zu erzählen und dass es auch meine Familie, … meine Geschichte sei, aber sie blieb bei ihrer Entscheidung.

Leise sprach Oma weiter. 'Ich habe gedacht, ich könne dir alles sagen, aber ich kann es nicht. Es ist einfach zu viel passiert, damals. Vielleicht ist es auch noch zu früh. Du bist ja fast noch ein Kind.'

Sie räusperte sich mehrmals. 'Bitte verschone mich mit weiteren Fragen. Ich kann es wirklich nicht. Ich möchte auch erst mal mit deiner Mutter darüber sprechen.'"

Thomas sah Veronika mitleidig an. „Ja, es ist noch schwerer, wenn man Andeutungen bekommt. Besser wäre es vielleicht gewesen, wenn sie gar nichts gesagt hätte." Dann nahm Thomas Veronika liebevoll in den Arm. Sie lächelte ihn dankbar an. Fühlte sich bei ihm geborgen, nach der kurzen Zeit … da war sie wieder, diese ganz besondere Verbindung, die er spürte … meinte zu spüren.

Thomas dachte laut nach. „Deine Mutter heißt mit Nachnamen Jones und du auch. Wie hieß … heißt deine Großmutter?"

Veronika atmete schwer. „Birgit Wirsching, geborene Salzlechner. So heißt sie noch. Warum?"

„Ach nur so, aber nein, eine Familie Wirsching oder Salzlechner kenne ich nicht. Obwohl … doch jetzt fällt es mir wieder ein. Eine Familie Wirsching wohnt noch in Nauders und der Urban, das müsste dann ihr Vater gewesen sein, soll damals … aber ich weiß überhaupt nichts genaues darüber." Thomas überlegte. „Doch, dieser Urban soll einmal einen Unfall mit dem Hubschrauber gehabt haben … soll in den Bergen bei einer Notfallrettung abgestürzt sein. Aber wie gesagt, wie das genau war, weiß ich nicht mehr."

Thomas dachte nach. „Doch, da war noch etwas in der Familie. Die Frau von diesem Urban hieß Filomena und mit deren Schwester soll auch etwas ganz Schlimmes passiert sein … im Zusammenhang mit dem Reschensee. Ja, und deren Onkel Jakob soll ebenfalls auf eine ganz tragische Weise ums Leben gekommen sein. Er soll sich … Ach, ich weiß es nicht mehr genau und will dir auch keine Märchen erzählen."

Veronika stand langsam auf. „Irgendwann werde ich schon noch alles erfahren, liegt ja auch sehr weit in der Vergangenheit oder sogar in der Vorvergangenheit." Sie lächelte Thomas verschmitzt an. „Aber, auf der anderen Seite, … was ich nicht weiß, macht mich nicht heiß. Gehen wir wieder zurück?" Thomas nickte und nahm ihre Hand. Er zog Veronika eng an sich heran.

Nachdenklich machten sie sich auf den Heimweg.

Ein schmerzerfüllter Ausdruck zog sich über Veronikas Gesicht. Sie überlegte kurz, ob es ein Fehler gewesen war, Thomas ins Vertrauen zu ziehen. Aber sie hatte ja eigentlich gar nicht so viel erzählt. Mit seinen angedeuteten Vermutungen wollte sie sich auch nicht weiter beschäftigen. Die Leute erzählen ja viel. Da hatte er recht. Thomas war anders. Allein vom Druck seiner Hände strömte ein innerer Friede und eine ganz besondere Freude in ihren Körper, so dass alles um sie herum wieder warm und herzlich erschien.

Veronika atmete tief durch. „Meine Mutter sagte mal, dass das Schicksal oft das Ergebnis unserer eigenen Dummheit sei. Ich habe diesen Satz nicht verstanden. Aber irgendetwas muss früher passiert sein. Etwas, was man nicht mehr gutmachen konnte. Deswegen habe ich mir geschworen, dass ich sie nie allein lassen werde, wenn sie mich braucht. Deshalb bin ich gestern, als sie diesen Anfall hatte, auch nicht zu unserem Treffpunkt gekommen."

Thomas nickte mitfühlend und drückte ihre Hand noch fester. „Auch wenn ein Mensch eine falsche Entscheidung getroffen hat, kann man ihn lieben."

Veronika lächelte Thomas dankbar an. Sie liefen trotz aller Sorgen glücklich, Hand in Hand, durch Nauders.

„So, musste der Herr Sohn wieder Nachhilfestunden geben? Lass mich raten, derselben Schülerin wie beim letzten Mal?" Sarah Brümmer sah ihren Thomas herausfordernd an. War da eine kleine Spur von Eifersucht in ihren Worten verborgen? Er lächelte seine Mutter nur überlegen an und verschwand dann kommentarlos in seinem Zimmer.

Niklas blickte Sarah fragend an. „Das Wort habe ich

nun schon zum zweiten Mal gehört. Unser Sohn nimmt Nachhilfestunden? Habe ich da was verpasst?"

Die beiden Ärzte waren heute tatsächlich etwas früher von der Klinik heimgekommen. Hatten sogar am nächsten Tag erst um 13.00 Uhr die Mittagsschicht und freuten sich auf einen entspannten Abend.

„Nein, das hast du komplett in den falschen Hals bekommen, Niklas. Unser Sohn nimmt nicht, sondern er gibt Nachhilfestunden, und zwar einer jungen Dame."

„Und hat die junge Dame auch schon einen Namen?"

Sarah lächelte. „Ja, die hat ganz bestimmt einen Namen. Nur konnte ich den unserem Herrn Sohn leider noch nicht entlocken. Er hat sich sofort in sein Zimmer verzogen. Sein Verhalten kann ich zwar im Moment noch nicht so richtig deuten, aber eine entsprechende Vermutung habe ich da schon."

„Nun ja, interpretieren wir da mal nicht zu viel hinein. Vielleicht bleibt es ja bei den Nachhilfestunden. Das werden wir alles noch rechtzeitig erfahren."

Niklas Brümmer nahm die Oberländer Rundschau aus dem Zeitungskorb und vertiefte sich in seine Tageszeitung. Die ersten drei Seiten handelten nur von Corona, … in Tirol, in Österreich und in der ganzen Welt. Die Infektionszahlen hatten sich in den vergangenen Tagen zwar etwas gesenkt, stiegen dann aber plötzlich wieder in schwindelerregende Höhen an.

Sarah setzte sich neben ihren Mann auf das Sofa. Niklas schaute sie konsterniert an. „In Berlin soll ein Mann mehrere Monate tot in seiner Wohnung gelegen haben. Erst als dort der Stromzähler abgelesen werden sollte, konnte die schon ziemlich stark verweste Leiche entdeckt werden. Sah nicht mehr besonders gut aus, wie du dir sicher vorstellen kannst.

Die Beerdigung sei auf Staatskosten veranlasst worden. Die Familie des Mannes war zwar noch in Berlin gemeldet, aber in einem anderen Stadtteil und konnte dort nicht mehr angetroffen werden. Sie war inzwischen bereits weggezogen. Sie hatte sich zwar abgemeldet, aber keine neue Adresse hinterlassen. Hier verlor sich dann auch die Spur."

Sarah blickte ihren Mann ergriffen an. „Ach! Aber mich wundert dabei schon, dass die Nachbarn von dem Mann nichts bemerkt haben. Ich meine, wenn sich in der Nachbarwohnung wochenlang nichts bewegt."

Niklas schaute kritisch von seiner Zeitung hoch. „In den Städten ist das halt anders als bei uns auf dem Land, da kümmern sich die Leute nicht so intensiv um ihre Nachbarschaft."

Sarah pflichtete ihm bei. „Ja, stimmt. Da wohnen die Leute jahrelang nebeneinander und haben vielleicht noch kein einziges Wort miteinander gesprochen."

Niklas nickte bestätigend. „Ja, ich bin zwar auch kein Freund von ständigen Treffen mit der Nachbarschaft, aber ein freundliches Grüß Gott oder ein paar flüchtige Worte über das Wetter sind doch allemal drin."

„Smalltalk."

„Was ist los?"

„Nichts ist los. Ein paar flüchtige Worte über irgendein belangloses Thema nennt man Smalltalk."

Niklas schaute seine Frau spitzbübisch an. „So, so. Die Frau Anästhesistin will den Leitenden Oberarzt wieder mal belehren."

Als Sarah den Raum bereits verlassen hatte, überlegte er laut. „Von mir aus. Daheim ist es mir natürlich lieber, als im Krankenhaus vor dem ganzen Personal. Außerdem ist mir der Begriff Smalltalk sehr wohl bekannt ..."

77 *Jahre vorher*
Graun in Südtirol
Frühjahr 1945

Der Zweite Weltkrieg war beendet!

Die kleine Ortschaft Graun musste an beiden Fronten Opfer beklagen. Die kriegsfähigen Männer von Tirol hatten auf der einen Seite für Deutschland und auf der anderen für Italien gekämpft. Manche sogar auf beiden Seiten. Zuerst für die Italiener und danach für die Deutschen.

So wie in Deutschland Hitler als *der Führer* bezeichnet wurde, so trug Benito Mussolini den Beinamen *Duce*, was ebenfalls *Führer* bedeutet.

Wie in Deutschland sehnte man sich auch hier nach einem starken Mann, der die Menschen führen sollte. Viele Italiener waren von Mussolini begeistert und folgten ihm bedingungslos.

Hinterfragten ihr Vertrauen nicht.

Mussolini kam im Jahr 1922 an die Macht. Wie auch in Deutschland Hitler, errichtete er einen Einparteienstaat, schaffte die Demokratie ab und herrschte als uneingeschränkter Diktator. Jegliche Opposition und jede andere Meinung wurden unterdrückt und sogar oft hart bestraft. Wer im Weg war, wurde eiskalt beseitigt.

Auf der anderen Seite fühlte sich ein Teil der Grauner Bürger, wie auch viele andere Tiroler, zu Deutschland hingezogen. Erhofften sich von Hitler ihre Befreiung von den Italienern, von denen sie immer mehr geknechtet wurden und deren Sprache sie sprechen mussten, aber nicht wollten oder konnten.

Bereits ab dem Schuljahr 1925/26 durfte in Südtirol die deutsche Sprache in den Schulen nicht mehr gelehrt werden. Der Unterricht wurde auf Italienisch umgestellt. Nur der Religionsunterricht durfte weithin in Deutsch abgehalten werden. Es gab aber jetzt die sogenannten Katakombenschulen. Der Unterricht wurde in Kellern oder nach außen nicht sichtbaren Räumlichkeiten von Lehrerinnen abgehalten, die offiziell als Bäuerinnen oder sonstige Arbeiterinnen getarnt waren.

Die Bürger wurden damals vor ein Ultimatum gestellt. Entweder sie verließen ihre Heimat und gingen nach Deutschland, oder sie entschieden sich dazu, hier zu bleiben und Italiener zu sein oder zu werden.

Adolf Hitler nannte seine Aktion, nach Deutschland zu kommen: *Heim ins Reich!* Von beiden Seiten wurden Gerüchte gestreut. So hieß es, dass die italienische Regierung alle *Dableiber* nach Sizilien umsiedeln würde, oder dass die Deutschen alle *Optanten* nach Ostpolen schicken würden.

Häufig stritten sich die Älteren mit der Jugend, die Frauen mit den Männern und sogar die Geschwister untereinander. Offiziell durfte aber nur das männliche Familienoberhaupt für seine Frau und die unmündigen Kinder sprechen und eine Entscheidung treffen. Die Zeit wurde knapp und man musste sich bald festlegen.

Als Hitler dann später Tirol besetzt hatte, konnten die Männer nur noch als Soldaten für die deutsche Armee eingezogen werden.

Aber es gab auch noch weitere Möglichkeiten. Die Grauner mussten komplett auswandern, wozu sie jedoch ein Visum benötigt hätten, das aber schwer zu bekommen war, oder sie flüchteten in die Schweiz oder in die Einsamkeit der umliegenden Berge und mussten alles zurücklassen, ihren Hof, ihr Wohnhaus, ihr Vieh. Oft war diese Entscheidung noch in der Nacht getroffen worden und schon am nächsten Morgen verließ man noch vor Sonnenaufgang sein Haus. Es musste alles sehr schnell gehen. Man wusste aber nicht, ob oder wann man sein Haus und seine Heimat wiedersehen würde. Es war der sichere Tod, wenn man bei der Flucht von den Soldaten erwischt wurde.

Genoveva und Ambros Dachgruber hatten es geschafft. Sie saßen stumm in der dunklen Stube ihres Wohnhauses, in der Ortsmitte von Graun. Ihr Haus stand unmittelbar neben der Kirche St. Katharina, deren Glocken gerade laut zur Mittagszeit läuteten. Von ihrem Küchenfenster aus sahen sie jeden Tag den Kirchturm. Fühlten sich im Schutz der Kirche sicher.

Erst vor einer Stunde waren sie wieder in ihr Haus zurückgekehrt … nach drei Monaten, unbemerkt versteckt in den Schweizer Bergen. Ambros hatte als Soldat bereits in den Jahren 1940 und 1941 für Italien gekämpft. Er kam kurz vor Weihnachten, im Dezember 1941, verletzt von der Front zurück. Den glatten Durchschuss seines linken Oberschenkels durfte er nach vier Wochen im Lazarett zuhause weiterbehandeln lassen.

Als die Deutschen später Italien eingenommen hatten, und auch die Grauner Männer für Hitlers Krieg rekrutieren wollten, führten Ambros und Genoveva ein langes Gespräch, das erst um Mitternacht endete.

Am nächsten Morgen hatten sie ihr Haus heimlich verlassen und flohen in aller Frühe zunächst in die Grauner Berge und anschließend über die grüne Grenze in die Schweiz. Sie hatten nur das Nötigste zusammengepackt und ließen ihr trautes Heim, sowie ihr Hab und Gut zurück. Ambros hatte wehmütig die Haustür abgeschlossen. Zweimal, … was er sonst nie tat!

Genoveva wäre gerne in ihrem Haus geblieben, aber das hätte ihr Todesurteil bedeutet. Das Kriegsgesetz wurde in aller Schärfe angewandt. Zu dieser Zeit wurde auch die zurückgebliebene Ehefrau eines Deserteurs gnadenlos erschossen.

Das Ehepaar Dachgruber hatte noch Glück gehabt. Sie konnten sich rechtzeitig absetzen und am Fuße des Piz Mundin auf einem einsam liegenden Bauernhof einer Schweizer Familie erfolgreich verstecken.

Ambros und Genoveva mussten natürlich sofort in der dortigen Landwirtschaft mitarbeiten. Sie bekamen dafür zwar reichlich zu essen, hatten jedoch immer wieder Angst, entdeckt zu werden. Aber sie konnten so die letzten Monate des Krieges unbeschadet überstehen.

Als sich die Nachricht, dass der Krieg endgültig vorüber sei, bis in die Schweizer Berge herumgesprochen hatte, packten sie ihre Rucksäcke, bedankten sich bei ihren Gastgebern, und liefen die weite Strecke nach Graun zu Fuß zurück. Man versprach sich sogar beim Abschied von der Schweizer Familie noch zukünftig gegenseitige Besuche.

Der Hausschlüssel, den Genoveva bei der Schweizer Familie in ihr Kleid eingenäht hatte, passte noch.

Das Ehepaar tastete sich vorsichtig in die Wohnstube. Es sah aus, als hätte sich während ihrer Abwesenheit nichts verändert.

Erleichtert setzten sie sich an den verstaubten Tisch. Schauten sich gegenseitig wortlos an. Irgendwie glücklich, aber im Moment doch ratlos.

Ambros war in den vergangenen drei Monaten sichtbar gealtert. Im gleichmäßigen Schein des hereinfallenden Sonnenlichts erkannte Genoveva, dass sich seine Gesichtszüge verändert hatten. Gefurcht und vom Wetter gegerbt zeigte sein Gesicht rücksichtslos und freimütig die von schwierigen Zeiten und Sorgen eingegrabenen Spuren. Obwohl er erst dreiundzwanzig Jahre alt war, zeigten seine Haare schon einen beginnenden grauen Ansatz. Genoveva war zweiundzwanzig Jahre alt.

Sie schaute Ambros wieder kritisch an. Genoveva vermisste inzwischen das Lächeln auf seinen Lippen, seine Leichtigkeit und seine Jugend. Gerade das war es doch, was sie so sehr an ihm liebte, als sie vor zwei Jahren, mitten im Krieg, geheiratet hatten. Wie konnte sich ein Mensch in dieser kurzen Zeit nur so verändern? Ausgeprägte Wangenknochen rahmten seine kurze und flache Nase ein. Seine breite Stirn war in starke Falten gelegt. Ambros' grüne Augen zeigten nicht den sonst so gelassenen Blick. Er saß in sich ruhend in dem hohen Stuhl mit dem selbstgeflochtenen Sitz aus Schilfgras.

Alles war anders. Sie mussten sich erst wieder an ihr eigenes Haus gewöhnen. Um sie herum schien ein neues, ein ganz anderes Leben einzukehren. Vor ihnen lag eine ungewisse Zukunft … aber es war ihre Zukunft. Was wird noch alles passieren in ihrem Leben, nachdem sie bereits in jungen Jahren einen Weltkrieg mitmachen mussten? Bisher hatten sie ja eigentlich Glück gehabt, aber was wird noch alles kommen? In ihren Augen standen viele Fragen, aber sie spürten auch im Innersten die langsam wiederkehrende Kraft, die den jungen Eheleuten neue Stärke verleihen sollte. Das Wichtigste war aber, dass der Krieg endlich vorbei war.

Ambros seufzte kurz und nickte dann doch hoffnungsvoll seiner Frau zu, bevor er energisch aufstand.

„Ich schaue mal in die Werkstatt, ob meine Maschinen noch da sind. Dann könnte ich morgen sofort mit der Arbeit anfangen und es würde wieder etwas Geld in unsere Kasse fließen, oder zumindest könnte ich meine Waren gegen Essen eintauschen. Was aber noch besser wäre, gegen ein paar fette Schweine und einige Milchkühe." Ambros lief mit neuem Mut aus der Wohnstube. Die Schreinerwerkstatt, sowie das Wohnhaus hatte er von seinem verstorbenen Vater in sehr jungen Jahren übernehmen müssen. Er war damals gerade mal achtzehn Jahre alt gewesen. Seine Mutter hat er nie richtig kennengelernt. Als sie im Frühjahr 1923 an einer schweren Bronchitis starb, war Ambros erst zwei.

Genoveva lächelte gedrückt. Ihr Haus war tatsächlich noch so, wie sie es zurückgelassen hatten. Damals bei ihrer überstürzten Flucht. Die Spinnen im Haus hatten ganze Arbeit geleistet, aber die Spinnweben und der Staub würden schnell entfernt sein.
Sie wollte wieder nach vorne sehen und versuchte die Ereignisse der vergangenen Monate zu verdrängen. War auch glücklich darüber, wie forsch ihr Ehemann gerade aufgestanden war. Musste an Hermann Hesse denken: *Jedem Anfang wohnt ein Zauber inne.*
Die ständige Angst, entdeckt zu werden, die sie in den zurückliegenden drei Monaten erfasst hatte, würde sie mit Sicherheit in den nächsten Tagen … nein, in den nächsten Jahren immer noch verfolgen. Dessen war sie sich sicher, obwohl sie es nicht wollte. Aber das konnte sie nicht steuern. Auch sie seufzte jetzt klagend auf. Hatte aber damit gewartet bis Ambros in seiner Werkstatt war. Sie sprach laut zu sich selbst. „Man könnte eigentlich froh sein, dass dieser unselige Krieg vorüber ist, aber ich kann es immer noch nicht so richtig glauben. Wie viele Menschen mussten ihr Leben lassen? Wir hatten großes Glück. Wir haben unser Leben noch

und unser Haus und somit auch unsere Heimat."

Sie wiederholte laut. „Großes Glück!"

Kurze Zeit später klopfte es an die Tür, die sofort danach vorsichtig geöffnet wurde. „Ihr seid wieder zurück?" Ihre Nachbarin und ältere Schwester Anna Gruber schaute unsicher in die Stube.

Genoveva lief ihr entgegen und umarmte sie herzlich, aber doch mit Wehmut im Blick.

Anna schaute ihrer Schwester jetzt glückselig ins Gesicht. „Ich habe jeden Tag für euch gebetet. Gott sei Dank! Ihr seid wieder zurück."

Dann schaute sie sich schockiert um. „Wo ist Ambros?" Anna legte besorgt die Hand auf ihren Mund. „Ihm ist doch hoffentlich nichts passiert?"

„Nein, Gott sei Dank nicht. Er ist gerade in der Werkstatt. Unsere Vorräte sind alle aufgebraucht oder verdorben und das Leben muss ja weitergehen … und wie geht es euch?"

Anna senkte traurig den Kopf. „Jakob, mein Mann …" Sie atmete tief durch. „Er ist noch nicht zurückgekommen. Zwei Tage, nachdem ihr weg wart, haben sie an unsere Tür geklopft. Die beiden deutschen Offiziere waren zunächst an eurem Haus. Als sie dort keinen Erfolg hatten, drangen sie gewaltsam in Ambros' Werkstatt ein. Nachdem sie wieder herausgekommen waren, schüttelten sie nur ratlos die Köpfe. Dann gingen sie zu uns rüber. Haben Jakob einen Einberufungsbefehl vor die Nase gehalten und ihn gleich mitgenommen. Er durfte noch seine Tasche packen und seitdem habe ich meinen Mann nicht mehr gesehen. Ich konnte mich nicht einmal richtig von ihm verabschieden. Jakob wollte den Offizieren noch erklären, dass er weiterhin an seiner Handgranatenverletzung, die er sich, wie du ja

weißt, bereits bei seinem ersten Kriegseinsatz zuge-
zogen hatte, leiden würde, aber darauf haben sie überhaupt keine Rücksicht genommen. Einer der beiden
Soldaten sagte noch, dass seine Kriegsverletzung ja
bereits entsprechend alt wäre und inzwischen ausgeheilt
sein müsste. Die beiden Männer waren irgendwie …
eiskalt. Ich war mir sicher, dass sie ihn an Ort und
Stelle erschossen hätten, wenn er sich geweigert hätte,
mitzugehen."
Genoveva nickte betroffen und schaute ihre Schwester
dann fragend an. „Kein Brief bisher oder eine sonstige
Nachricht?"
„Nein, leider nichts, bis zum heutigen Tag. Nichts!
Aber vielleicht ist es ja ein gutes Zeichen. Ich bin sogar
froh, wenn keine Post von der Wehrmacht kommt. Ich
könnte es nicht ertragen, wenn ich an der Haustür einen
von diesen Todesbriefen öffnen müsste … gefallen
für's Vaterland … Ich könnte es nicht ertragen."
Genoveva sah ihre Schwester mitfühlend an. „Unsere
Speisekammer ist, wie schon gesagt, natürlich noch
leer. Ich kann dir jetzt leider nicht einmal eine Polenta
anbieten."
Anna lächelte mitleidig. „Ja, klar. Dann kommt doch
nachher zu mir rüber, sagen wir in einer halben Stunde.
Habe noch etwas Speck, Käse und Zwieback … und
eine Polenta wäre auch schnell gemacht. Das reicht
auch noch für euch … und ich bin dann nicht mehr so
allein. Ich bin unendlich froh, dass ihr wieder da seid."
„Danke Schwesterherz. Das ist lieb. In einer halben
Stunde."
Anna Gruber war nicht nur Genovevas Schwester,
sondern gleichzeitig auch ihre allerbeste Freundin. Sie
wohnte zusammen mit ihrem Ehemann Jakob Gruber

unmittelbar neben den Dachgrubers in der Ortsmitte von Graun.

Anna war eine gutmütige und gottesfürchtige Frau. Ihre aufmerksamen Augen wechselten seltsamerweise immer wieder zwischen grün und blau und waren stetig weit geöffnet, so als wolle sie den Mitmenschen damit tief ins Herz sehen und sich ihrer Sorgen annehmen. Zwei leichte Linien zogen sich von ihren Nasenflügeln zu ihrem Mund. Trotz der aktuellen Sorgen lag immer wieder ein Lächeln auf ihrem pastellfarbenen Gesicht. Anna arbeitete unermüdlich im Dienste Gottes, sorgte insbesondere dafür, dass die Kirche St. Katharina, die unmittelbar neben ihrem Wohnhaus stand, für die Besucher immer in einem einladenden Glanz erstrahlte. Sorgte auch für den kirchlichen Blumenschmuck. Oft stand sie morgens noch vor Sonnenaufgang auf, ging in die Kirche und las dort in der Bibel oder betete. Oft für Jakob. Anna war gebildet, liebenswürdig und feingeistig. Ihr Urteil war immer durchdacht und gerecht. Sie war für Genoveva die beste Schwester und Freundin, die sie sich nur vorstellen konnte.

Als Ambros von seiner Werkstatt zurückkam, wurde Genoveva aus ihren Gedanken gerissen. „In unserer Schreinerei ist fast noch alles da. Die Bandsäge war denen offensichtlich zu schwer. Aber das Türschloss am Eingang war aufgebrochen. Irgendetwas haben sie gesucht … vielleicht sogar mich. Lediglich ein paar Holzschrauben und die Kiste mit Kupfernägeln hat irgendjemand gebrauchen können. Ich werde morgen gleich mit der Arbeit beginnen. Hoffe, dass die mir vorliegenden Aufträge noch aktuell sind … oder dass meine Auftraggeber noch leben. Aber heute muss ich mich erst mal ausruhen und wieder eingewöhnen."

Genoveva nickte. „Ich hoffe, dass jetzt alles gut wird. Wenigstens haben sie unser Haus nicht zerstört und wir können wieder hier wohnen. Jetzt wird alles gut, Ambros. Ich glaube ganz fest daran."

Ihr Mann zog kritisch die Augenbrauen hoch. „Ja, schon. Aber ich hoffe, die Geschichte mit dem Staudamm hat sich, jetzt nach diesem unseligen Krieg, endgültig erledigt. Wenn ich das sicher weiß, dann, … ja, dann erst kann ich wieder ruhig schlafen. Wir haben eigentlich während des Krieges genug gelitten. Irgendwann muss doch mal Schluss sein mit diesen Schicksalsschlägen! Ich hoffe inständig, dass wir das Schreckgespenst der Stauseeflutung für immer loshaben, da es jetzt auch keinen Faschismus mehr geben wird. Ich persönlich würde eine demokratische Staatsform begrüßen. Das wäre dann aber das einzig Positive, was uns dieser Krieg beschert hat. Man darf die Hoffnung nicht aufgeben. Vielleicht leben wir sogar irgendwann in einem autonomen Tirol ohne jegliche Abhängigkeit von irgendeinem anderen Land." Ambros schaute Genoveva hoffnungsvoll an.

Bereits im Jahr 1911 wollte man, damals noch unter österreichischer Monarchie, einen Stausee am Reschenpass bauen. Doch dann kam der Erste Weltkrieg dazwischen. Aber schon zwei Jahre nach diesem Krieg, im Jahre 1920, wurden die Pläne, jetzt von Italien, erneut aufgegriffen. Mussolini wollte in Bozen ein großes Fabrikwerk erbauen lassen und benötigte dafür natürlich Strom. Die Lösung war schnell gefunden: Der bereits geplante Stausee im Vinschgau! Die italienische Regierung griff den Plan aus dem Jahr 1911 wieder auf und erteilte eine Konzession für die Anhebung des

Wasserspiegels, zunächst jedoch nur um fünf Meter. Bei dieser Höhe hätte für die Bewohner dort noch keine konkrete Gefahr bestanden.

Ab dem Jahr 1937 forcierte die faschistische Regierung Italiens dann das Vorhaben immer stärker und forderte die Wirtschaft nochmals zu weiteren Projekteingaben auf. Dadurch wurde diesem Wahnsinn immer mehr Methode verliehen.

Im Jahr 1939 übernahm dann der italienische Elektrokonzern Montecatini diese Konzession. Es wurde ein neues, weit gefährlicheres Projekt ausgearbeitet.

Der Konzern bestand jetzt nämlich darauf, den Wasserspiegel des bereits bestehenden Reschensees nicht nur um die geplanten fünf Meter, sondern um zweiundzwanzig Meter anzuheben.

Somit wurden die beiden Bergdörfer Graun und Reschen immer mehr Opfer des von der faschistischen Regierung Italiens diktatorisch angeordneten Stauprojektes. Man plante einen über sechs Kilometer langen See anzulegen und wollte dessen Wasserkraft zur Stromgewinnung nutzen. Die Verantwortlichen für das Projekt sprachen nur stolz von technischem Fortschritt.

Dazu müssten dann aber eine blühende Landschaft, lebensnotwendige Weiden für das Vieh und natürlich die malerischen Dörfer Graun und Reschen geflutet werden.

163 Häuser in Graun und in Reschen und 523 Hektar fruchtbarer Kulturboden sollten dann laut Plan dem See zum Opfer fallen. Die Einwohner müssten, wenn der Staudamm gebaut worden war, ihre Häuser verlassen, damit man dann die Flutung vornehmen könnte.

Die Bewohner sollten in dafür vorgesehene Baracken am Ausgang des Langtauferer Tales ziehen, oder sonst irgendwo bei Verwandten unterkommen.

120 bäuerliche Betriebe würden ihre Daseinsgrundlage, die fast ausschließlich an den Ackerbau und die Viehzucht geknüpft war, verlieren.

Beide Dörfer sollten geflutet werden. Man wollte nicht nur das Vieh, sondern auch die Menschen vertreiben.

Die betroffenen Einwohner sprachen sich natürlich alle ausnahmslos gegen dieses geplante Projekt eines Staudamms aus. Verständlich, da es ihre Lebensgrundlage und ihre Heimat völlig zerstören würde.

Zusätzlich erkannten viele der Einwohner von Graun und Reschen recht schnell, dass dieses Vorgehen im damaligen faschistischen Italien gesetzwidrig war.

Aber trotzdem ermächtigte das römische Ministerium den italienischen Stromgiganten Montecatini mit der Einleitung der Baumaßnahmen. Die Regierung erklärte offiziell, dass die Arbeiten dringend und unaufschiebbar wären. Die Stromgewinnung war ihnen eindeutig wichtiger als die Menschen, die dort wohnten.

Die Bauarbeiten waren bereits in vollem Gange, als der Zweite Weltkrieg begann. Sie liefen zunächst während des Krieges weiter, wurden aber im Jahr 1943, als die deutsche Wehrmacht Norditalien besetzt hatte, wieder eingestellt.

Nach dem Ende des Zweiten Weltkrieges glaubte die überwiegende Mehrheit der betroffenen Bürger, dass sie dieses Schreckgespenst für immer los seien, da der Faschismus gestürzt war und Italien nach dem Krieg tatsächlich eine demokratische Staatsführung anstrebte.

Aber Ambros Dachgruber hatte immer noch seine Bedenken. Er dachte dabei an den oft zitierten Spruch: *In Friedenszeiten ersetzt die Verwaltung den Feind ...*

Der Staudamm und der Papst
In den Jahren 1947 und 1948

Der Krieg hatte viel Leid über die kleinen Gemeinden im Vinschgau gebracht, aber das Leben musste weitergehen. Die Bewohner von Graun und Reschen waren mehr oder weniger in ihre alten Gewohnheiten zurückgekehrt.

Doch dann, an diesem unglücklichen 20. März 1947, ereignete sich genau das, was viele Bürger nicht mehr für möglich gehalten hatten.

Ambros Dachgruber stand, nachdem er seine Milch abgeliefert hatte, ungläubig vor dem Schaukasten am Rathaus. Er las den unscheinbaren Zettel, der auch auf Deutsch verfasst worden war, ein fünftes und dann sogar noch ein sechstes Mal. Schüttelte dabei mehrmals völlig irritiert seinen Kopf.

Der Grauner Bürgermeister öffnete das Fenster seines Dienstzimmers und sah Ambros mitfühlend an. „Ich hätte es nicht geglaubt und es gab eigentlich keine Anzeichen zum Weiterbau des Staudammes. Aber heute morgen in aller Frühe waren zu meiner Bestürzung zwei Vertreter der Gesellschaft Montecatini bei mir im Rathaus und gaben offiziell bekannt, dass die Arbeiten zur Verwirklichung des Stauprojektes ab sofort wieder aufgenommen würden und bis zum Jahr 1949 abgeschlossen sein müssten. Sie brachten dann auch noch diesen Fresszettel in unserem Schaukasten an und sind dann genauso schnell wieder verschwunden, wie sie gekommen waren." Der Grauner Bürgermeister stieß einen Laut des Widerwillens aus. Dann hob er entschuldigend beide Arme und schloss sein Fenster mit einem hilflosen Blick.

Ein paar Männer liefen ebenfalls zum Schaukasten und lasen kopfschüttelnd die neue Nachricht „Wir müssen uns dagegen wehren. Das dürfen die doch nicht tun!" Die anderen Männer schauten Ambros ungläubig an. „Wir müssen Hilferufe nach allen Seiten aussenden, sogar an den Außenminister Gruber von Österreich und an die Kommunistische Partei Italiens, von mir aus auch an den Papst. Die Politik ist viel zu wichtig, als dass wir sie nur den Politikern überlassen dürfen. Wir müssen handeln." Er überlegte laut. „Wir sollten zu dem Geologen Raimund von Klebelsberg gehen. Er muss uns ein wissenschaftliches Gutachten erstellen. Ich bin mir nicht sicher ob der Staudamm dem Druck des Wassers überhaupt standhält. Das wäre vielleicht sogar eine reelle Chance. Wir müssen jeden Strohhalm anpacken."

Die anderen Männer nickten nur und gingen dann zögerlich und unschlüssig weiter. „Vielleicht", orakelte einer von ihnen noch beim Weggehen. Sie waren mit der Situation im Moment offensichtlich überfordert.

Ambros betrat mit seinen schmutzigen Gummistiefeln aufgeregt die Stube. Ignorierte die Dreckspuren, die er auf dem sauberen Holzboden hinterließ. „Genoveva, jetzt ist es passiert. Diese Verbrecher bauen weiter. Es ist geschehen. Der Krieg ist zwar vorbei, aber jetzt geht die Angst wieder von vorne los." Er setzte sich auf das Sofa und hielt beide Hände schützend vor sein Gesicht.

Seine Frau, die gerade am Tisch die Kartoffeln für das Mittagessen schälte, schaute erschrocken hoch. „Den Staudamm?" Sie runzelte fragend ihre Stirn.

Er nickte mit einem seltsamen Ausdruck in seinen Augen. „Ja, den Staudamm. Heute Morgen waren zwei

Leute von dieser verdammten Firma Montecatini bei unserem Bürgermeister. Die machen weiter. Sofort! Es geht wieder los. Man lässt uns einfach nicht in Ruhe." Ambros stand gebrochen auf und nahm am Esstisch Platz. Dabei schüttelte er fortwährend den Kopf. „Weißt du, was das heißt? Jetzt haben unser Haus und unsere Werkstatt den Krieg überlebt, aber dafür wird alles bald überschwemmt." Genoveva wurde blass. „Das heißt, wir müssen raus aus unserem Haus. Aber wie soll es dann weitergehen? Das kann doch nicht sein. Deine Eltern haben unser Haus gebaut und wir haben es fertiggestellt. Haben Tag und Nacht gearbeitet und sogar Schulden gemacht. Das kann doch alles nicht wahr sein. Wo sollen wir denn dann wohnen? Unter einer Brücke?" Ratlose Bitterkeit lag in ihrer Stimme.

Ambros winkte hoffnungsvoll ab. „So weit sind wir noch nicht, Veva. Ich gehe sofort nochmal zum Bürgermeister. Wir müssen eine Versammlung einberufen, am besten noch heute Abend. Du musst dann einige Briefe für uns schreiben und Plakate, die wir überall anbringen werden. Bevor die großen Lastwagen und Baumaschinen wieder anrücken, uns überrollen und unsere Existenz in Gefahr bringen. Wir müssen uns wehren. Sofort! Das ist unser gutes Recht."

Genoveva nickte zweifelnd in sich gekehrt.

Noch am selben Abend saßen zwanzig Männer aus Graun um den großen, runden Ratstisch.

Bruno Brenneisen schaute die Männer besorgt an. „Das hat doch alles keinen Sinn. Da kämpfen wir doch gegen Windmühlen. Die Regierung lacht uns aus, wenn wir denen das alles schreiben. Es geht dabei doch nur ums Geld und das zählt mehr als unsere alten Bauernhäuser.

Schon mal was von Zwangsenteignung gehört? Die machen das und schieben dabei das Allgemeinwohl vor. Wir verschwenden nur unsere Zeit." Die meisten der anderen Männer nickten zustimmend und brummelten leise vor sich hin, während Ambros Wut in sich aufsteigen fühlte. Er stand mit Wucht auf, so dass sein Stuhl laut krachend nach hinten wegkippte. „Mensch, Bruno, begreifst du nicht, was da alles auf dich zukommt? Die machen deinen Hof platt und wenn du Glück hast, bekommst du eine kleine Abfindung und eine Baracke oben am Berg, … wenn du Glück hast! Ansonsten kannst du verschwinden mit deinem Allgemeinwohl. Wir sind auch die Allgemeinheit. Es ist auch unser Allgemeinwohl. Wenn Recht zu Unrecht wird, muss man sich wehren. Wenn wir jetzt nicht kämpfen, dann haben wir schon verloren. Die nehmen uns alles weg. Ich habe auch so genügend Strom. Wir sind nur die Verlierer, wenn wir klein beigeben. Wir werden nie in der Lage sein, Gewissheit über das Machbare zu erlangen, wenn wir es nicht angehen." Wieder nickten die anderen Männer.

Die Diskussionen gingen noch eine Weile kontrovers hin und her, wobei eine Einigung in weiter Ferne lag.

Der Bürgermeister hob, nachdem er genug gehört hatte, seine rechte Hand. Er bemühte sich um einen sachlichen Tonfall. „Wir haben jetzt schon eine Stunde debattiert. Fakt ist, wir müssen etwas tun! Vielleicht hat Bruno sogar recht, aber wir dürfen denen unsere Häuser und Scheunen doch nicht in den Rachen werfen."

Der Grauner Pfarrer Alfred Rieper, der sich bisher auch noch nicht zu Wort gemeldet hatte, atmete tief durch. „Ich habe euch jetzt lange genug zugehört. Wir müssen etwas tun. Da gebe ich unserem Bürgermeister recht.

Die Kirche spricht von Gerechtigkeit und Ehrlichkeit. Darum frage ich euch: Ist es gerecht einem Menschen sein Hab und Gut wegzunehmen? Ist es gerecht, ihn von seinen erarbeiteten Besitztümern, seiner Lebensgrundlage, wegzujagen? Ist es auch ehrlich, ihm falsche Versprechungen zu machen? Im Jahr 1911 wurde den Bürgern von Graun versprochen, dass eine Stauhöhe von fünf Metern vorgesehen sei. Das hätten wir noch akzeptieren können. Ein Großteil der Grauner Häuser wäre somit verschont geblieben. Ein paar Jahre später wollte man dann den Wasserspiegel des damals bereits bestehenden Reschensees nicht nur um fünf Meter, sondern sogar um zweiundzwanzig Meter anheben."

Er blickte in die Runde und sah eine Mischung aus Betroffenheit und Erregtheit in den Augen seiner Mitbürger. Als jeder seiner Zuhörer mindestens einmal genickt hatte, fuhr er fort. „Am 30. Juni 1939 wurden dann die Pläne des Stausees in Graun ausgehängt. Die Staupläne waren damals nur in italienischer Sprache abgedruckt und die genaue Stauhöhe wurde nicht angegeben. Da zu dieser Zeit in Graun so gut wie niemand italienisch sprechen, geschweige denn lesen konnte, gab es logischerweise auch keine Einwände gegen diesen Aushang. Ist das Ehrlichkeit? Ich habe es euch zunächst nicht gesagt, da ich hoffte, dass das Projekt in den Kriegswirren eingestellt werde und dann im Sand verlaufe. Aber ich will nicht nur reden. Gleich morgen in der Frühe werde ich zu unserem Bischof Johannes Geisler nach Brixen reisen und ihm die Lage schildern, obwohl ich bei ihm keinen Termin dafür habe. Aber die Angelegenheit ist für mich und meine Bürger von Graun so wichtig, dass sie keinerlei Aufschub duldet. Wir müssen jetzt alle handeln."

Ambros huschte bei den Worten von Pfarrer Alfred ein hoffnungsvolles Lächeln über sein Gesicht. Zum ersten Mal an diesem Tag. „Vielen Dank, Herr Pfarrer. Das ist ein erster und gleichzeitig sehr großer Schritt. Meine Frau wird parallel dazu gleich morgen einen Brief an den Außenminister Gruber von Österreich und an alle Parteien Italiens schreiben.

Der Bürgermeister von Graun verzog kritisch das Gesicht. „Wenn das alles nicht helfen sollte, was ich aber nicht glauben kann, dann werde ich höchstpersönlich ein offizielles Gerichtsverfahren bei unserem Ministerium für öffentliche Arbeiten anstreben."

Die an der inoffiziellen Sitzung teilnehmenden Grauner Bürger nickten erneut. Alle! Sogar Bruno. Jetzt auch wieder hoffnungsvoll. Offensichtlich hatten sie die Wichtigkeit der Angelegenheit inzwischen erkannt.

„Und, was haben die Herren beschlossen? Müssen wir weiterhin Angst haben, dass unser schönes Haus mit Wasser gefüllt und weggeschwemmt wird?"

Genoveva war noch wach. Sie saß im Lichtschein einer Kerze und strickte am Stubentisch. Konnte noch keinen Schlaf finden. Sie wollte es ihrem Mann heute sagen.

Ambros sah es aber sofort. Irgendetwas war anders an seiner Frau. Ihr Antlitz war so strahlend, ihre Augen glänzten, als würde sie hoffnungsvoll in die Zukunft sehen. Hoffnungsvoll? Ambros schaute sie eindringlich an. Er liebte dieses Gesicht. Er liebte seine Frau.

Dann erst sah er, was sie da gerade strickte. Ja, eindeutig, es war eine ... eine Babymütze.

„Darf ich dich in die Arme nehmen, wenn das da in deinen Händen nicht für deine Schwester ist?" Dann überlegte er. „Aber das kann ja gar nicht sein."

Sein Schwager Jakob Gruber war erst vor zwei Wochen aus der Kriegsgefangenschaft zurückgekommen.

„Ja, du darfst, ich bin … wir sind tatsächlich guter Hoffnung." Genoveva legte das Strickzeug zur Seite und stand freudig auf. Ambros nahm sie so fest in die Arme, wie er das schon lange nicht mehr getan hatte.

„Halt, Ambros, mach langsam, du erdrückst mich ja … und das Kind unter meinem Herzen auch!"

Alle Not und Angst, alles Leid, das sie bisher erlebt hatten oder voraussichtlich noch erleben müssen, war in diesem Moment völlig unbedeutend. Die beiden jungen Eheleute, deren Leben bisher nicht leicht gewesen war, waren einfach nur glücklich. Der glückliche Moment besiegt alle Sorgen.

„Filomena!", rief Ambros laut aus und sah seine Frau erwartungsvoll an. Genoveva schaute ihren Mann verwundert an. „Hast du jetzt wegen der ganzen Stauseegeschichte meinen Namen vergessen oder verwechselst du mich mit einer eventuellen Nebenbuhlerin? Was ich aber keinesfalls hoffe … in deinem Interesse!"

Ambros lachte sie überschwänglich an. „Ja, Nebenbuhlerin, das ist gut, das passt."

Jetzt konnte ihm seine Frau überhaupt nicht mehr folgen. „Macht euch Männer so eine Nachricht völlig irre? Was ist denn mit dir los, Ambros? Oder ist es doch schon wieder der Stausee?"

Mit dem Lachen eines Kindes sah er sie an. „Ach Genoveva, es ist so schön, so wunderschön. Unsere Tochter soll Filomena heißen und deine Nebenbuhlerin ist sie auf jeden Fall. Oder darf man seine eigene Tochter nicht lieben? Und bitte erinnere mich nicht an diesen saublöden Stausee. Heute will ich einfach nur an unser Mädchen denken und sonst an nichts anderes."

„Und woher weiß denn mein Göttergatte, dass es ein Mädchen wird? Zunächst bekommen wir mal ein Kind. Was es wird, werden wir dann schon noch rechtzeitig erfahren."

„Nein, ganz sicher, es wird ein Mädchen. Erstens erkenne ich gerade deutlich bei deinem Strickzeug die rosa Wolle und zweitens, ob du es glaubst oder nicht, habe ich letzte Nacht geträumt, dass ein kleines Mädchen mit langen blonden Zöpfen in unserem Garten spielt." Innerhalb weniger Sekunden verfinsterte sich dann aber sein Gesicht. Er holte tief Luft und legte seine Hand auf ihre Schulter, blickte sie eindringlich an und war dabei den Tränen nah. „Und dann durchzog eine große Welle unseren Garten. Überall war Wasser. Meterhoch. Ich suchte das kleine Mädchen verzweifelt, aber ich konnte es nirgends finden. Dann bin ich aufgewacht und habe mich selbst beruhigt. Wir haben ja gar kein Kind, habe ich gedacht. Dann war das ja nur ein unrealistischer Traum. Und jetzt bist du schwanger und mein Traum kann wieder Realität werden." Kein Clown auf der ganzen Welt hätte sein Gesicht zu einem so traurigen Lächeln verziehen können, wie Ambros in diesem Moment. Er nahm seine Frau erneut in die Arme und drückte sie eng an sich. „Ach Veva, warum habe ich nur immer wieder diese große Angst vor dem Wasser? Warum nur?"

Genoveva schaute ihren Mann eindringlich an. „Ja, was machen die Menschen nur für Fehler auf dieser Welt? Greifen dabei sogar in unser Schicksal ein. Wollen einen Staudamm bauen und Ställe und Häuser überschwemmen. Aber in diesen Häusern wohnen doch menschliche Wesen, einmalige Personen, es gibt dort Ängste, Erwartungen und Gefühle ... und Liebe.

Soweit denken die Herren Investoren natürlich nicht. Denen geht es nur um das Geld, das man mit dem Strom machen kann. Natürlich haben die auch eine Verantwortung für die Infrastruktur, aber das kann man auch sozialer lösen, ohne dass man Menschen ihrer Heimat berauben muss. Wir müssen uns mit aller Kraft dagegen wehren."

Ambros bewunderte die Energie ihres Willens.

Erst als die beiden Eheleute bereits im Bett lagen, erzählte Ambros von der Zusammenkunft im Rathaus.

Nach seinem ausführlichen Bericht fragte er Genoveva noch, ob sie morgen in der Frühe gleich die Briefe schreiben könne. Aber seine Frau konnte ihm keine Antwort mehr geben, da sie inzwischen bereits eingeschlafen war.

Alles half nichts. Schon zwei Jahre nach dem Kriegsende wurde begonnen, die Staumauer nördlich der Ortschaft St. Valentin in der Gemeinde Graun zu erbauen. Sie sollte bei Fertigstellung aus einem über 30 Meter hohen und 467 Meter langen Erddamm bestehen. Das würde dann ein maximales Speichervolumen von 116 Millionen Kubikmeter Wasser ergeben. Mittels der Pumpstation am darunterliegenden Haidersee sollte dann das Wasser in die Druckleitung der Wasserkraftanlage gelangen und über einen zwölf Kilometer langen Druckstollen in den Maschinenraum des Kavernenkrafthauses in Glurns fließen.

Trotz aller Ängste und Sorgen gab es im Jahr 1948 eine Nachricht, welche die Familie Dachgruber glücklich und stolz machte. Am 15. April schenkte ihnen Gott eine kleine, wunderhübsche Tochter. Wie Ambros bereits sagte, als er von Genovevas Schwangerschaft erfahren hatte, bekam das Mädchen tatsächlich den Namen Filomena.

Die Taufe fand am 27. Juni 1948 in der Kirche St. Katharina von Graun statt. Ambros saß, mit seiner kleinen Tochter auf dem Arm, stolz in der ersten Reihe der Kirchenbänke. Ganz kurz musste er aber daran denken, wie lange es diese Kirche und die feierlichen Festgottesdienste wohl noch geben würde.

Aufgrund dieser Bedenken wollte die Familie Dachgruber die Taufe auch so früh wie möglich abhalten. Sie wollten aber auch gleichzeitig ihrem Kind den Schutz Gottes möglichst bald geben.

Ambros blickte dankbar hinunter zu seiner Tochter, die ihn fröhlich anstrahlte. In diesem Moment vergaß er alle seine Sorgen um das Weiterbestehen von Graun, seinem Haus und seinem Hof. Filomena fegte die trüben Gedanken aus seinem Kopf. Sie waren ihm in diesem Moment sogar völlig egal. Er durfte seine Tochter in den Armen halten. Dann schaute er hoch zu seiner Frau, die ihm glücklich zulächelte.

Am 3. Juli 1948 sprachen der Fürstbischof Johannes Geißler von Brixen und Pfarrer Rieper von Graun beim Papst in Rom vor. Sie ersuchten dort das Oberhaupt der katholischen Kirche, bei der italienischen Regierung zu intervenieren, dass die Bauarbeiten am Staudamm unverzüglich eingestellt werden sollen, oder aber, dass wenigstens die betroffene Bevölkerung gerecht entschädigt werden müsste. Der Papst sprach sich zwar dafür aus, das Anliegen zu bearbeiten, aber auch er konnte den Bürgern von Graun und Reschen nicht helfen. Die Bauarbeiten gingen unbeeindruckt weiter.

Graun in Südtirol
Im Jahr 1949

Als Filomenas erster Geburtstag bereits vorbei war, wurde in Graun begonnen, neue Wege und Straßen zu bauen. Die Einwohner mussten sogar bei den Arbeiten mithelfen. Notgedrungen, denn mit den Autos, Traktoren und Pferdegespannen wäre man sonst nach der anstehenden Flutung des Reschensees nicht mehr in den Ort gekommen. Die Baufirma hatte mit Baggern und Planierraupen das ganze Material einfach zur Seite geschoben, damit sie überhaupt eine Straße fertigen konnten. Die Regierung hat in Windeseile angefangen, alles auszumessen. Wer im oberen Bereich eigenes Land hatte, konnte schnell anfangen zu bauen. Die anderen Grauner Bürger mussten auf die Baracken warten oder ein entsprechendes Grundstück erwerben.

Die Sonne war bereits untergegangen. Genoveva rührte erschöpft in ihrem Tee. Es klopfte an die Tür, die gleich danach vorsichtig geöffnet wurde. Sie stand langsam auf. Alle Glieder taten ihr weh. Sie hatte heute zusammen mit Ambros auf ihrer Alm Heu gemacht. Vom frühen Morgen bis in den späten Abend hinein.
Als sie sah, wer da hereinkam, heiterte sich ihre triste Miene wieder auf. „Ach siehe da, unsere Tochter kommt heute auch noch nach Hause. Vielen Dank, Anna. Wenn ich dich nicht hätte." Sie nahm die kleine Filomena ihrer Schwester ab, die sie heute den ganzen Tag beaufsichtigt hatte. „Ach Veva, du weißt doch, dass das für mich eine ganz besondere Freude ist. Deine Tochter ist mir inzwischen so sehr ans Herz gewachsen, dass ich sie am liebsten ganz behalten würde. Sie ist so

ein liebes Kind." Anna streichelte ihr Patenkind warmherzig am Arm.

Dann schaute Anna ihre Schwester traurig an. „Es wird immer schlimmer mit Jakob … seit er aus diesem Krieg zurückgekehrt ist. Er spricht oft tagelang überhaupt nicht mit mir. Geht am Morgen aus dem Haus und kommt dann erst spät in der Nacht zurück, wenn ich bereits im Bett liege. Ich traue mich nicht, obwohl ich zumeist noch wach bin, ihn anzusprechen. Du weißt ja, dass ich das, als ich es anfangs gemacht habe, bitterböse bereuen musste. Du hast ja selbst unsere anschließenden Streitereien bis in euer Haus gehört … auch bei geschlossenem Fenster. Jakob ist ein anderer Mensch geworden. Das ist nicht mehr der Mann, den ich damals geheiratet habe."

„Ja, ich weiß. Jakob ist … war ein guter Mann. Liebevoll und fürsorglich. Der Krieg hat ihn kaputt gemacht. Ich weiß, es ist jetzt zu spät, aber ihr hättet auch mit uns in die Berge fliehen sollen. Damals. Aber, wie gesagt, es ist jetzt zu spät."

Anna schaute ihre Schwester Genoveva kritisch an. „Ja, ich persönlich wäre gerne mit euch gegangen. Aber genau das war ja das Unglaubliche. Jakob wollte nicht fliehen. Er wollte in den Krieg und dabei sogar für die Deutschen kämpfen. Ein Verlangen kann so stark sein, dass es die Vernunft unmerklich zur Seite schiebt.

Dabei haben ihn die Deutschen doch nur ausgenutzt. Wie oft habe ich mit ihm darüber gestritten? Wie oft? Aber jetzt ist es zu spät. Der Krieg ist vorbei.

Ich kann nicht mehr, aber ich will ihn auch nicht aufgeben. Dafür liebe ich ihn zu sehr. Immer noch. Ich versuche ihn zu verstehen und hoffe inständig … nein ich bin fest überzeugt davon, dass ich es mit der Zeit begreifen und verstehen werde und dass es irgendwann besser wird. Aber im Moment ist seine Liebe nur noch eine klägliche Banalität. Ich hoffe aber trotzdem noch, dass sie aus den Tiefen seines Herzens wieder auftaucht. Er ist doch mein Mann … auch wenn das alles gerade so unsagbar schwer und kompliziert ist."

Anna schaute traurig zu Boden. Dann sprach sie leise, mit Bitterkeit im Blick, weiter. „Du hast es bestimmt schon vermutet, wir führen seit dieser Zeit keine Ehe mehr, sondern nur noch eine … Zweckgemeinschaft wegen unserem Haus. Ein Hänsel-und-Gretel-Leben! Etwas gemeinsam unternehmen, sich über Gott und die Welt unterhalten, Hand in Hand spazieren gehen, einen Kuss zur Begrüßung, ein liebevolles Wort zum Abschied, das alles gibt es bei uns schon lange nicht mehr. Er kann es nicht mehr seit diesem Krieg … und er sagt mir nicht einmal was ihm dort genau passiert ist. Ich kann mir nur vorstellen, dass es besonders schlimm gewesen sein muss. Wenn er nicht darüber spricht, dann kann er es auch nicht verarbeiten, und ich kann ihm dann auch nicht helfen. Meine Gedanken schweifen in letzter Zeit immer mehr in die Vergangenheit ab, weil die Gegenwart so grausam ist, dass bereits ein flüchtiger Blick weh tut. Alles was mich aus meinem derzeitigen Trott reißt, ist für mich ein Geschenk. Ganz besonders deine liebe Tochter Filomena."

Genoveva nickte mitfühlend. „Ja, unsere Flucht in die Berge war bestimmt keine Heldentat und auch kein Honigschlecken, aber wir waren zusammen und haben es gemeinsam durchgestanden. Das war uns immer wichtig … und Ambros musste nicht in diesen unnötigen Krieg, den dieser Adolf Hitler selbstsüchtig angezettelt hatte … von wegen zurückgeschossen!"

Anna nickte bedrückt. „Kein Krieg auf dieser Welt war oder ist nötig." Die beiden Schwestern setzten sich stumm an den Küchentisch.

„Ach ja", unterbrach Anna dann die Stille. „Deine kleine Maus Filomena ist frisch gewickelt und hat auch gut Milch aus der Flasche getrunken. Du kannst sie sofort ins Bett legen."

„Ja, danke Anna. Aber ein bisschen will ich jetzt auch noch von ihr haben. Sie ist so ein liebes Kind."

Als hätte sie es gehört und auch verstanden, lächelte Filomena ihre Mutter herzzerreißend an.

Genoveva überlegte laut. „Vielleicht würde es bei euch wieder besser laufen, wenn ihr auch ein Kind hättet. Ich will dir nicht zu nahe treten, aber es würde deinem Mann eine völlig neue Perspektive bieten. Ein Kind bedeutet auch Zukunft. Wenn wir die Zukunft mehr bewerten, als diese grausame Vergangenheit, dann könnten doch die Alltagssorgen der Gegenwart eher vergessen werden, oder was meinst du?"

Anna schenkte ihr nur ein halbes Lächeln. „Ja, die Idee ist gut, aber dabei wird es vermutlich auch bleiben", sagte sie mit kleiner Stimme. „Du weißt sicher, dass ein Kind nicht entstehen kann, wenn sich der Mann seiner Frau im besten Fall auf eine Entfernung von einem Meter nähert! Oder sie mal zufällig flüchtig berührt. Der Tunnel war bisher nur dunkel. Ich sehe kein Licht an seinem Ende. Ich habe manchmal wirklich keine Hoffnung mehr. Im nächsten Moment will ich aber schon wieder für unsere Ehe kämpfen. Es ist alles gerade so schwer und kompliziert."

Genoveva stand nachdenklich auf. „Ich bringe unsere kleine Filomena jetzt doch ins Bett. Sie sieht schon sehr müde aus. Bitte bleibe doch noch hier. Wir könnten heute mal ein Glas Wein zusammen trinken."

Anna nickte stumm. Ein dunkler Schatten lag über ihrem sonst so freundlichen Gesicht.

„Ach, die liebe Schwägerin. Schön, dass du da bist." Ambros hatte gerade die Küche betreten, hängte seine Jacke an das Rehgeweih und setzte sich neben Anna an den Tisch. Er musterte sie kritisch.

Ein verängstigter Blick zehrte an ihren bereits angespannten Nerven. „Bevor du etwas sagst, ja, es geht mir gerade nicht besonders gut. Aber deine Tochter hat heute den ganzen Tag für eine positive Ablenkung gesorgt. Sie ist so ein Goldstück. Nur, ... wenn ich an Jakob denke, dann ... ich habe gerade mit deiner Frau darüber gesprochen. Es wird einfach nicht besser. Er geht mir, wo er kann, aus dem Weg. Sein Herz, das früher einmal voller Liebe gewesen war, ist ausgedorrt. Jakob ist im Krieg ein anderer Mensch geworden. Ich habe es Genoveva bereits gesagt, das … das ist nicht mehr mein Mann! Ich liege nachts neben einem Fremden mit kaltem Atem."

Ambros nickte ihr mitfühlend zu. „Ja, ich weiß. Habe auch schon mehrmals versucht, mit ihm darüber zu sprechen, um ihm dann vielleicht auch einen Rat geben zu können. Aber er blockte bisher jedes Mal. Es sei seine Sache und es gehe mich nichts an. Alles ist anders geworden, seit diesem unsäglichen Krieg."

Genoveva betrat leise die Küche. „So, deine Tochter schläft. Wenn du etwas früher gekommen wärst, hättest du sie sogar noch sehen können … und sie dich. Was war denn noch los, dass du dich so verspätet hast?"

Ambros machte mit den Händen fahrige Bewegungen und atmete tief durch, bevor er zu sprechen begann. „Es geht immer noch um diesen verflixten Staudamm.

Unsere Eingaben haben ja bisher überhaupt nichts bewirkt und für weitere rechtliche Schritte gegen das Projekt ist es meiner Meinung nach inzwischen ebenfalls zu spät. Die haben schon zu viel investiert. Ich habe gerade gehört, dass unsere lieben Landesnachbarn, die hochgelobten Schweizer, dreißig Millionen Franken in das Projekt gesteckt haben. Dafür bekommen sie 120 Gigawattstunden elektrischer Energie pro Niedrigwasserperiode. Einmal im Winter und dann noch einmal im Frühjahr und das zehn Jahre lang. Jetzt drängen die Schweizer sogar auf die baldige Fertigstellung des Stauprojekts. Sie wollen natürlich ihre Geldeinlagen wachsen sehen und dafür auch noch den Strom absahnen. Aber eine kleine Hoffnung haben wir noch. Der Schweizer Verband für Heimatschutz soll diesen ganzen Skandal inzwischen aufgedeckt und in der Verbandszeitschrift darüber berichtet haben. Dort heißt es, dass mit dem Schweizer Geld der gute Name des Landes auf dem Spiel stehe. Was da gerade in Graun geschehe, stehe in krassem Gegensatz zu den allgemeinen, humanen Grundsätzen, die sich beim Wasserkraftwerkbau in der Schweiz im Laufe der Jahre entwickelt hätten. Der Bau eines Stausees in den Bergen habe grundsätzlich seine Berechtigung, aber nicht, wenn man dafür Dörfer fluten und den Strom dann sogar noch ins Ausland verkaufen will.

Diese Veröffentlichung schlug beim Schweizer Volk, das davon vorher überhaupt nichts gewusst hatte, wie eine Bombe ein. Aber ich kann mir nicht vorstellen, dass man den Lauf der Dinge noch stoppen kann. Wir überlegen jetzt, ob eine Delegation einiger Grauner und Reschener Bürger, zusammen mit dem Landeshauptmann von Tirol, nach Zürich zu der verantwortlichen

Firma Elektro-Watt fahren soll. Versuchen werden wir es auf jeden Fall. Ich verstehe es einfach nicht. Kein Mensch nimmt nur eine einzige Lira mit ins Grab, aber hier auf der Welt kämpfen die Leute darum, ohne Rücksicht auf andere. Es ist so traurig. Die wollen uns zwangsenteignen und einfach wegschicken und dann den Strom auch noch verkaufen. Wenn das tatsächlich geschehen sollte, dann könnten sie den Stausee sogar mit unseren Tränen fluten. Es ist alles so traurig."

Ambros wachte am frühen Morgen des 1. August 1949 schweißnass auf. Hatte er gerade geträumt oder hörte er tatsächlich das Rauschen von Wasser unten im Keller? Hatten sie vergessen den Wasserhahn zuzudrehen oder war es eventuell ein Wasserrohrbruch? Aber jetzt im Sommer war das ziemlich unwahrscheinlich.
Veva schlief noch. Er schaute sie kurz an und lächelte leise. In dem Moment war er stolz, dass diese Frau neben ihm lag. Dann versuchte er sich wieder auf das soeben gehörte Geräusch zu konzentrieren. Tatsächlich! Jetzt hörte er es ganz deutlich. Da stimmte irgendetwas nicht in seinem Haus. Er hatte eine Vorahnung. Angst nahm Besitz von ihm, tiefe, schreckliche Angst.
Er glitt vorsichtig aus dem Bett, sorgfältig darauf bedacht, seine Frau nicht zu wecken.
Mit schnellen Schritten lief er die Kellertreppe hinunter. Tatsächlich! Langsam aber stetig lief das Wasser zur Kellertür herein und sammelte sich bedrohlich in den unteren Räumen. Es kam tatsächlich von außen. Der Anblick des in die Kellerräume eindringenden Wassers spiegelte sich voll Entsetzen in seinem Gesicht. Er starrte wie paralysiert in seinen Keller. Es war kein Wasserrohrbruch, das Unheil konnte nur vom See

kommen.

Ambros zog sich an und fuhr, so schnell es ging, mit seinem Fahrrad zum Staudamm. In seinen Augen stand die bange Erwartung dessen, was er eigentlich schon wusste. Das Wasser überflutete inzwischen auch die noch nicht abgeernteten Felder, ohne dass man vorher wenigstens die Bevölkerung gewarnt hätte.

Der Projektleiter, ein gewisser Herr Gardumi, stand mit einigen Männern neben der Baracke. Sie beobachteten den Wasserzufluss durch eine relativ kleine Öffnung an der hohen Betonstaumauer am südlichen Seeufer.

Ambros lief wild gestikulierend auf die Männer zu. Sein Herz hämmerte laut. In seinem Kopf explodierte der Schmerz. „Stopp! Aufhören! Das könnt ihr doch nicht machen. Mein Keller läuft voll. Unsere Scheune, unser Vieh … ihr zerstört unsere Häuser. Stellt sofort das Wasser ab!" Er ballte seine Fäuste, so dass die Knöchel weiß hervortraten. Die Zielstrebigkeit, die er dabei an den Tag legte, gefiel dem Bauleiter natürlich nicht. Er lief entschlossen und bedrohlich auf Ambros zu, blieb aber dann ein paar Schritte vor ihm stehen und änderte plötzlich seine vorher zurechtgelegte Strategie. Dabei bemühte er sich sogar um einen beruhigenden Tonfall. Mit einer Vertraulichkeit, die in diesem Moment durch nichts gerechtfertigt war, legte er in aller Seelenruhe seine rechte Hand auf Ambros' Schulter. Das dabei inszenierte Lächeln von Gardumi widerte ihn an. „Keine Sorge. Wir stellen das Wasser sofort wieder ab. Es handelt sich nur um eine kurze Probeflutung." Dann wandte er sich langsam, in aller Seelenruhe, an einen seiner Mitarbeiter. „Adriano, drehe wieder zu, es reicht! Es funktioniert. Wir haben genug gesehen."

Ambros musterte Gardumi ungläubig. Er glühte vor

Wut. „Ja es reicht und zwar endgültig. Wir werden noch heute in die Schweiz fahren und die Leute darüber aufklären, was ihr hier mit ihren Schweizer Franken anrichtet. Ihr zerstört unsere Häuser … unser ganzes Leben … unsere Heimat. Hört endlich auf mit diesem Wahnsinn! Ihr wisst doch nicht, was ihr tut."

Er schaute Gardumi mit kalter Abneigung an und drehte sich dann entsetzt von ihm weg. Lief wieder zurück in Richtung Graun zu seinem Fahrrad, schaute sich aber immer wieder um, aus Angst, dass ihm einer der Männer von hinten ein Messer in den Rücken stoßen könnte. Man konnte ihnen nicht trauen.

Aber Gardumi, der verantwortliche Chefingenieur der Firma Montecatini, rief ihm nur noch verächtlich zu, dass er sich doch beruhigen solle und seine Kühe das alles schon überleben würden.

Ambros Dachgruber drehte sich noch ein letztes Mal um und machte eine abweisende Handbewegung, bevor er auf sein Fahrrad stieg und wenige Sekunden später aus dem Sichtfeld der Arbeiter verschwunden war. Er trat kräftig in die Pedale, um seinen Überschuss an Adrenalin abzubauen.

Den Leuten in Graun und Reschen floss somit bereits das Stauwasser in die Häuser, ohne dass irgendeine konkrete Vorwarnung erfolgt wäre.

Ohnmächtig beobachteten die Bewohner, wie die Ortsstraßen und ihre Keller praktisch über Nacht unter Wasser gesetzt worden waren.

Ihnen wurde zwar inzwischen eine Abfindung versprochen, aber über eine Höhe war noch nicht entschieden worden. Lediglich ein kleines Barackendorf im Langtauferer Tal sollte ihnen zur Verfügung gestellt werden, das aber derzeit noch im Bau war.

Auch darüber hatte sich bereits die Schweizer Heimatschutzzeitung entrüstet. Sie verlangte, dass man den Ausgesiedelten ein entsprechendes Grundstück und angemessenes Kapital zur Verfügung stellen müsste. Was das Geld betraf, so entsprachen die Beträge, die für die enteigneten Felder angeboten wurden, in keiner Weise dem tatsächlichen Wert der vorherigen Ländereien.

Als Ambros seinen Hof erreicht hatte, war das Wasser bereits wieder leicht abgelaufen. Seine Aggressivität hatte jetzt tiefer Niedergeschlagenheit Platz gemacht.

Genoveva war inzwischen wach und bereitete gerade das Frühstück zu. „Wo warst du denn heute in aller Frühe? Habe mir schon Sorgen gemacht."

Er runzelte die Stirn. „Ich wollte dich nicht wecken, aber hast du zufällig schon mal in unseren Keller gesehen?" Sie sah ihn fragend an und schüttelte den Kopf. „Die Verbrecher haben tatsächlich eine Probeflutung durchgeführt. Habe den Verantwortlichen da draußen am Staudamm, vornehm ausgedrückt, unsere Situation geschildert. Erst dann drehten sie den Schieber Gott sei Dank wieder zu. Wir müssen jetzt unseren Keller austrocknen lassen und die nassen Sachen rausstellen. Ich mach schon mal die Türen und Fenster auf."

Genoveva sah ihrem Mann entsetzt nach. Ein Puzzle setzte sich in ihrem Kopf zusammen. Sie hatten alles versucht, hatten sich immer wieder gewehrt. Vom Landeshauptmann bis zum Bischof und sogar zum Papst waren sie gegangen. Das alles hatte nichts genützt. Dann sprach sie laut zu sich selbst: „Die fluten unser Haus und wir saufen erbärmlich ab, wenn wir es nicht rechtzeitig verlassen. Ich spüre es, es ist vorbei! Ich möchte doch einfach ganz normal leben und nicht von einem Drama ins andere schlittern. Was machen diese Leute nur mit uns?" Sie ging wütend in die Küche und setzte sich auf den alten Holzstuhl. Sackte dann in sich zusammen, niedergedrückt vom Gewicht ihrer erschütternden Zukunft. Dann faltete sie ängstlich die Hände, kniete nieder und blickte nach oben. „Lieber Gott, bitte helfe uns in dieser Notsituation. Ich weiß, dass das, was da gerade auf uns zukommt, von Menschenhand gemacht ist. Aber ich flehe dich an, gib uns die Kraft, das alles zu überstehen. Meine Seele ist stille in dir, denn ich weiß, dass mich deine starke Hand hält. Auch im dunklen Tal der Angst bist du da und schenkst Geborgenheit. Erlöse uns von dem Bösen, denn dein ist das Reich und die Kraft und die Herrlichkeit, in Ewigkeit, Amen." Sie zweifelte nicht an der Gegenwart des himmlischen Vaters, aber sie hatte ihn schon lange nicht mehr gespürt. Jeder ihrer Atemzüge fühlte sich schwächer an als der vorherige. Ständig wiederholte sie die selben Sätze: „Die fluten unser Haus. Die fluten den ganzen Ort." Immer wieder. Bis sie aus dem Schlafzimmer das leise Wimmern von Filomena hörte.

Sie holte ihre Tochter aus dem Bettchen. „Gut, dass du von alledem nichts mitbekommst. Aber ich werde dir das alles einmal erzählen. Du musst es wissen. Du und deine Nachkommen. Ich bin mir sicher, dass du deinen Ort in der Welt findest, an dem du glücklich sein wirst … aber nicht hier, nicht in Graun. Vielleicht ist es aber auch besser so. Nicht in Graun und nicht einmal in Italien. Aber vielleicht in einem freien Tirol. Das wäre mein Wunsch für dich." Als sie Filomena gewickelt hatte und in ihr Körbchen legte, lächelte Genoveva stolz. Sie war in diesem Moment tatsächlich richtig glücklich und hatte alle ihre Sorgen für einen kurzen Moment vergessen. Aber sie waren noch da … alle!

Graun in Südtirol
Sommer 1950 und 1951

Graun war sprichwörtlich dem Untergang nahe und lag in den letzten Zügen. Die Flutung des Reschensees hatte bereits unwiderruflich begonnen. Jedes anders lautende Versprechen war Makulatur geworden. Jede Stunde drang das Wasser weiter vor, Tag für Tag erdröhnten laut donnernd die Sprengungen und sobald sich der Rauch verzogen hatte, war wieder ein Haus in sich zusammengesunken. Die bereitgestellten Lastkraftwagen fuhren sofort heran, um die brauchbaren Steine aufzuladen und wegzufahren. Mit jeder Haussprengung wurde gnadenlos eine weitere Existenz zerstört.

Am Sonntag, dem 9. Juli 1950, fand der allerletzte Gottesdienst in der Kirche St. Katharina statt, von der irgendwann nur noch der Kirchturm zu sehen sein sollte. Die Seitenaltäre waren bereits abgebaut und die schlicht verputzte Mauer war zum Vorschein gekommen. Auch die Orgel, die bisher jeden Sonntag den Kirchengesang der Grauner Bürger feierlich begleitet hatte, stand nicht mehr an ihrem ursprünglichen Platz. Sie war schon vor einer Woche entfernt worden.

Herzzerreißend und ergreifend waren die Abschiedsworte des Grauner Pfarrers Alfred Rieper. Seine letzte Predigt brannte sich tief in die Seelen seiner Zuhörer. Vielen Leuten kamen die Tränen. Aber sie schämten sich nicht dafür. Sie ließen ihnen freien Lauf oder holten die frisch gewaschenen und gebügelten Stofftücher aus ihren Taschen.
Am selben Nachmittag wurden dann noch die aller-

heiligsten Gegenstände von St. Katharina zu dem St. Anna Kirchlein verbracht, das auf einem Hügel mit wunderbarem Blick über den oberen Vinschgau nahe der Via Claudia Augusta stand.

Am Sonntag, dem 16. Juli 1950, um 20.00 Uhr, hörten die Bürger die Glocken ein letztes Mal zum Abschied von ihrer Heimatgemeinde, von ihrem alten Graun.

Gemeinsam läuteten alle Glocken eine halbe Stunde lang und dann für fünf Minuten nur die große Glocke.

Erschüttert und tief traurig standen die Bürger unterhalb der Via Claudia Augusta und auf den umliegenden Bergen und Almen. Den meisten von ihnen war es nicht möglich in ihrem Geiste zu erfassen, was sie da gerade mit eigenen Augen sahen und hörten. Auf jeden Fall würden sie aber diesen letzten Gruß ihrer Kirchenglocken nie mehr in ihrem Leben vergessen können.

Am 18. Juli 1950 wurde dann die große Glocke, die aus dem Jahr 1926 stammte, abgebaut.

Am nächsten Tag folgte ihr dann die alte Glocke, die schon im Jahr 1505 gegossen worden war.

Bereits im Ersten Weltkrieg musste die Kirchengemeinde Graun drei Glocken abgeben. Um die älteste Glocke vor dem Einschmelzen für Kriegswaffen zu bewahren, wurde sie vorher auf dem Friedhof vergraben. Sie war mit einem Kreuz gekennzeichnet worden und wurde nach dem Krieg wieder ausgegraben. Somit hatte die Glocke zwar zwei Weltkriege überstanden, aber nicht die Flutung des Reschensees.

Am 19. Juli 1950 wurde mit dem Abdecken des Kirchendaches und der Sprengung des restlichen Ortes begonnen. Am 23. Juli 1950, ausgerechnet an einem Sonntag, wurde der erste Sprengversuch der Kirche unternommen. Es brach den Bürgern von Graun das

Herz, weil sie mitansehen mussten, wie ihr Kirchenschiff Stück für Stück vernichtet wurde.

Alle Erinnerungen an Hochzeiten, Taufen, Osterfeiern, Weihnachtsfeiern oder ganz einfach besondere sonntägliche Gottesdienste fielen in sich zusammen.

Der Kummer in ihren Herzen stieg bei allen Betroffenen zeitgleich mit dem Wasserspiegel des Sees.

Einige Bürger konnten nur durch ihre Tränen von den Schmerzen befreit werden, die man ihnen mit der Flutung bereitete, da sie so einen Abschluss fanden.

Andere mussten lebenslang mit dieser Ungerechtigkeit kämpfen und konnten diesen Kampf nie gewinnen.

Nur der Kirchturm durfte noch stehenbleiben. Man erzählte sich, dass er trotz mehrerer Sprengversuche nicht eingefallen sei, weshalb die Sprengmeister aus Angst vor der höheren Gewalt Gottes aufgegeben hätten.

Hierbei könnte es sich jedoch um eine Sage handeln. Es dürfte eher so gewesen sein, dass der Kirchturm aus Denkmalschutzgründen vom Denkmalamt kurzfristig verschont geblieben war.

Der Grauner Bürger Richard Eckert ist aber noch heute fest davon überzeugt, dass es Gottes Wille war, den Kirchturm stehen zu lassen und die Angst der Sprengmeister vor einer höheren Macht absolut berechtigt gewesen sei.

Grundsätzlich sei es eine Sünde, eine Kirche, die nicht vom Verfall bedroht sei, zu sprengen ... ganz besonders an einem Sonntag.

Denn in der Bibel heißt es: Am siebten Tag hatte Gott sein Werk vollendet und ruhte sich von aller seiner Arbeit aus.

Und Gott segnete den siebten Tag und erklärte ihn zu einem heiligen Tag.

Die Notbaracken am Ende des Langtauferer Tals waren inzwischen fertiggestellt worden. Bis zuletzt hatten die Bewohner auf ein Einlenken der Politik gehofft. Aber alles, was sie bisher unternommen hatten, war umsonst gewesen. Auch der Besuch einer Delegation in der Schweiz hatte nichts gebracht. Die Bürger wurden jetzt vor vollendete Tatsachen gestellt.

Ambros befand sich, wie viele andere auch, noch vor seinem Haus oder vor dem, was davon übrig geblieben war. Er stand mit seinen Gummistiefeln knöchelhoch im Wasser. Plötzlich überkam ihn eine zuvor noch nie gespürte Traurigkeit. Es trieb ihm unaufhaltsam Tränen in die Augen. Er versuchte sie abzuschütteln. Dabei spritzten sie auf die Wasseroberfläche und er sah seine Tränen dort für einen kurzen Moment im Sonnenlicht leuchten. Sie strahlten wie helle Kristalle, bevor sie endgültig für immer versanken.

Er blickte traurig auf das schwarze, still daliegende Wasser, das in diesem Moment so friedlich wirkte und doch so brutal alles zerstört hatte.

Er dachte wieder an sein Haus. An das Haus seiner Familie und an seine Zukunft. Es war einfach nur schrecklich zu wissen, dass er jetzt die Tür zum letzten Mal schließen würde. Er könnte sie auch offenlassen, das hätte keinen Unterschied gemacht.

Aber er schloss sogar mit seinem Schlüssel zweimal ab, obwohl der obere Stock bereits abgerissen war. Das Haus, seine Schreinerwerkstatt, die Scheune, der große Garten, all das wird spätestens in ein paar Tagen Geschichte sein … sehr traurige Geschichte. Für viele Familien. Auch für die Familien Dachgruber und Gruber.

Ambros hing sehr an seiner Heimat und er sah lange

Zeit tatsächlich eine erbauende Zukunft darin, aber das Wasser dürfte schon in der nächsten Woche alles zunichte machen ... alle seine Hoffnungen. Alle seine Träume. Es war vorbei. Endgültig!

Er stieg wehmütig auf seinen Traktor, um die letzte Fuhre Möbel nach oben zu bringen, ... in das neue Graun am Berg. In die kleine Baracke, die man ihnen zugewiesen hatte. Beim Aufladen hatten ihm auch wildfremde Menschen geholfen. Die Helfer kamen aus den umliegenden Ortschaften, manche aus Schlanders und Dörfl, oder sogar aus Burgeis. Diese Leute haben den Bauern zwar zunächst geholfen, aber als die Eigentümer dann weg waren, haben sie alte Balken, Bretter, Steine, Dachrinnen und sogar den Mist aus den Gruben auf ihre Wägen geladen. Die Mistgruben waren ja überall noch voll.

Die Flutung war zwar lange Zeit angekündigt worden, aber als das Wasser dann tatsächlich kam, war man doch überrascht und alles musste plötzlich sehr schnell gehen. Es waren mehr als hundert Familien, die deshalb Hals über Kopf ihre Höfe, Scheunen und Häuser verlassen mussten. Sie hatten einfach lange nicht daran glauben können, dass es wirklich geschehen würde. Einige sprachen dramatisch von einer Sintflut, andere sagenumwoben vom Atlantis der Berge.

Die italienische Regierung und der Energiekonzern Montecatini machten tatsächlich wahr, was sie seit Jahren vorangetrieben hatten. Für ein Wasserkraftwerk, das der Stromgewinnung dienen sollte, stauten sie im oberen Vinschgau zwei Gebirgsseen zu einem einzigen großen See. Der Wasserspiegel stieg dabei um über zwanzig Meter an. Vorausgesagt und versprochen wurde am Anfang des Projekts, im Jahr 1911, eine zu erwartende Stauhöhe von nicht mehr als fünf Metern.

Mit der Seestauung durch die Firma Montecatini, im Sommer des Jahres 1950, versanken unzählige Gärten, Äcker und Felder, sowie Häuser und Scheunen in den Fluten. Betroffen waren die Häuser und Scheunen von Graun, ein Teil von Reschen, und die Weiler von Arlund, Piz, Gorf, sowie die Stockerhöfe von St. Valentin. Die Gebeine der Toten wurden vorher ausgegraben und in einem neu angelegten Friedhof an der St. Anna Kapelle weiter oben wieder beigesetzt.

Nach der Seeflutung kam es auch noch zu einigen schweren Verkehrsunfällen. Am 31. August 1951 fuhr ein Bus von Reschen in Richtung St. Valentin. Auf der Straße befanden sich große Pfützen, weil es am Tag zuvor stark geregnet hatte. Der Busfahrer wollte einem Schlagloch ausweichen, kam dabei von der Straße ab und der mit dreiundzwanzig Menschen besetzte Bus stürzte in den erst kurz zuvor gefluteten See. Nur eine Frau überlebte. Zweiundzwanzig Menschen starben dabei in einem See, den sie selbst nicht wollten und gegen den sie sogar gekämpft hatten.

Die Firma Montecatini hatte nach der Seestauung jahrelang nur eine provisorische Schotterstraße ohne Leitplanken hinterlassen. Der Straßenbau gehe sie nichts an! Auch danach sind noch sehr viele Menschen im See ertrunken. Einige davon haben sogar den Freitod in dem See gewählt, der ihnen ihre Existenz geraubt hatte.

Genoveva überlegte, ob sie den Esstisch näher an das Fenster stellen sollte. Aber da sie dann immer den Reschensee mit dem Kirchturm als Mahnmal im Blick gehabt hätten, ließ sie ihn in der Zimmermitte unter der nackten Glühbirne stehen. Dann begann sie mit unendlicher Sorgfalt ein Baumwolltischtuch aufzuziehen und glattzustreifen. Anschließend stellte sie Teller, Gläser, Müslischalen und eine Milchflasche auf das weiße Tischtuch. In der Mitte des Tisches platzierte sie noch einen bunten Blumenstrauß, den sie am frühen Morgen gepflückt hatte. Dann trat sie einen Schritt zurück um ihr Kunstwerk zu begutachten. Sie schob die vier Teller etwas näher zum Rand hin und tauschte den Platz der Milchflasche mit dem des Blumenstraußes. Dann überprüfte sie erneut ihre Komposition. Holte noch vier weiße Stoffservietten und legte das Besteck darauf. Jetzt nickte sie zufrieden und lächelte dabei leicht in sich hinein.

Sie musste ihr Schicksal annehmen und, getragen von ihrem starken Willen, das Beste daraus machen. Jetzt war es eben so, dass sie hier wenigstens ein Dach über dem Kopf hatten. Im Vergleich zu ihrem vorherigen Wohnhaus mussten sie sich schon sehr einschränken.

Besonders belastend war die Endgültigkeit, die etwas Unwirkliches in sich barg.

Genoveva, Ambros, Filomena, Anna und Jakob waren, wie viele andere auch, in einer der Holzbaracken am Berg untergebracht worden. Sie hatten dort nicht einmal alle Möbel verstauen können. Mussten sie teilweise zurücklassen und dem Reschensee oder den Plünderern übergeben. Für die vier Personen und das Baby reichte das Holzhaus gerade noch aus. Aber es gab darin keinen Herd, keine Heizung, keinen Balkon und nur schlecht abgedichtete Fenster, durch die der Wind gnadenlos pfiff. Filomena schlief bereits auf dem Sofa, während die Erwachsenen noch an dem kleinen Tisch beim Abendbrot saßen. Lange Zeit sprach niemand auch nur ein einziges Wort. Jeder verschanzte sich hinter seinen Gedanken. Sie fühlten sich wie Vögel, die aus dem Nest gefallen waren. Was in den letzten Tagen geschehen war, konnten sie einfach nicht begreifen; es war schlichtweg auch nicht in ihren Köpfen unterzubringen. Man hatte ihnen keine Wahl gelassen. Sie aßen nachdenklich ihre kalte Polenta. Die entscheidende Frage war, wie es weitergehen sollte. Sie wussten wohl, dass die Baracke nur eine Notunterkunft war. Von dieser beengten Ausweichmöglichkeit konnte kein Hof geführt werden, geschweige denn eine Schreinerei. Die Tiere befanden sich zwar auf der Weide, aber man hatte noch keinen Stall für den Winter.

Genoveva schüttelte mehrmals nachdenklich den Kopf, bevor sie langsam und leise zu sprechen begann. „Ich habe immer wieder vor Augen, wie sie mit diesem alten Lastwagen und einem Anhänger gekommen waren, mit lauter Särgen drauf. Es sah so schrecklich aus. Ich habe euch bisher noch nicht erzählt, dass ich vor ein paar Tagen zum Friedhof gegangen bin. Dort wollte ich mich versichern, dass auch meine Eltern in den neuen Särgen lagen und nicht irgendwelche anderen Leute. Sie hatten zwar mit Kreide die Namen außen auf die Särge geschrieben, aber da hätte man ja alles mögliche draufschreiben können. Die Männer dort hatten mir erzählt, dass sie diejenigen Gebeine, von denen sie nicht wussten, wem sie gehörten, in der Kapelle unter eine Decke gelegt hätten. Ich wollte deshalb unbedingt wissen, ob tatsächlich meine Eltern in den beiden neuen Särgen lagen, auf denen die Namen Baptist Hichegger und Ottilie Hichegger standen.

Ich habe dem Verantwortlichen dort dann eine Flasche Birnenschnaps in die Hand gedrückt und er hat für

79

mich tatsächlich die Särge noch einmal geöffnet. Es war ein schlimmer Anblick, aber ich wollte es unbedingt wissen. Die Gebeine meiner Eltern waren noch vollständig, soweit ich dies beurteilen konnte. Leider habe ich meine Mama und meinen Papa im Gesicht nicht mehr erkennen können, aber Mama trug noch ihre goldene Halskette und Papa seine silberne Uhr. Das wollten sie damals so. Das Kettchen und die Uhr waren noch schön, aber meine Eltern halt schon ziemlich verwest und dadurch schon sehr entfremdet. Aber ich war doch froh, dass sie in den richtigen Särgen lagen. Wenn ich jetzt an ihrem Grab stehe, weiß ich, dass sie auch tatsächlich dort liegen. Das war mir sehr wichtig."

Es war wieder lange Zeit still in der kleinen Baracke, bis Anna tief ausatmete. „Die Leute erzählen sich ja die verrücktesten Geschichten. Ihr kennt ja bestimmt alle die *schwarze Trinali*, oder?" Die anderen nickten.

Ambros erinnerte sich. „Ja, die war doch über vierzig Jahre lang Köchin in St. Moritz, sogar in einem sehr vornehmen Schweizer Gasthof, habe ich mal gehört."

Anna nickte vorsichtig. „Ja, stimmt und danach wollte sie ihre letzten Lebensjahre in Ruhe in unserem Graun verbringen. Sie hat viel gelesen und ihre ausgelesenen Bücher sogar der Grauner Gemeinde geschenkt. Die Dame war auch sonst sehr sozial eingestellt.

Aber sie wollte partout ihr Haus nicht verlassen und blieb noch dort, als das Wasser bereits den ersten Stock überflutet hatte. Da sie ständig in ihrem Haus blieb, war ja eine Sprengung nicht möglich. Alle anderen waren bereits weg, aber die *schwarze Trinali* weigerte sich, ihre Heimstätte zu verlassen.

Sogar ihre Hähne und Hennen brachte sie in die oberste Etage, um sie vor dem Ertrinken zu retten. Einige Tage vorher hatte bei der Sprengung des Nachbarhauses durch den Elektrokonzern Montecatini ein großer Stein das Dach ihres Hauses durchschlagen.

Sie wehrte sich lautstark gegen einen Vertreter des Naturschutzes, der sie überreden wollte, ihr Haus doch noch zu verlassen und rief ihm aus dem Fenster zu: 'Zuerst haben sie mich gesteinigt, jetzt wollen sie mich auch noch ersäufen. Aber ich weiche nicht, sondern ziehe in den oberen Stock, wo bereits meine geliebten Hähne und Hennen sind. Und wenn das Wasser auch noch dahin kommt, steige ich mit ihnen in die Dachkammer hinauf. Ich bleibe in meinem Haus, basta! Wo Gefahr ist, da wächst das Rettende auch.'

Mit Polizeigewalt musste die *schwarze Trinali* schreiend und fluchend aus ihrem Haus geschleppt werden und konnte nur so gerettet werden. Ansonsten wäre sie zusammen mit ihren Tieren jämmerlich ertrunken."

Erneut war es wieder sehr lange still in der Baracke, bis Ambros das unangenehme Schweigen brach. „Ich habe Angst vor dem Winter." Er seufzte mehr als dass er sprach.

Und dann geschah das kleine Wunder! Jakob, der in den letzten Wochen überhaupt nicht mehr gesprochen hatte, blickte Ambros eindringlich an und sprach dann mit überraschend klaren Worten: „Wir schaffen das, wir sind doch eine Familie. Zusammen schaffen wir das. Gerade die schlechten Zeiten sind gute Zeiten für die Starken." Ein befremdendes Leuchten lag in seinen Augen. „Das Schicksal kann uns Knüppel zwischen die Beine werfen, aber dadurch werden wir nur stärker." Den Anderen blieb die Spucke weg.

Ambros war der Erste, der wieder Worte fand. „Mensch Jakob, ich freue mich so. Du hast vollkommen recht.

Sollen sie doch den See fluten. Wenn wir alle zusammenhalten, schaffen wir das, wie du gesagt hast, Jakob. Nur gemeinsam sind wir stark."

Anna stand auf und umarmte ihren Mann auf das Herzlichste … und er ließ es geschehen, ja, erwiderte die Umarmung sogar. Sie schaute Genoveva und Ambros dankbar über die Schulter ihres Mannes an.

Genoveva lächelte erhaben. „Dann lassen wir euch beide mal allein. Ich mache mit Ambros noch einen kleinen Abendspaziergang. Wenn Filomena aufwacht, gib ihr bitte etwas Milch! Die Flasche steht im Regal."

Anna nickte freundlich. Dabei ließ sie ihren Jakob nicht mehr los. Alles sah nach einem Neuanfang aus.

Ambros und Genoveva liefen ein Stück den Endkopf hoch. Die frische Bergluft tat ihnen gut. Waren unheimlich glücklich, dass Jakob offensichtlich wieder zu seiner Normalität zurückgefunden hat.

In der Mitte der Grauner Alm setzten sie sich in eine bunt blühende Wiese. Er schluckte schwer, während ihr eine Träne die Wange hinunterlief.

„Denkst du auch daran?"

Ambros nickte bedrückt. „Ja, man sieht jetzt nur noch ein paar einsame Grundmauern, ein paar Häuserwände am Rand und unseren Grauner Kirchturm. Jetzt müssen wir auch noch dankbar sein, dass das Denkmalamt den Abriss des Kirchturms verboten hat … oder war es doch Gottes Fügung, die den Turm trotz mehrerer Sprengversuche nicht einstürzen ließ …?"

Ambros dachte kurz nach, bevor er fortfuhr.

„Ich bin mir sicher, dass Gott nicht wollte, dass sie uns alles nehmen. Wenigstens diese eine Erinnerung, dass dort mal Leute gewohnt haben, diese eine Erinnerung wollte er uns erhalten, wenn sie auch wehmütig ist."

Bei seinen Worten verdüsterte sich sein Gesichtsausdruck. „Ach Veva! Wie oft saßen wir auf den harten Holzbänken in unserer Kirche? Wir haben dort geheiratet und Filomena wurde in St. Katharina getauft. Es ist einfach unglaublich. Und wenn ich jetzt zwanzig Meter nach links sehe, dann müsste dort, unter dem Wasser, unser Haus stehen, vollgesogen und bald dem völligen Zerfall und Ruin bestimmt. Unser Keller und der Eingangsbereich sind ja noch vollständig erhalten. Ich kann es immer noch nicht glauben. Ein Haus in dem man gelebt, gelitten, gesungen, gelacht und miteinander die persönlichsten Dinge besprochen hat, ein Haus voller Wunder und Geheimnisse. Ein Haus, das uns Schutz und Sicherheit gegeben hat. Ein Haus in dem unser Kind das Licht der Welt erblickt und seinen ersten Laut von sich gegeben hat. Das alles ist jetzt unter der Wasseroberfläche verschwunden. Zwar teilweise noch da, aber nicht mehr sichtbar. Aus unseren Augen, aber nicht aus unserem Sinn." Er schaute seine Frau traurig an. „Veva, es ist so unvorstellbar, so irreal und gleichzeitig so schrecklich."

Sie nickte bitter. „Ja, stimmt. Aber jetzt haben wir wenigstens ein Dach über dem Kopf, zwar in einer Baracke, aber immerhin. Die Entschädigungen für unser Haus und unsere Felder sind bisher sehr spärlich ausgefallen. Unsere Kühe stehen noch auf der Weide. Dort können sie jedoch über Winter nicht bleiben. Wie wird es wohl weitergehen? Die Seele vom Oberland liegt in diesem Stausee versunken."

In Ambros keimte tatsächlich Hoffnung. Dann lächelte er unvermittelt. „Trotz alledem müssen wir es positiv sehen und nach vorne schauen … und es ist heute ein Wunder geschehen. Jakob spricht wieder und was er gesagt hat, gibt mir große Hoffnung. Wir sind nicht allein. Zusammen mit ihm und Anna werden wir es schaffen. Ich baue meine Werkstatt wieder auf und für uns ein neues Haus. Die Tiere müssten wir dann halt verkaufen. Jakob hat es richtig gesagt: Wir schaffen das. Für meine Familie würde ich alles tun."

Genoveva nickte kritisch und presste dabei ihre Lippen gegeneinander. Sie wollte den Worten von Ambros so gerne glauben, hatte aber gleichzeitig ihre Zweifel. Ein neues Haus? Woher sollten sie das Geld nehmen?

Als hätte er ihre Gedanken erraten, sah er Veva ernst an. „Ganz unmenschlich sind die von der Verwaltung auch nicht und ich habe inzwischen gute Beziehungen zu unserem Bürgermeister und sogar zum Landeshauptmann Karl Erckert. In unserer Situation dürfte es nicht sonderlich schwer sein, einen Baukredit zu bekommen. Wir könnten das neue Haus dann zusammen mit deiner Schwester und Jakob bauen."

Genoveva drückte jetzt ein leichtes Lächeln aus ihrem Mund. „Oder vielleicht zwei Häuser nebeneinander, so wie in Graun. Ja, es wäre sehr schön, wenn das alles klappen würde."

Sie schüttelte, schemenhaft in die Ferne schauend, ungläubig den Kopf. Der laute Schrei eines Vogels setzte ihren gedanklichen Ausflügen in die Vergangenheit ein Ende. „Komisch, ich musste gerade, jetzt mitten im Sommer, an den Winter denken. Wie ich damals als Kind am Fenster unseres Hauses stand. Ich schaute hinaus, wie der Schnee unseren Garten in ein frisches Weiß färbte. Es kam mir dabei so vor, als wäre es das weiße Tuch eines Zauberers. Alles war unter seinem Zaubertuch verschwunden: Die bunte Hecke, der grüne Rasen, mein Sandkasten, unser Gehweg und sogar die kleine Kräuterschnecke aus Natursteinen, die mein Vater so liebevoll angelegt hatte. Ich glaubte damals fest daran, dass ich die Gehilfin des Zauberers wäre, wie in meinem Lieblingsbuch und sprach laut einen Zauberspruch. Dadurch sollte das weiße Tuch wieder verschwinden und das satte Grün der Bäume und die bunten Farben der Blumen, die ich so sehr liebte, sollten darunter wieder hervorkommen. Ich hatte es immer wieder versucht, aber es klappte leider nie.

Später habe ich mir dann sogar aus Schwarzdornholz einen Zauberstab gebastelt, aber das hatte auch nichts geholfen. Alles blieb weiß ... oft bis über Ostern hinaus. Viele meiner Freundinnen liebten zwar den Winter, aber ich war schon immer ein Sommerkind."

Vevas Gesichtszüge hatten inzwischen etwas ungewohnt Weiches angenommen. Sie schaute melancholisch auf den großen See. „Was man als Kind doch für verrückte Ideen hat." Sie sprach die Worte in einem zwanglosen, glücklichen Ton, der in diesem Moment alle ihre Sorgen vergessen ließ. Beide saßen in ihren Gedanken versunken auf der bunt blühenden Wiese. Eine Grille begann laut zu zirpen.

Veva schaute Ambros neckisch an. „Ja, und in diesem Moment, also jetzt, habe ich das weiße Tuch weggezaubert, ohne Zauberstab. Jetzt haben wir Sommer, unseren Sommer ... könnten also glücklich sein. Aber wir sind keine Kinder mehr." Ambros nickte leicht lächelnd. „Ja, aber der kindliche Zauber darf uns trotzdem nie verloren gehen."

Dann tat Ambros etwas, was er, den widrigen Umständen geschuldet, schon lange nicht mehr getan hatte. Er rückte näher zu seiner Frau heran und legte ihr den Arm zärtlich um die Schulter, gab ihr einen Kuss auf die Wange und schaute dann zuversichtlich in die Ferne. Nicht auf den Reschensee, sondern über ihn hinweg, hinauf zur Haideralm. Es war lange her, dass er, wie in diesem Moment, richtig glücklich war und er überraschte sich selbst dabei, welch befreiende Wirkung dieses Glück auf ihn hatte.

Genoveva atmete tief ein. Seine zärtlichen Berührungen entfachten ein Feuer in ihr, das auch sie schon lange nicht mehr gespürt hatte. Sie fühlte sich in seinen Armen jetzt plötzlich besser … sicherer … ja sogar zuversichtlicher. Sah ihren Mann glücklich an. Ihre beiden Blicke trafen sich nach langer Zeit wieder in harmonischer Übereinstimmung. Verschmolzen miteinander. Plötzlich waren alle Sorgen weg, in Luft aufgelöst. Er richtete sich auf und strahlte sie mit einem verführerischen Lächeln an, das sie von früher kannte. Sie ließ ihre Hand sanft über sein Gesicht gleiten. Berührte zärtlich seine gerundete Nase, die dünnen Lippen und das harte Kinn.

Die Dämmerung war inzwischen hereingebrochen und immer mehr Sterne erschienen am wolkenlosen Abendhimmel. Eine Weile sahen sie stumm hinauf. Dann nahm Ambros ihr Gesicht einfühlsam in beide Hände. Sein Blick wanderte erwartungsvoll von ihren blonden Locken zu den hellblauen Augen. Eine reizende Röte überzog ihre Wangen. Beide dachten dasselbe. Er strich ihre Haare behutsam glatt und sah seine Frau liebevoll an. Dazu hatte er in den vergangenen Monaten keine Zeit mehr gehabt, oder es hatte sich einfach nicht ergeben. Oder die schwierige Zeit war dafür einfach nicht gemacht.

Die Intimität seiner Berührungen raubte ihr fast den Atem. Sie schaute auf ihren Unterarm. Ihre Härchen stellten sich senkrecht auf. Es war nicht der säuselnde Wind, sondern die wiedergewonnene Leidenschaft, die sie in diesem Moment verspürte. Genoveva schmiegte sich eng an ihn heran, was Ambros mit Energie erfüllte. Wenn man nur ans Überleben, an die Arbeit und seine Sorgen denkt, dann unterschätzt man leicht die Wirkung, die eine Frau auf einen Mann ausüben kann. Unter Vevas verlangendem Blick spürte er nach langer Zeit wieder, dass er ein Mann war.

Im Schutz der Dämmerung rückten sie immer näher aneinander, pressten ihre Beine eng zusammen. Ohne weitere Worte entfalteten sich ihre Empfindungen.

Eine fast schon nicht mehr gekannte Leidenschaft überwältigte sie. Das gegenseitige Verlangen wurde immer drängender und verschweißte ihre beiden Körper zu einer harmonischen Einheit.

Sie lösten sich wieder ganz langsam und vorsichtig, so als hätten ihre Körper noch nicht begriffen, was ihre Gedanken soeben veranlasst hatten. Ambros schaute seine Frau glückselig an. „Es war … du hast mir den Boden unter den Füßen weggezogen." Sie lächelte Ambros unvermittelt an. „Ja, nur wer liebt kann auch begehren." Ambros und Genoveva zogen ihre Kleider wieder an, ohne sich daran erinnern zu können, sie überhaupt ausgezogen zu haben. Sie blieben beide noch im Gras sitzen und schauten glückselig zum Himmel hoch, wollten den Moment einfrieren.

Inzwischen war es dunkel geworden. Ambros zeigte mit dem Finger auf eines der vielen Sternbilder. „Sieh, der Große Bär! Er stellt das drittgrößte Sternbild im Weltall dar und liegt am Nordhimmel. Man kann ihn in Europa sogar ganzjährig sehen. **In der griechischen Mythologie** wird der Große Bär mit Callisto in Verbindung gebracht. Das war eine Nymphe, die von Zeus' eifersüchtiger Frau, ihr Name war Hera, damals in einen Bären verwandelt worden sein soll."

Genoveva lächelte stolz. „Wusste ja gar nicht, dass du dich in der Astronomie so gut auskennst."

„Ja! Nein! Ich muss gestehen, so gut auch nicht. Der Große Bär ist tatsächlich das einzige Sternbild, das ich so genau kenne. Bei den anderen habe ich schon so meine … astronomischen Schwierigkeiten. Man kann ihn ganz leicht erkennen, er wird auch Großer Wagen genannt. Siehst du die besonders hellen Sterne dort, die vier Räder darstellen und in der Mitte geht die Deichsel mit drei weiteren Sternen nach vorne weg?"

Veva nickte bestätigend. „Ja, jetzt sehe ich ihn auch."

„Bestimmt hast du schon den *Sternenhimmel* von Vincent van Gogh gesehen? Ich meine das Gemälde."

„Ja, vielleicht." Sie konnte sich im Moment das Bild nur vage vorstellen. „Ich weiß noch, dass es eine Ortschaft mit einer Kirche, die einen spitzen Turm hat, darstellt. Darüber befindet sich dieser dunkelblaue Sternenhimmel." Ambros lächelte seine Frau bestätigend an. „Ja, richtig. Aber dieser dunkelblaue Himmel zeigt ein ganz besonderes Sternbild und zwar ..." Sie fiel ihm ins Wort. „Den Großen Bären?" „So ist es. Somit hatte bereits Vincent van Gogh damals dasselbe Sternbild gesehen, wie wir heute. Ich finde das sehr spannend."

Das ablenkende Gespräch tat dem leidgeprüften Ehepaar gut. Sie freuten sich, dass sie noch ein anderes Thema hatten, als nur, wie in den vergangenen Jahren, die immer wieder drohende Flutung ihres Hauses … und dazwischen die Angst vor dem Krieg … vor dem

Tod und sogar vor dem Leben.

Es war schon spät am Abend, als die jungen Eltern entspannt und gleichzeitig hoffnungsvoll zurück zu ihrer Baracke liefen. Ambros warf seine Stirn in Falten. „Veva, lass uns ein schönes Haus bauen, das kein Wasser der Welt zerstören kann." Sie nickte zustimmend und bewunderte die Kraft seines Willens. Dann dachte sie nach. Was ist das Leben? Ärger, Stress, Probleme, Furcht vor der Zukunft? Nein! Das Leben musste wieder in normale Bahnen gelenkt werden, in Hoffnung, Freude, Frohsinn und es musste vor allen Dingen erträglich weitergehen. Ein Anfang war heute bereits erkennbar.

Einige Wochen später waren zur Verwunderung der beiden Familien zwei Männer aus der Schweiz an ihre Baracke gekommen und hatten nachgefragt, ob sie mit dem *neuen Haus* zufrieden seien. Ambros wäre fast auf sie losgegangen. Er hatte sie regelrecht vom Hof gejagt. Einer der Männer drehte sich beim Weggehen noch um und rief ihnen zu, dass sie doch vorher ein altes Haus gehabt hätten und jetzt in einem ganz neuen wohnen würden. In diesem Moment hätte Jakob sogar noch den Hund auf die beiden Männer gehetzt, wenn ihn Anna nicht zurückgehalten hätte. Es war zwar grundsätzlich eine Frechheit, aber Ambros erkannte in dem Verhalten der Schweizer später doch einen kleinen Rest von Reue. Wenigstens hatten sie nachgefragt. Sie wollte die Schweizer auch nicht pauschal verurteilen, zumal sie ihnen, in den letzten Monaten des Zweiten Weltkriegs, Unterschlupf gewährt hatten und somit vielleicht sogar das Leben gerettet haben. Erst das Leben gerettet und dann bei der Flutung ihres Hauses mitgeholfen!

Nauders in Tirol
Im Jahr 1955

Sie hatten es tatsächlich geschafft.

Zusammen mit Jakob und Anna waren die beiden neuen Häuser relativ schnell gebaut worden, die jetzt unmittelbar nebeneinander auf einem großen Grundstück standen. So hatte jede Familie ihr eigenes Haus und sie waren doch zusammen. Für Ambros war noch eine neue Schreinerwerkstatt und gleich daneben für Jakob eine Spenglerei gebaut worden.

Nur, … nicht in Graun und auch nicht in Italien!

Die beiden Familien hatten sich nach der damaligen Flutung lange beratschlagt. Eigentlich wollten sie ihre Heimat des Herzens, ihr Graun, nie verlassen. Aber es war ihnen einfach nicht möglich gewesen, jeden Tag auf diesen See zu blicken, jeden Tag die mahnende Kirchturmspitze mit den Augen zu erfassen und nicht mehr loslassen zu können. Diesen täglichen Schmerz hätten sie nicht ertragen können, er wäre zu groß gewesen. Sie hatten es deshalb gewagt, sogar ihr Land zu verlassen und haben sich für Österreich entschieden.

Auch die Schweiz war im Gespräch gewesen, da Ambros und Veva damals von der Schweizer Bergbauernfamilie sehr freundlich aufgenommen worden waren. Aber wegen der mysteriösen Beteiligung der Eidgenossen an dem Stromprojekt Reschensee, wurde dieses, naja … neutrale Land, einstimmig als neue Heimat abgelehnt.

Die beiden Familien entschieden sich letztendlich für Nauders in Tirol, das zwar in Österreich liegt, aber nur ein paar Kilometer von Graun entfernt. Ihre Bindung zu Italien war sowieso nicht besonders stark ausgeprägt.

Sie liebten ihr Tirol, in dem sie jetzt weiterhin leben konnten, egal ob es österreichisch oder italienisch war. Für sie war es grundlegend Tirol.

Wenn der Volksheld Andreas Hofer damals, am Bergisel zu Innsbruck, seinen Aufstand gewonnen hätte, dann wäre das heute alles sowieso Tirol. Aber leider musste Hofer diese verheerende Niederlage einstecken und Tirol blieb damals, auch mit Hilfe von Napoleon, unter Bayerischer Regentschaft. Insgesamt hatten vier Schlachten am Bergisel stattgefunden und noch heute erzählt man sich folgende Geschichte:

Es war am Abend des 25. Mai 1809. Der Freiheitskämpfer und Sandwirt Andreas Hofer saß zusammen mit seinen getreuen Mitstreitern in seinem Gasthof.

Plötzlich, und völlig unerwartet, kam ein alter und gebrechlicher Mann in die Gaststätte von St. Leonhard in Passeier und verlangte, zu Andreas Hofer durchgelassen zu werden. Als er endlich vor dem Tisch stand, an dem Hofer saß, sagte er laut zu ihm, so dass es alle anderen mithören konnten: „Hofer, Ander, am Morgen des 29. Mai musst du unbedingt angreifen, dann siegen die Tiroler und ihr habt wieder ein freies Land!"

Der Alte verschwand noch während des verwunderten Gemurmels der Getreuen. Aber keiner der Männer sah ihn wieder zur Tür hinausgehen. Trotz Befragen und Umhören konnte auch nie ermittelt werden, wer dieser seltsame Mann war. So setzte sich am Stammtisch vom Sandwirt die Meinung durch, dass soeben ein Engel in Verkleidung des Alten erschienen sei, der dem Andreas Hofer den Termin für den Angriff mitgeteilt habe.

Hofer ließ sich davon beeindrucken und griff tatsächlich am 29. Mai 1809 in Innsbruck am Bergisel an. Die anbrechende Nacht und ein heftiger Gewitterregen verhinderten aber eine Entscheidung. Die Bayern behaupteten die Talebene, die Tiroler die Berghänge. Aber irgendwie musste der Alte doch geschwindelt haben, oder er war tatsächlich gar kein Engel, sondern der Teufel selbst, denn die Schlacht ging unentschieden aus. Hofer verlor dann die nächste Schlacht am 13. August, im Jahr 1809, am Bergisel bei Innsbruck und sein Traum von einem freien Tirol war gescheitert.

Erst fünf Jahre später, nach der Niederlage Napoleons, im Jahr 1814, kam Tirol dann wieder zurück nach Österreich und wurde sogar um die salzburgischen Gebiete Zillertal, Brixental und Matrei vergrößert.

Die Situation heute ist Ambros, Genoveva, Jakob und Anna sehr wohl bekannt. Ambros und Jakob hatten sich früher immer wieder über das politische Thema Tirol und die oft gewünschte Autonomie unterhalten. Die Gespräche gingen meist bis tief in die Nacht, wobei die Italiener, aber auch die Österreicher, nicht besonders gut wegkamen.

Aber inzwischen waren sie von den Ösis sogar begeistert. Nachdem bei den österreichischen Behörden bekannt geworden war, dass sie aus Graun kamen und ihr Haus dort, trotz ihrer Proteste, geflutet worden war, bekamen sie innerhalb von nur wenigen Wochen ohne lange bürokratische Anträge stellen zu müssen, eine Bau- und auch eine sofortige Arbeitsgenehmigung für ihr Gewerbe. Es kamen sogar noch einige diverse Entschädigungen von den italienischen Behörden dazu.

Die Geschäfte in Nauders liefen überraschend gut.
Die Tiroler Gemeinde wollte den Fremdenverkehr ausbauen. Ambros als Schreiner und Jakob als Spengler waren beim Neubau der Hotels besonders gefragt.

Auch die beiden Schwestern Genoveva und Anna waren mit ihren neuen Häusern sehr zufrieden. Die Arbeit lenkte die Familie von ihren vergangenen und auch von den inzwischen wesentlich kleiner gewordenen, aktuellen Sorgen ab. Man war auf dem besten Weg, wieder Normalität in das Leben einkehren zu lassen, so wie es sich Genoveva damals im Jahr 1950 gewünscht hatte. Filomena war inzwischen sieben und ihre kleine Schwester Valentina, die der Familie Dachgruber am 16. Mai 1952 geschenkt worden war, hatte bereits ihren dritten Geburtstag gefeiert.

Jakob und Anna waren noch immer kinderlos. Sie hatten zwar alles versucht, aber auch die aufgesuchten Ärzte konnten ihnen nicht helfen. Anna hatte sich im Gegensatz zu Jakob inzwischen damit abgefunden und sie kümmerte sich deshalb sehr intensiv um die beiden Kinder von Ambros und Veva. Auch Jakob schenkte ihnen immer wieder Süßigkeiten und beschäftigte sich viel mit ihnen. Aber er blieb trotzdem der traurige Clown, denn sein Kriegstrauma kam inzwischen wieder hoch und hatte sich in letzter Zeit sogar noch verstärkt. Doch das konnte er vor den Kindern und überwiegend sogar auch vor Anna erfolgreich verstecken, … glaubte er zumindest.

Wie jeden Freitagnachmittag trafen sich Anna und Genoveva auch heute zu ihrem gemeinsamen Kaffeekränzchen. Es war ein warmer Sommertag. Angenehm und nicht zu heiß. Diesmal hatte Anna einen Kuchen gebacken, über dessen Zutaten sich die beiden Frauen gerade ausführlich im Wohnzimmer unterhielten. Die beiden Mädchen spielten bereits seit einigen Stunden zusammen im Garten hinter dem Haus. Filomena hatte gerade eine Handpuppe übergezogen und gab eine

Bauchrednerin. Ihre kleine Schwester Valentina saß auf einem Kinderstuhl und beobachtete interessiert das soeben dargebotene Schauspiel. Immer wieder war ihr herzzerreißendes Lachen bis ins Wohnzimmer zu hören. Beide Mädchen hatten lange blonde Haare, die jeweils zu einem Pferdeschwanz zusammengebunden waren. Sie trugen beide ein gelbes Sommerkleid und rote Sandalen. Die Geschwister verstanden sich sehr gut und konnten oft den gesamten Nachmittag miteinander spielen, ohne dass ihre Mutter hätte eingreifen müssen.

Trotzdem schaute Genoveva immer wieder nach den Kindern, während sie sich im Wohnzimmer mit ihrer Schwester unterhielt. Dazu musste sie aber jedes Mal aufstehen und ans Fenster laufen. Sie winkte dann den beiden Mädchen freundlich zu. Ein kindliches „Hallo Mama!" ließ Genoveva dankbar lächeln und sie setzte sich wieder zufrieden auf ihren Stuhl zurück.

„Wo waren wir jetzt stehengeblieben?" Sie sah Anna nachdenklich an. Die Miene ihrer Schwester verfinsterte sich. „Ich, … ich weiß auch nicht mehr. War auch nicht so wichtig. Aber ich habe da etwas, über das ich unbedingt mit dir sprechen möchte." Sie deutete ein trauriges Lächeln an. „Vielleicht fällt dir sogar eine Lösung für mein Problem ein. Ich selbst weiß wirklich nicht mehr weiter. Es wird immer schlimmer."

Annas Blick wurde ernst, ihr Gesicht blass. "Ich hatte gehofft es ist vorbei, aber man kann die Geschichte nicht auslöschen, nur verschleiern oder ignorieren … und das ist mir zu einfach. Ich habe die schlimme Befürchtung, dass ich dieses Angstgefühl mutig bis zu meinem seligen Ende ertragen muss."

Ihre Schwester schaute sie besorgt und gleichzeitig fragend an. „Es geht wieder um Jakob?"

„Ja, richtig! Veva, ich weiß nicht, aber ich muss mit dir reden. Du bist meine einzige Hoffnung, obwohl ich fast schon keine Zuversicht mehr habe."

Anna atmete tief durch, bevor sie zu erzählen begann. Sie musste und wollte weit ausholen. „Jakob und ich haben aus Liebe geheiratet. Wir waren so jung, so frei und wir waren glücklich … richtig glücklich."

Ihre Wangen röteten sich und ihr wurde warm ums Herz, als sie an die ersten gemeinsamen Jahre mit Jakob dachte. Genoveva wusste, dass es Anna gut tat, von früher zu erzählen, obwohl ihr selbst das alles bereits bestens bekannt war.

Mit einem nachdenklichen Lächeln fuhr Anna fort. „Wir verstanden uns ohne viele Worte. Wenn wir uns unterhielten, genügten meistens die ganz einfachen, all-täglichen Themen. Keiner wollte dem anderen etwas vormachen, oder ihn gar von seinen Ansichten über-zeugen. Wir hörten uns gegenseitig gerne zu. Keiner wartete gierig darauf, dass der andere seinen Satz bald beenden würde, damit er dann von sich oder seinen Erlebnissen erzählen konnte. Es kam mir oft so vor, als bräuchte ich nur ein paar Worte in seinen Erzählungen verändern und schon wäre es meine eigene Geschichte gewesen. Es hatte einfach alles gepasst." Es war Anna wichtig und tat ihr gut, die vergangenen, positiven Zeiten anzusprechen. „An unserem ersten Hochzeitstag hatten wir uns, ohne jegliche Absprache, gegenseitig einen Papierflieger geschenkt. Das soll nach einer alten Tradition Glück bringen. Papier ist ziemlich empfind-lich und kann zerrissen, zerschnitten oder auch nur zusammengeknüllt und somit kaputt gemacht werden. Wir haben uns damals gegenseitig an die Hände ge-nommen und uns geschworen, dass das kein Zufall sein konnte und wir uns nach sechzig Jahren Ehe einen Diamant schenken wollten. Der Diamant ist der härteste Stein auf der Welt und unzerstörbar. So sollte dann auch unsere Ehe sein. Am Anfang noch leicht zu vernichten, wie das Papier, aber dann sollte sie immer fester werden und am Schluss darf sie nicht mehr zu zerstören sein. Wie der Diamant!" Annas Gesichtszüge hatten plötzlich etwas ungewohnt Weiches angenommen. „Wir waren damals fest davon überzeugt, dass die Liebe mehr Kraft hat als jedes erdenkliche, auch noch so zerstörerische Schicksal. Waren frei von Angst."

Anna atmete stockend ein. Sie bemühte sich, ihre Gefühle von den Fakten zu trennen. „Die Zeit verging und prägte uns auf unterschiedlichste Weise, alles kam anders. Am Anfang habe ich immer geglaubt, dass es vom Zufall abhängen würde. Aber mit zunehmendem Alter wurde es mir immer klarer, dass hinter allem ein tieferer Sinn steht. Der Krieg, dann diese unsägliche Flutung, die uns das Haus und den Hof genommen hat. Und danach war alles nicht mehr so, wie es einmal war. Die Leichtigkeit unserer Ehe war weg, alles war so … so wahnsinnig kompliziert. Das Papier war zwar noch nicht zerrissen, aber es war … stark zerknüllt. Wir kämpften dagegen an, aber gewannen diesen Kampf am Ende nicht. Wir konnten ihn nicht gewinnen. Der tiefere Sinn war da, auch wenn wir ihn nicht verstehen wollten, … verstehen konnten.

Ich versuchte immer wieder mit Jakob zu sprechen. Wollte ihm helfen. Ich wusste ja, wie er leidet. Er war zwar immer noch mein Ehemann, aber er wurde mir immer fremder. Oft kam es mir so vor, als würde ich einem mir völlig unbekannten Menschen ins Gesicht schauen. Es war nicht mehr das Gesicht des Mannes, den ich geheiratet habe. Unsere Streitgespräche wurden immer explosiver. Manchmal erschütterte mich der Streit im Innersten so sehr, dass ich das Gefühl hatte, als würde er mich ein ganzes Lebensjahr kosten. Wir fanden nicht mehr zueinander. Aber ich wollte ihn auch nicht aufgeben. Mit dem Aufwand meiner gesamten Kräfte wollte ich alles für ihn tun, wollte für ihn kämpfen … für ihn und für unsere Ehe. Ich hatte unendlich viel Geduld, aber ich habe es nicht geschafft. Jakob war von einer Krankheit betroffen, die er nur zeitweise unterdrücken konnte, die dann aber immer öfter ausbrach. Leider konnte auch meine Liebe zu ihm die Tiefe seines Herzens nicht mehr erreichen."

Genoveva erkannte bei den Worten ihrer Schwester ein seltsames Leuchten in deren Augen. „Vielleicht auch deshalb nicht, weil er sich mir gegenüber immer mehr verschlossen hatte. Aber ich wollte ihm gleichzeitig keine Schuld geben. Ich habe nie die Hoffnung aufgegeben; auch durch Kummer kann man eine neue, eine kräftigere Seele gewinnen. Man kann aus einem tiefen Tal wieder gestärkt herauskommen, wenn man positiv nach vorne sieht. Und ja, ich glaube noch heute an den heilenden Balsam der Liebe. Ich … ich habe nie aufgehört Jakob zu lieben. Es sind doch die leisen Kräfte, die das Leben tragen. Aber das Glück, auch wenn es noch so gering ist, braucht doch auch Gewissheiten und einen verlässlichen Gefährten. Ich fühle mich immer wieder, obwohl Jakob in meiner Nähe ist, so allein."

Sie sah ihre Schwester sentimental an.

„Glaube mir, Veva, trotzdem habe ich ihn noch geliebt, obwohl ich irgendwann gespürt habe, dass ich von ihm nicht mehr geliebt wurde. Ich habe es sogar ignoriert, als er mich immer öfter für sein Scheitern verantwortlich gemacht hatte. Aber ich wusste auch, dass er dabei nur von sich selbst ablenken wollte. Manchmal spürte ich förmlich seine Angst, so dass jede weitere Frage unnötig gewesen wäre. Zumal ich wusste, dass er diese Angst aus dem Krieg mit nach Hause gebracht hatte."

Genoveva warf ihrer Schwester einen Blick zu, als sei sie sich nicht sicher, wie sie darauf antworten sollte. Sie schaute Anna eindringlich an. Erst jetzt bemerkte sie, dass sich ihre Schwester in den vergangenen Wochen verändert hatte. Aber gleichzeitig drückte sich in ihrem Gesicht eine solch starke Haltung und Klarheit des Geistes aus, dass Genoveva unwillkürlich bewegt war. Anna erzählte weiter. „Dann zogen wir gemeinsam mit euch nach Nauders. Das schien der richtige Weg zu sein. Eigentlich lief auch zunächst alles besser. Jakob hatte den Zweck seines Lebens jetzt wieder erkannt und blühte in seiner Arbeit auf. Es kam mir tatsächlich so vor, als hätte er seine negativen Gedanken erstickt. Wir kamen uns wieder näher. Ich hatte sogar den Eindruck, dass mir seine wiedergewonnene Liebe die Gnade neuer Jugend verlieh. Fühlte mich plötzlich wieder jung und frei. Alles lief seinen Weg. Außer, dass ich halt keine Kinder bekommen konnte, führten wir eine …" Ihre dunkelgrünen Augen wechselten ins Blaue. „Ja, es war schon … zeitweise eine glückliche Ehe."

Genoveva schaute ihre Schwester überrascht an und schüttelte den Kopf. „Warum sprichst du in der Vergangenheit? Ich habe bisher eigentlich nicht mitbekommen, dass sich bei euch irgendetwas geändert haben soll, seit wir zusammen hier in Nauders wohnen." Sie überlegte. „Aber offensichtlich inzwischen doch."

Genoveva sah Anna fragend an, der in diesem Moment eine dicke Träne über ihr schmales Gesicht lief.

„Ja. Doch! Auch wenn du nichts bemerkt hast. Aber du hast recht. Am Anfang war Jakob auch ziemlich eingespannt durch die Arbeiten am Hausbau und durch die Aufträge von den Hotels. Aber inzwischen ... irgendetwas stimmt da nicht mit ihm. Es geht einfach eine unheimlich starke Angst in mir um, eine so entsetzliche und auch unnatürliche Angst, die ich mir selbst in meinem geheimsten Denken nicht eingestehen will. Ich habe sogar die Befürchtung, dass er sich etwas antun könnte. Die wiedergewonnene Liebe hatte leider hier in Nauders nur kurze Zeit Bestand." Anna hob beide Hände, ließ sie dann aber wieder hilflos auf die Knie fallen. „Ja, du hast schon recht, zu allen anderen ist er sehr freundlich, aber zu mir …" Sie schüttelte traurig den Kopf. „Und es wird immer schlimmer. Er ignoriert mich förmlich, meckert nur am Essen herum, obwohl ich mir alle Mühe gebe und irgendwelche sonstige Gemeinsamkeiten haben wir ebenfalls nicht mehr, wenn du verstehst was ich meine."

Genoveva nickte nachdenklich. „Ja, ich habe schon mitbekommen, dass Jakob oft bis spät in die Nacht in seiner Werkstatt arbeitet. Sehe ja von meinem Wohnzimmerfenster, wie lange das Licht dort brennt. Manchmal sogar noch, wenn wir ins Bett gehen."

Anna hob abwinkend ihre rechte Hand. „Das habe ich anfangs auch gedacht. Aber als ich ihm irgendwann mal etwas zu Essen bringen wollte, brannte zwar das Licht, aber Jakob war nicht in seiner Werkstatt anzutreffen. Ich ging zurück in unsere Wohnung und habe auf ihn gewartet. Als er dann weit nach Mitternacht in unser Haus kam, habe ich ihn gefragt, wo er heute gewesen sei. Er wollte mir versichern, dass er in der Werkstatt arbeiten musste, da ja das bisschen Geld, das ich dazuverdiene, vorne und hinten nicht ausreiche. Ich habe mich zwar zunächst damit abgefunden, aber dann wollte ich es doch etwas genauer wissen. Eines Abends habe ich recht früh das Licht ausgemacht und mich im Dunkeln hinter den Vorhang gestellt. Ich weiß, dass es nicht gut für eine Ehe sein kann, wenn man sich gegenseitig überwacht und kein Vertrauen zueinander hat, aber ich musste es einfach tun. Ich wollte Klarheit haben.

Kurz danach, ungefähr gegen 21.30 Uhr öffnete sich dann vorsichtig seine Werkstatttür und mein Mann trat, sich unsicher umsehend, heraus. Ganz langsam und leise schloss er die Tür ab. Das Licht in der Werkstatt ließ er brennen. Er achtete besonders darauf, dass er kein unnötiges Geräusch verursachte. Schlich sich dann förmlich wie ein Dieb über unseren Hof zur Straße.

Ich folgte ihm vorsichtig. Ich musste einfach wissen, was mein Mann noch so spät vorhatte. Dass er zu diesem späten Zeitpunkt noch einen Kunden besuchen könnte, habe ich ausgeschlossen. Ich befürchtete schon, dass er zu einer anderen Frau gehen würde. Aber bald wusste ich dann auch, was sein Ziel war. Kurz vor dem Gasthof Zum Lamm in der Dr.-Tschiggfrey-Straße verlangsamte er seinen Gang, bog plötzlich ab und war dann im Gasthaus verschwunden.

In einem späteren Gespräch mit dem Wirt vom Lamm erfuhr ich mehr nebenbei, dass mein Mann inzwischen sein bester Gast sei. Er versprach mir auch, dass er mit ihm darüber sprechen wollte. Bisher hat er es aber nicht getan oder er hat es mir noch nicht gesagt."

Genoveva atmete tief aus. „Hast du denn schon mit Jakob darüber gesprochen?"

„Nein, ich habe mich einfach noch nicht getraut. Es ist

besser, wenn er nicht weiß, was ich weiß. Dir ist ja bekannt, wie er nach dem Krieg war. Zu bestimmten Dingen gibt es nur falsche Fragen. Ich ... ich wollte ihn auch schon verlassen, habe es aber einfach nicht fertiggebracht. Man kann seinem Herzen nichts befehlen.

Ja, und heute ist eine gute Gelegenheit dazu, mit dir darüber zu sprechen. Es entwickelt sich eine immer größer werdende Angst in mir. Eigentlich sollte Angst uns vor Schaden bewahren und bisher konnte ich mit Gottes Hilfe immer gut damit umgehen. Auch die Kraft der Liebe kann die Angst besiegen. Das weiß ich. So steht es auch in der Bibel. Aber bei mir ist da irgend etwas schief gegangen. Ich kann nicht mehr!"

Genoveva presste ihre Lippen eng zusammen. Die von ihrer Schwester geschilderten Ereignisse waren weit über ihre ursprüngliche Vermutung hinausgegangen.

„Aber wie gehen wir das Problem jetzt an? Soll ich mal mit Ambros darüber sprechen, oder direkt mit Jakob?"

Anna nickte zögerlich „Ja, es wäre mir schon recht, wenn Ambros auch Bescheid wüsste. Wenn du heute Abend mal mit ihm sprechen könntest? Vielleicht weiß er einen Rat. Ich will aber nichts falsch machen."

„Ja, das werde ich natürlich für dich tun. Gemeinsam werden wir eine Lösung finden. Du hast recht. Wir müssen dabei sehr diplomatisch vorgehen. Ich möchte auf keinen Fall, dass Jakob sich in die Enge gedrückt oder sogar verraten fühlt. Ich möchte auch nicht, dass er sich hintergangen oder überwacht vorkommt und man darf ihm auch keine großen Vorwürfe machen, ... wegen dieser Kriegsgeschichte."

Genoveva schaute ihre Schwester fragend an. „Hat er dir eigentlich inzwischen erzählt, was konkret die Ursache für sein Trauma war oder ist?"

„Nein!", sagte sie langsam, als müsse sie sich die Frage erst selbst stellen. „Da zunächst alles wieder gut war, habe ich ihn auch nicht mehr gefragt. Die Zeit heilt die Wunden ... habe ich gedacht. Aber die Sache mit dem Gasthaus Lamm sagt mir, dass er versucht, die wieder aufkommenden Kriegserlebnisse mit dem Alkohol zu bekämpfen. An der Front muss ihm ein psychisches Trauma oder sogar mehrere widerfahren sein. Ich dachte, es wäre vorbei. Aber jetzt treten diese posttraumatischen Störungen, bereits zum zweiten Mal, wieder auf. Sogar viel stärker als damals. Die Flutung unseres Hauses und dass wir es zwangsweise verlassen mussten, hat das Ganze mit Sicherheit nicht erleichtert. Und die Folgen muss ich jetzt aushalten: Vorhaltungen, Wutanfälle, schnelle Reizbarkeit oder Hass in seinem Blick. Hass in einer Ehe, das geht schon mal gar nicht. Dazu kommen auch noch in der Nacht Schlafschwierigkeiten und am Tag Konzentrationsprobleme. Er hat nur noch negative Gedanken und Schuldgefühle." In ihrem Blick lag noch viel Ungesagtes.

Genoveva spürte förmlich die Angst, die sich in Annas Kopf festgesetzt hatte. „Also doch wieder grundsätzlich die selben Symptome wie damals, als er zum ersten Mal aus dem Krieg zurückgekommen war."

Anna nickte traurig. „Ja, schon seit einigen Monaten, nur viel stärker."

Genoveva stand auf, dann schaute sie ihre Schwester ernst an. „Schlägt er dich?"

Anna wischte sich eine Träne weg und seufzte leise. „Nein, das tut er nicht. Aber ...", sie atmete tief durch. „Er war schon kurz davor."

Genoveva nickte betroffen. „Ich werde auf jeden Fall zunächst mal mit Ambros sprechen und dann werden wir, wie gesagt, schon gemeinsam eine Lösung finden, hoffe ich doch stark. Es gibt aber nicht für alles sofort Antworten … für das Meiste brauchen wir Geduld."

Anna nickte kritisch. „Manchmal wollte ich sogar in ein Loch kriechen und sterben. Aber ich kann ihn doch nicht allein lassen. Ich sehe es inzwischen so, dass Jakob selbst überhaupt nichts für seine Situation kann. Verantwortlich sind doch die Leute, die einen Krieg anfangen. Die wollen doch nur eine Umverteilung der Machtverhältnisse zu ihren Gunsten erzwingen, ohne jegliche Rücksichtnahme auf menschliche Schicksale."

Anna musste an früher denken, an glückliche Zeiten, an ihre Kindheit und schloss dabei die Augen. Sie dachte darüber nach, wie Genoveva, ihre kleine Schwester, mit ihr in den Blumenwiesen der Almen gespielt hatte. Sah ihre langen, blonden Zöpfe und die Schleifchen in ihren Haaren. Das fröhliche Lachen ihrer Schwester hallte noch heute in ihren Ohren. Erinnerungen an schöne Zeiten schossen ihr durch den Kopf. Wie oft hatten sie sich in einem Versteck ihre intimsten Geheimnisse vertrauensvoll erzählt und sich ihre nächtlichen Träume kichernd zugeflüstert. Aber was war danach dann alles passiert? Anna öffnete langsam die Augen. Sie fürchtete sich, in das Gesicht ihrer Schwester zu blicken, aber sie erkannte in Vevas Augen Sanftmut und die Empathie ihr gegenüber. War dabei sehr erleichtert, dass sie mit ihrer Schwester auch heute noch über alles sprechen konnte.

Da es inzwischen draußen sehr ruhig war, stand Genoveva auf. „Ich sehe kurz nach den Kindern."

Anna nickte abwesend. „Ja, mach das mal."

Sie schaute auf den großen Rasenplatz vor der dichten

Hecke. Er war leer. Die verwaiste Schaukel bewegte sich gespenstisch im Wind. „Mena, Tina, wo seid ihr?" Sie bekam keine Antwort! „Komm, schnell Anna! Die beiden Mädchen sind verschwunden."

Anna lief, aus ihren Gedanken gerissen, ebenfalls in den Garten. „Filomena, Valentina, das Versteckspiel ist vorbei. Ihr könnt rauskommen." Von den beiden Mädchen war kein Laut zu hören.

„Ich schaue mal in die Werkstatt von Ambros."

„Ja, und ich in die von Jakob."

Die beiden Handwerker befanden sich zur Zeit bei einem Auswärtstermin in Burgeis. Dort wurde gerade das neue Hotel St. Jakob aufgeschlagen.

Genoveva und Anna kamen zeitgleich mit identischem Gesichtsausdruck aus den beiden Werkstätten. „Nein, nichts. Wo können die Kinder bloß sein? Ich befürchte, da ist was ganz Schreckliches passiert."

Anna überlegte. „Darüber machen wir uns aber jetzt noch gar keine Gedanken. Vielleicht sind sie unten am Bach." Die beiden Frauen liefen gemeinsam hinunter zum Gamorbach, der zur Zeit sehr wenig Wasser führte.

Anna hatte recht gehabt. Tatsächlich saßen die beiden Mädchen in aller Seelenruhe am Bachrand und waren tief in ihr Spiel versunken.

Nachdem Genoveva ihre beiden Kinder doch etwas streng angefahren hatte, rechtfertigte sich die kleine Valentina: „Wir haben doch nur Häuser aus Sand an den Bach gebaut und jetzt werden sie gerade alle weggeschwemmt ... ist aber nur ein Spiel."

Genoveva schüttelte ungläubig den Kopf. „Was so alles in den Köpfen der Kinder vorgeht ..."

Anna nickte bestätigend. „Und was sie alles so von unseren Gesprächen aufschnappen ... unglaublich."

Nauders in Tirol
Sommer 1960

Es hatte sich nicht sehr viel geändert.

Jakob versuchte jedes aufkommende Gespräch über seine Krankheit oder seine Probleme im Keim zu ersticken und herunterzuspielen. Wurde dabei sogar sehr oft aggressiv. Auch Genoveva und Ambros konnten ihm leider nicht helfen.

Anna musste sehr vorsichtig mit ihrem Mann umgehen. Nachts lief er oft stundenlang in der Wohnung auf und ab. Dabei blieb er immer wieder stehen, öffnete langsam den Mund, legte die Hände auf seine Augen und schrie aus Leibeskräften.

Anna hatte es immer wieder versucht und konnte Jakob dann endlich dazu überreden, professionelle Hilfe anzunehmen. Jakob war inzwischen Patient des jungen Psychologen Michael Heinrich, der erst vor wenigen Wochen in Nauders eine Praxis eingerichtet hatte.

Jakob nahm alle seine Termine regelmäßig wahr.

Anna begleitete ihn zu den Sitzungen, durfte aber bei den Gesprächen nicht immer dabei sein.

Es war durch die Behandlungen zwar insgesamt besser geworden, jedoch überkamen Jakob die Schübe seiner posttraumatischen Belastungsstörung weiterhin zu den unregelmäßigsten Zeiten. Dann konnte ein völlig unbedeutender Satz wieder einen Rückfall auslösen.

Es kam aber auch vor, dass er über mehrere Monate hinweg völlig beschwerdefrei war.

Anna hatte sich einigermaßen daran gewöhnt und versuchte sich mit aller Kraft zu arrangieren.

Auch seine Alkoholprobleme konnte er nur zeitweise in den Griff bekommen. Anna ignorierte jedoch diese

Rückfälle, da sie glaubte, dass jeder neue Vorwurf nur noch schlimmere Folgen gehabt hätte.

Die Familien Dachgruber und Gruber mussten mit dem Problem leben. Wie sagte Ambros oft: „Jedes Dach hat sein Ach."

„Macht doch langsam, Kinder! Wenn ihr die Wäsche so unordentlich in die Koffer werft, geht da nicht mal die Hälfte rein." Genoveva räumte alles wieder komplett aus, legte die Kleidungsstücke sorgfältig zusammen und sortierte sie fein säuberlich in die beiden Koffer.

Wie die Zeit vergeht. Filomena war inzwischen zwölf und Valentina acht Jahre alt. Die beiden Mädchen durften zum allerersten Mal in ihrem Leben an einer Schülerfreizeit teilnehmen. Eine ganze Woche lang.

Als die Kinder damals von der Schule nach Hause kamen, waren sie hellauf begeistert. „Wir dürfen doch da mit? Bitte, bitte, Mama und Papa!"

Genoveva und Ambros hatten zwar zusagend genickt, aber als sie gehört hatten, dass das geplante Zeltlager am Reschensee stattfinden sollte, legte Ambros sofort lautstark sein Veto ein. Das Thema Reschensee war für ihn inzwischen zum roten Tuch geworden.

„An jeden anderen See der Welt gerne, von mir aus auch an den Titicacasee in Südamerika oder an den Ammersee in Bayern, aber nicht an den Reschensee!", hatte Ambros deutlich verkündet. „Nein, nein und nochmal nein!" Er hatte den beiden Mädchen seine Gründe ganz genau erklärt, obwohl die seine Geschichte schon gefühlte hundertmal gehört hatten.

„Ja, Papa, das wissen wir doch alles. Aber was hat das mit unserer Ferienfreizeit zu tun? Der See ist jetzt schon geflutet und es war schlimm damals, was die mit euch gemacht haben, aber wir wollen dort nur etwas Spaß haben. Alle dürfen mit. Wenn wir nicht dahin fahren, wird die Flutung auch nicht mehr zurückgenommen. Außerdem ist es jetzt sowieso zu spät dafür. Wir wohnen doch glücklich hier in Nauders."

Ambros hatte streng den Zeigefinger gehoben. „Aber ihr wisst doch, dass wir, dort wo jetzt das Wasser steht, dass wir genau dort einmal gewohnt haben, dass du neben dem Kirchturm auf die Welt gekommen bist, Mena, dass wir dort unser Leben gelebt haben ... und dass sie uns das alles weggenommen haben, ohne uns zu fragen. Obwohl wir dagegen gekämpft haben, wie die Stiere. Ihr Kinder solltet wenigstens verstehen, dass wir große Opfer gebracht haben, wie kaum sonst jemand in Tirol. Aber bitte, wenn es euch nichts ausmacht, dass ihr über unser altes Haus schwimmt und über die alten Gräber, bitte, dann tut das. Ich jedenfalls könnte das nicht. Vielleicht kommt dann der Geist von Alt-Graun hoch und zieht euch beide in die Tiefe ..."

Genoveva sprang, wie von der Tarantel gestochen, von ihrem Stuhl hoch. „Ambros, jetzt reicht es aber. Die Kinder wollen nur ihren Spaß und du drohst ihnen, dass sie unter Wasser gezogen werden, egal durch welche deiner Hirngespinste auch immer. Weißt du überhaupt, was du damit zum Ausdruck bringst?"

Ambros hatte sich in Rage gesprochen, aber er bemerkte auch sofort, dass er mit der Auswahl seiner Argumente doch ziemlich daneben lag, zumindest im Bezug auf diesen Geist der Toten vom Reschensee.

Es hatte lange Zeit absolute Stille im Wohnhaus der Familie Dachgruber geherrscht, bis sich Filomena vorsichtig auf den Oberschenkel ihres Vaters setzte und den Arm liebevoll um seinen Hals legte. „Ach Paps, diese Zeiten sind doch schon lange vorbei. Du hast mir früher, wenn ich nicht einschlafen konnte, immer gesagt, dass es überhaupt keine bösen Geister gibt. Ja, stimmt. Dort wo wir schwimmen, könnte unser altes Haus stehen. Aber was macht es dem Haus aus, wenn wir im Reschensee schwimmen und unseren Spaß haben. Wir haben doch hier in Nauders ein sehr schönes neues Haus. Bitte, bitte! Wir müssen da unbedingt mit. Alle unsere Freundinnen dürfen an den See. Bitte!"

Genoveva hatte ihren Mann herausfordernd angeschaut, wohl wissend, dass er sich nach den einfühlsamen Worten ihrer Tochter geschlagen geben musste.

Ambros war überrascht von den überzeugenden Argumenten von Filomena und nickte vorsichtig. „Gut, von mir aus. Ihr habt ja alle recht. Aber ihr passt aufeinander auf und wenn irgendetwas ist, ruft ihr sofort hier an, wenn ihr etwas braucht oder so."

„Natürlich, danke Paps. Wenn du nichts von uns hörst, dann weißt du, dass es uns gut geht."

Jetzt kam auch Valentina. Sie setzte sich dankbar auf den noch freien Oberschenkel ihres Vaters und gab ihm einen langen Kuss auf die Wange. „Danke, Paps!"

„So, dann ist die Sache wohl geklärt." Genoveva lächelte Ambros zufrieden, aber gleichzeitig kritisch an. „Wenn mein Mann nur auch bei meinen Wünschen so schnell nachgeben würde ..."

Ambros schaute seine Frau herausfordernd an. „Du hast doch eben bei deinen Töchtern gesehen, wie man das macht." Er deutete auf seine Oberschenkel, die inzwischen wieder frei geworden waren.

Genoveva warf ihm einen vielsagenden Blick zu. „Ja, den Trick werde ich mir mal merken. Habe da vor kurzem in unserem neuen Modegeschäft am Postplatz ein schickes Kostüm gesehen ..."

Morgen früh sollte die Schülerfreizeit schon losgehen.
Der Reschensee war inzwischen zu einem begehrten
Ausflugsziel geworden. Hotels schossen wie Pilze aus
dem Erdboden. Für den Winter wurden Skigebiete er-
schlossen und im Sommer konnte man um den See
wandern oder darin baden. Man konnte sogar mit dem
Kanu zum Kirchturm paddeln und bei einem ent-
sprechenden Wasserstand in die Fenster hineinsehen.
Immer weniger Touristen wissen, was wirklich damals
geschehen war. Der Kirchturm im Reschensee ist inzwischen für die Leute, die das Vinschgau in Südtirol
besuchen, zu einem beliebten Fotomotiv geworden.
Viele Motorrad- und Autofahrer halten auf ihrem Weg
in den Süden dort an. Machen ein paar Fotos und
fahren dann weiter, ohne zu wissen oder zu ahnen,
welches Schicksal den betroffenen Menschen dort im
Sommer 1950 tatsächlich widerfahren war.
Nur wenige Passanten lesen die Informationstafeln
direkt neben dem Parkplatz. Doch der See mit seinem
Kirchturm ist und bleibt ein Mahnmal, das an Ungerechtigkeit, Heimatverlust und Willkür der Behörden
erinnert.
Ambros hatte damals auch kurz an einen Hotelbau am
Reschensee gedacht, das Grundstück dafür hatte er bereits. Aber er hätte es nicht gekonnt, ... jeden Tag auf
den See zu blicken, der seine persönliche Vergangenheit unter sich versteckte. Das hätte ihm sein Herz gebrochen. Es war die richtige Entscheidung gewesen,
nach Nauders zu ziehen.
Genoveva kam schwitzend in die Küche. „So, das
hätten wir. Die Koffer sind gepackt und die Kinder

schon ganz aufgeregt. Sie werden morgen früh um 8.00 Uhr an der Bushaltestelle Reschenstraße abgeholt."

Ambros schaute seine Frau besorgt an. „Morgen schon? Es wird hoffentlich alles gut gehen. Ich könnte ja dann am Abend mal kurz zu dem Zeltlager fahren und nachsehen, ob alles in Ordnung ist und es den Kindern auch wirklich gut geht."

Genoveva schüttelte streng den Kopf. „Das lässt du aber mal ganz schön bleiben, mein Lieber! Unsere Mädchen würden ja zum Gespött der anderen Kinder und auch der Lehrer werden, wenn ihr Vater schon am ersten Tag dort auftauchen und alles durcheinander bringen würde. Morgen Abend bleibst du mal schön bei mir und wir gönnen uns einen gemütlichen Feierabend im Almhof. Wir sind schon lange nicht mehr gemeinsam ausgegangen und die gegrillten Forellen, die sogar filetiert serviert werden, sollen dort ganz besonders gut schmecken."

„Ja, stimmt. Du hast wie immer recht, Veva. Die Idee mit dem Almhof kann ich nur begrüßen, wenn ich mir eine Halbe Bier dazu bestellen darf?"

„Was ist denn heute mit dir los? Bisher hast du mich noch nie gefragt, wenn du ein Bier trinken wolltest."

Ambros lächelte bestätigend und schlug seine Neue Tiroler Zeitung auf.

Am nächsten Abend saßen die Eheleute Dachgruber zufrieden und gut gesättigt im Almhof. Sie hatten sogar einen besonders begehrten Platz im Almstadl ergattern können.

„Was die Kinder jetzt wohl machen? Hast du ihnen auch warme Wäsche mitgegeben? Am Abend soll es ja in den Zelten besonders kühl sein." Ambros schaute seine Frau besorgt an.

„Jetzt ist es aber gut, Ambros. Die Kinder haben alles dabei, was sie brauchen. Sie sind gerade mal ein paar Kilometer von uns entfernt. Haben mehrere Lehrer dabei, die mit Sicherheit gut auf sie aufpassen. Und, wenn ich dich mal daran erinnern darf, Mena ist zwölf und Tina acht Jahre alt. Du hast keine kleinen Babys mehr. Ich glaube, sie wissen inzwischen selbst, was gut für sie ist und was nicht."

Ambros bestätigte seine Frau. „Gut, stimmt. Ich darf nicht so ängstlich sein. Wir haben unsere Kinder ja auch zur Selbstständigkeit erzogen. Du hast wie immer recht. Da fällt mir noch etwas ein. Wenn du willst könnten wir doch am Wochenende eine Tagestour machen. Würde vorschlagen, wir besteigen gemeinsam den Kleinen Mutzkopf, der gar nicht so klein ist, und machen dann oben ein gemütliches Picknick."

Genoveva nickte zustimmend. „Das wäre natürlich was. Du weißt ja, wie gerne ich wandere. Ohne Bewegung bin ich nur ein halber Mensch. Der Mutzkopf? Ja, ich freue mich schon darauf … und in der Berghütte könntest du sogar noch ein kühles Bier trinken, … wenn du mich höflich fragst." Sie lächelte ihren Mann provokativ an und nahm glücklich seine Hand.

Ambros überging die spitze Bemerkung seiner Frau. Er überlegte laut. „Mit unserem Auftrag am Hotel Edelweiss werde ich vermutlich noch diese Woche fertig. Am Wochenende hätte ich dann frei. Gut, Genoveva, das machen wir. Haben auch schon seit ewigen Zeiten keine Tour mehr zusammen gemacht, obwohl die schönsten Berge von Tirol vor unserer Haustür liegen."

Sie schaute ihren Mann zufrieden an. Er liebte diesen speziellen Gesichtsausdruck seiner Frau.

Sie waren beide auf einem guten Weg ihre Zukunft zu genießen. Der Krieg war lange vorbei und sie hatten inzwischen wieder ein schönes Haus ... und zwei gesunde Kinder. Natürlich konnten sie sich mit der Flutung des Reschensees immer noch nicht abfinden und sie werden es auch niemals können. Aber sie mussten diese Tatsache akzeptieren. Sie mussten! Auch ihre Finanzen waren inzwischen wieder im schwarzen Bereich. Es ging aufwärts bei der Familie Dachgruber.

„Morgen kommen sie schon wieder, unsere Kinder.
Wie schnell doch die Woche vorübergegangen ist. Mir kommt es vor, es wäre erst gestern gewesen, als sie weggegangen sind." Ambros schaute seine Frau nachdenklich an und überlegte, was ihre Kinder wohl gerade machten. Das Ehepaar Dachgruber setzte sich zufrieden an den Küchentisch, um das Abendbrot einzunehmen.
Genoveva lächelte Ambros erwartungsvoll an. „Ja, morgen Mittag sind sie wieder da. Ich freue mich schon auf unsere beiden Mädchen. Sie fehlen mir so sehr.
Aber was mir noch aufgefallen ist, meine Schwester habe ich in den letzten zwei Wochen nur einmal für ein kurzes Gespräch gesehen und Jakob überhaupt nicht. Sogar das Kaffeekränzchen am vergangenen Freitag hat sie abgesagt. Aber es ist auch kein Fehler, wenn wir uns nicht jeden Tag auf die Pelle rücken. Hat auch sein Gutes."
„Ja, stimmt", bestätigte Ambros, „auch ich habe deine Schwester Anna überhaupt nicht gesehen und Jakob auch nur einmal, am vergangenen Sonntag. Unter der Woche war er ganz selten in seiner Werkstatt. Aber er hat ja auch viele Außentermine. Hat sich vermutlich übernommen, bei der Auftragsannahme. Hoffe nicht,

dass es bei ihm wieder schlimmer geworden ist ..."
Genoveva nickte sorgenvoll. „Ja, hoffentlich hat er
keinen weiteren Rückfall erlitten. Es ist sehr schwer für
Anna. Ich bewundere sie, wie sie das alles durchsteht.
Eigentlich weiß sie ja nie, woran sie bei Jakob ist. Sie
hat mir vor kurzem erst anvertraut, dass er wieder
trinkt. Zwar nur ab und zu, aber für einen Alkoholiker
ist ein Rückfall immer gefährlich. Ich würde es ihnen
so wünschen, dass sie diese Traumageschichte endlich
überstanden hätten. Aber es ist ein langer Prozess. Die
Sache mit dem Alkohol zieht sich jetzt ja schon ein paar
Jahre hin. Anna hat es mir mal ausführlich erzählt. Sie
hat auch lange mit seinem Psychologen gesprochen.
Jakob hätte sich nach dem Krieg in einem sogenannten
entschuldigenden Notstand befunden und musste das
Übel seines Kriegstraumas abwägen. Er wusste dabei
schon, dass er zu viel trinkt, aber das nahm er in Kauf.
Wenn er etwas getrunken hatte, ging es ihm einfach
besser. Anna sagte mir auch, dass Jakob sie lange Zeit
belogen hat. Im Laufe der Zeit kannte sie aber dann
seine Verstecke. Aber da war es dann auch schon zu
spät, denn er hatte die Kontrolle über seinen Alkohol-
konsum bereits verloren. Sie hat auch Bücher gekauft
und sich so über den Alkoholismus informiert. Anna
wusste auch sehr schnell, dass es jederzeit zu einer
Alkoholintoxikation kommen konnte, also zu einer Ver-
giftung seines Körpers durch Ethanol. Dadurch würde
natürlich auch die Funktionsfähigkeit seines Gehirns
beeinträchtigt werden.
Der erste und wichtigste Schritt aus der Abhängigkeit
ist die Erkenntnis, dass man ein Problem hat. Aber
Jakob hat keine Probleme, sagte er ihr immer wieder
und dann sei es regelmäßig zum Streit gekommen. Sie

warf ihm immer wieder vor, dass er sich dabei doch selbst belüge." Ihre Miene verfinsterte sich. „Ja, meine Schwester hat es schon schwer und schuld ist für mich nur dieser irrsinnige Krieg. Was der aus einem völlig normalen Menschen machen kann. Es ist unglaublich. Aber sie hat ihren Mann nie fallen lassen. Zu mir sagte sie mal dazu, dass die Hoffnung etwas ist, was immer Sinn ergibt, egal wie es ausgeht."

Ambros nickte zweifelnd. „Ja, aber die Liebe wird schon stark in Mitleidenschaft gezogen, wenn sie nur noch auf die Hoffnung reduziert wird."

Es klingelte. „Ich gehe." Ambros stand auf und lief zur Eingangstür. „Oh, die Polizei. Was ... was ist? Zu wem wollen Sie? Wir haben doch nichts ..."

Einer der beiden Polizeibeamten schaute in sein aufgeschlagenes Notizbuch. „Zu Frau und Herrn Dachgruber. Hier sind wir doch richtig, oder?"

Ambros nickte. „Und was ...?"

„Dürfen wir hereinkommen?"

„Ja, natürlich. Folgen Sie mir bitte ins Wohnzimmer!"

„Aber was um Gottes Willen ist denn los? Ich kann mir nicht vorstellen ..." Dann kam es ihm plötzlich in den Sinn. Er wurde blass. „Ist etwas mit unseren Kindern? Die sind in einem Zeltlager am Reschensee ..."

„Was ist mit unseren Kindern?" Genoveva hatte jetzt ebenfalls das Wohnzimmer betreten.

„Nichts, die beiden Polizisten sind ..."

„Leider doch. Frau und Herr Dachgruber, ich muss Ihnen eine schlimme Mitteilung machen." Genoveva lief auf den wortführenden Polizeibeamten zu und packte ihn mit beiden Händen an seiner Uniformjacke. „Was ist mit unseren Kindern? Bitte ... bitte!"

„Wir wissen es nicht. Das heißt, sie ... sie sind verschwunden." Genoveva ließ den Polizeibeamten los. Schüttelte ungläubig den Kopf. „Das kann nicht sein. Unsere Kinder kommen morgen aus dem Zeltlager zurück. Ganz bestimmt! So war es ausgemacht."

Der Polizeibeamte schaute wieder in sein Notizbuch. „Die Kinder, die fehlen, heißen Filomena und Valentina Dachgruber. Sie sind zwölf und acht Jahre alt. Sind das Ihre Töchter?" Genoveva musste sich setzen, während Ambros nickend die Frage des Polizisten bestätigte. „Ja, stimmt, Filomena ist zwölf und Valentina acht. Aber was ist denn um Gottes Willen passiert?"

„Dürfen wir uns setzen?"

„Ja, natürlich, nehmen Sie bitte Platz."

„Unsere italienischen Kollegen haben gegen 17.00 Uhr von dem Lehrer Josef Vogeltanz, der zur Zeit ein Schülerzeltlager am Reschensee betreut, die Mitteilung bekommen, dass nach einem Suchspiel, das heute bereits um 16.00 Uhr beendet war, zwei Schülerinnen nicht mehr zurückgekommen seien. Die anderen Lehrer und auch die Schüler vom Zeltlager hätten alle möglichen Stellen am See abgesucht, aber die beiden Geschwister seien nicht mehr angetroffen worden. Was die Kollegen noch besonders bedenklich gestimmt hat, war die Mitteilung einer Mitschülerin, die später angab, dass sie am Nachmittag einen fremden Mann in der Nähe des Zeltlagers gesehen habe. Da sie aber zunächst dachte, es sei ein harmloser Tourist oder halt nur ein Spaziergänger gewesen, habe sie sich keine weiteren Gedanken gemacht. Erst als dann die beiden Mitschülerinnen weg gewesen seien, ist es ihr wieder eingefallen und sie habe es ihrem Lehrer, dem Herrn Vogeltanz erzählt.

Beschreiben konnte sie den Mann im Nachhinein fast

gar nicht. Er sei im mittleren Alter gewesen und habe eine Mütze getragen. Sie hatte noch gemeint, es hätte auch so eine Motorradkappe aus Leder gewesen sein können. Der Mann sei normal groß und schlank gewesen. Mehr konnte das Mädchen leider nicht sagen. Aber der Fremde muss nicht zwingend etwas mit dem Verschwinden Ihrer Kinder zu tun haben."

In Genovevas Brustkorb wurde es siedend heiß. Sie brach völlig in sich zusammen. Ambros konnte sie gerade noch festhalten und zum Sofa führen. Er setzte sie vorsichtig und fürsorglich hin.

„Das kann doch alles nicht wahr sein. Meine Kinder! Nein! Das kann nicht wahr sein. Wir … wir wollten sie doch morgen wieder abholen und dann ..." Tränen ertränkten ihre Stimme.

Der andere Polizeibeamte, der bisher noch nichts gesagt hatte, räusperte sich. „Wir haben sonst überhaupt keine Hinweise. Aber im Moment ist ein Polizeihund, ein sogenannter Mantrailer, unterwegs. Der hat, nachdem er an der im Zelt liegenden Kleidung der beiden Mädchen geschnüffelt hatte, die Spur aufgenommen. Die Suche läuft noch."

Ambros ballte beide Hände zu einer Faust. „Dieser verdammte See. Dieser gottverdammte See und diese gottverdammten Leute, die ihn angelegt haben. Der See hat uns Haus und Hof genommen und jetzt auch noch unsere Kinder. Das kann doch alles nicht wahr sein. Das geht doch nicht. Ich habe gewusst, dass das nicht gut geht." Er schaute seine Frau ernst und in dem Moment sogar vorwurfsvoll an.

„Beruhigen Sie sich, Herr Dachgruber! So weit sind wir noch nicht. Die Kinder sind zunächst mal vermisst und wir werden alles tun, um sie wiederzufinden.

Viele Vermisstenfälle werden schon in den folgenden vierundzwanzig Stunden aufgeklärt. Sie müssen Geduld haben. Es ist ja noch lange hell und ...“

Ambros unterbrach den Polizeibeamten. „Ich habe aber so ein schlechtes Gefühl. Dieser teuflische Reschensee. Er wurde nicht von Gott geschaffen, sondern von Menschenhand. Das ist nicht gut. Der Mensch sollte nicht in die Natur Gottes eingreifen. Meine Kinder ...“ Er konnte den Satz nicht mehr zum Ende bringen und vergrub schluchzend das Gesicht in seinen Händen.

„Trotzdem noch eine Frage. Sind Ihre Kinder gute Schwimmer?“

„Ja. Filomena kann sehr gut schwimmen. Die Kleine noch nicht so richtig, naja ein bisschen Hundepaddeln … ein paar Meter, aber wir haben sie bisher nur mit Schwimmflügeln ins Wasser gelassen. Sie ist ziemlich wasserscheu.“ Er lachte kurz, obwohl ihm eigentlich überhaupt nicht zum Lachen zumute war. „Sie kann sich schon ein paar Sekunden über Wasser halten, aber halt nicht lange.“ Er war gegen den verteidigenden Tonfall in seiner Stimme machtlos.

„Ja, gut. Unsere Ermittlungen gehen natürlich auch in Richtung einer Entführung, aber da können wir erst tätig werden, wenn sich der Entführer meldet. Es wäre jetzt wichtig, dass immer jemand von Ihnen zuhause bleibt, als Ansprechpartner, aber auch wenn wir Ihre Kinder gefunden haben. Haben Sie zufällig ein Telefon?“ Ambros nickte weggetreten.

„Dann bräuchten wir bitte die Nummer!“

„Ja, ich schreibe sie Ihnen auf.“

Die beiden Beamten liefen, nachdem Ambros ihnen den Zettel mit der Nummer gegeben hatte, zur Tür. Der ältere Polizist drehte sich noch einmal um. „Ja, da ist noch etwas. Die italienischen Kollegen werden heute noch, auf jeden Fall bis zum Einbruch der Dunkelheit, eine Suche mit Booten und Tauchern im Reschensee einleiten. Damit Sie Bescheid wissen."

Ambros erschrak erneut. „Meinen Sie wirklich, dass die Kinder ertrunken sind?"

„Nein, das meinen wir nicht. Aber man darf nichts unversucht lassen. Wir müssen alle Möglichkeiten in Betracht ziehen."

Ambros nickte gedankenversunken. In seiner panischen Angst sah er die beiden Mädchen auf dem Flachdach seiner alten Werkstatt liegen … unter Wasser. Dachte an seinen Traum von damals. Wurde er jetzt doch wahr?

Als die Polizisten weg waren, nahm er seine Frau in die Arme. „Veva, wir schaffen das. Es ist bei uns schon so viel daneben gegangen und wir haben es immer wieder geschafft. Wir überstehen auch das. Ich werde alles tun, damit wir unsere Kinder wieder in die Arme schließen können. Alles was in meiner Macht steht."

Dann kamen ihm wieder die Tränen. „Unsere Mädchen. Ich kann es nicht verstehen. Warum gerade unsere Kinder? Warum immer wir?"

Er überlegte. „Kann ich dich allein im Haus lassen? Ich möchte ein paar Männer von Nauders zusammentrommeln und mich dann mit ihnen auf die Suche machen. Ich kann jetzt nicht untätig herumsitzen."

„Ja gut, ich gehe nur noch schnell zu Anna und zu Jakob rüber und sage es ihnen … damit sie auch Bescheid wissen."

„Ja, gut. Dann … dann frage bitte Jakob gleich, ob er mir bei der Suche helfen kann!"

Bereits nach zwei Minuten kam sie zusammmen mit ihrer Schwester zurück. „Anna bleibt die nächsten Stunden bei mir. Aber Jakob war den ganzen Tag weder in seiner Werkstatt, noch zuhause. Hat vermutlich nichts zu bedeuten. Das kommt bei ihm ja öfter vor."

„Ja, gut. Dann versuche ich mal ein paar Männer aus dem Ort aufzutreiben, die mir bei der Suche helfen können."

„Viel Erfolg. Bitte bringe mir meine Kinder zurück. Bitte!"

Ambros nickte zuversichtlich, obwohl er gleich danach wieder zweifelte. Er knurrte laut. „Dieser verdammte See." Dann verließ er mit schnellen Schritten das Haus.

Erst spät, nach Einbruch der Dunkelheit, kam er wieder zurück. „Ich konnte zehn Männer auftreiben. Wir haben am Zeltlager der Kinder angefangen und etappenweise das gesamte Seeufer abgesucht. Leider haben wir nichts gefunden … nicht die geringste Spur von unseren Kindern. Die Polizei war ebenfalls mit einigen Leuten und mit Suchhunden unterwegs. Auch die Taucher und die Bootsbesatzungen haben nichts gefunden … obwohl das ja gut ist. Sie sind sogar zum Kirchturm St. Katharina geschwommen und haben hineingeleuchtet." Ambros schaute seine Frau hilflos an. „Unsere Kinder sind spurlos verschwunden. Ich weiß nicht, was wir jetzt noch machen können."

Genoveva liefen immer wieder dicke Tränen über das Gesicht. „Filomena und Valentina sind jetzt irgendwo da draußen, allein in der Dunkelheit … und wir … wir können nichts machen. Es ist alles so grausam."

Ambros starrte ins Leere. „Wir müssen jetzt versuchen etwas zu schlafen, auch wenn wir nicht können. Aber die Ruhe wird uns gut tun. Morgen, wenn es hell ist, will die Polizei einen Hubschrauber aus Bozen einsetzen. Auch die Bergrettung wurde informiert." Er schaute zu seiner Schwägerin. „Anna, du wirst sicher müde sein. Soll ich dich noch rüber begleiten?"

„Nein, danke, ist ja nicht weit. Werde mal nach Jakob sehen." Sie schaute aus dem Fenster. „Obwohl, bei uns brennt immer noch kein Licht. Vielleicht hat er noch Durst." Dabei lächelte sie verächtlich, obwohl sie es gleichzeitig wieder bereute.

Wenige Minuten später kam Anna aufgeregt zurück. „Jakob ist immer noch nicht da. Das ist eigentlich, wie schon gesagt, nichts Ungewöhnliches. Vielleicht hat's ihn wieder ins Lamm gezogen, … habe ich zunächst gedacht. Aber dann bin ich in die Garage gegangen und jetzt kommt's: Unser Lieferwagen ist noch da, aber die BMW, unser Motorrad mit Seitenwagen, ist weg. Mit dem Gespann ist er noch nie zum Lammwirt gefahren. Wenn er mit dem Motorrad unterwegs war, hatte er es mir vorher immer gesagt. Da stimmt irgendetwas nicht. Entweder ist ihm etwas passiert, ein Motorradunfall, oder ..." Sie schüttelte ungläubig den Kopf. Völlig paralysiert verließ sie wieder das Haus von Ambros und Genoveva.

„Komm, Veva! Wir versuchen uns etwas auszuruhen."

Seine Frau reagierte nicht.

„Veva, was ist los mit dir?"

Sie schreckte hoch. „Ich verstehe es einfach nicht. Es ist dunkel und meine ... unsere Kinder sind irgendwo allein da draußen. Ich verstehe es nicht." Sie rieb sich über die Stirn und faltete dann die Hände auf dem Schoß. Sprach ein leises Gebet. Vielleicht konnte Gott ihr helfen. Er konnte doch nicht zulassen, dass ...

Dann schaute sie ihren Mann mit einem ängstlichen Blick an, den er so bei ihr noch nie gesehen hatte.

Ambros nahm Genoveva in den Arm. „Aber wir

müssen versuchen, etwas zu schlafen. Wir brauchen morgen unsere ganze Kraft, um die Kinder zu finden."

„Ja, aber ich fühle, dass es ihnen im Moment nicht gut geht, dass sie Schmerzen haben … oder in Gefahr sind, vielleicht sogar in Lebensgefahr. Ich spüre das. Ich bin ihre Mutter." Sie begann laut schluchzend zu weinen und verbarg das Gesicht erschüttert in ihren Händen.

Am nächsten Morgen schreckte Genoveva bereits um 05.00 Uhr in ihrem Bett hoch. Sie war tatsächlich irgendwann eingeschlafen, nachdem sie sehr lange wachgelegen hatte. Als die schrecklichen Ereignisse des vergangenen Tages wieder aus dem Nebel ihres unruhigen Schlafes auftauchten, sank sie, von Wehmut wie gelähmt, wieder zurück auf ihr Kopfkissen.

Genoveva fühlte noch lange nach dem Erwachen die bohrende Angst in ihr. Sie wälzte sich unruhig hin und her, fand aber keine Position, die ihr den seelischen Schmerz nehmen konnte. Sie nahm alle Kräfte zusammen und versuchte sich aufzurichten. Ihre Glieder waren immer noch schwer, ihr Geist benommen. Leicht schwankend lief sie zum Fenster, schob die Vorhänge zur Seite und schaute hinaus. Die Berge erschienen heute nicht im hellen Schein eines schönen Morgens, sondern in einem trübgrauen Licht, das genauso traurig war wie die Gefühle, die in ihr tobten. Ihre sorgenvollen Gedanken würden sie den ganzen Tag begleiten. Ihre Hoffnung, die Kinder zu finden, wurde immer geringer. Aber sie durfte nicht aufgeben.

Ambros war ebenfalls längst wach. „Das war die allerschlimmste Nacht meines Lebens."

Genoveva nickte. „Ja, aber wir sollten trotzdem etwas essen. Wir müssen uns stärken."

Ambros schüttelte den Kopf. „Mir reicht eine Tasse

Kaffee. Ich bekomme keinen Bissen runter."

Um 07.00 Uhr klingelte das Telefon. Ambros war vor Genoveva am Hörer und meldete sich. „Ja, bitte."

„Die Polizei! Wir haben leider bisher noch nichts gefunden. Aber in den nächsten Minuten startet unser Hubschrauber in Bozen und zusätzlich haben wir noch eine Gruppe der Einsatzeinheit alarmiert. Wir werden jetzt auch die Hochalmen und die umliegenden Dörfer absuchen. Dann finden wir Ihre beiden Mädchen, seien Sie versichert. Es sind bereits noch weitere Taucher aus Bregenz auf dem Weg zum See."

„Hoffentlich lebend ..."

„Wie bitte?"

„Hoffentlich finden Sie meine Kinder lebend."

Ambros legte auf.

Es klingelte. Anna stand mit kreideweißem Gesicht vor der Tür. „Ihr werdet es nicht glauben. Jakob war die ganze Nacht nicht daheim. Da stimmt etwas nicht. Das hat er noch nie gemacht. Ich ... ich muss ihn bei der Polizei jetzt auch als vermisst melden."

Ambros überlegte. „Ja, das solltest du machen. Aber die werden dir sagen, dass bei ihm keine Suchmaßnahmen eingeleitet werden. Er ist grundsätzlich ein erwachsener Mensch, der offiziell hin kann, wohin er will. Aber ...", ihm stockte der Atem, „kann es sein, dass er etwas mit dem Verschwinden unserer Kinder zu tun hat?" Er schaute seine Schwägerin besorgt an.

„Du meinst ... also bitte, Ambros! Nein, das kann ich mir nicht vorstellen. Unmöglich."

„Ja, stimmt, ich eigentlich auch nicht. Was mir heute alles durch den Kopf geht. War nur so ein konfuser Gedanke. Ich weiß auch nicht. Entschuldige, Anna!"

Anna überlegte und schluchzte dann laut. „Aber du

könntest sogar recht haben. Vielleicht doch. Es wurde in der vergangenen Zeit immer schlimmer. Er war wieder so unzufrieden, so mürrisch. Hat mich manchmal richtig fremd angesehen. Er war zwar selten daheim, aber wenn er da war, hatte er nur an allem etwas auszusetzen. Hauptsächlich daran, dass wir keine eigenen Kinder haben. Immer öfter hat er davon angefangen und ich bekam immer größere Schuldgefühle, weil ich ja seine Frau bin und keine Kinder bekommen kann. Aber das wisst ihr ja bereits."

Ambros nickte mitfühlend, dann räusperte er sich mehrmals. „Anna, ich muss dich das fragen. Es ist wichtig. Hast du bei Jakob irgendwelche Anzeichen festgestellt, dass er … nun wie soll ich mich ausdrücken, dass er etwas mit Kindern haben könnte? Ich … ich meine mit anderen Kinder, dass er sie anfassen könnte, oder so. Hast du bei ihm mal irgendwelche Fotos gesehen, bei denen du dir vielleicht nichts gedacht hast oder hat er irgendwann eine entsprechende Bemerkung gemacht? Tut mir leid, dass ich dich das frage, aber es geht um unsere Mädchen." Angesichts der darin verborgenen Unterstellung trieb es ihr die Schamesröte ins Gesicht.

Anna öffnete den Mund, um etwas zu sagen, aber sie brachte kein Wort über ihre Lippen, nur ein ersticktes Schluchzen.

Genoveva, die das alles mitgehört hatte, lief zu ihrer Schwester und nahm sie in den Arm. „Bitte verstehe uns. Es geht um unsere Kinder." Anna konnte die Tränen nicht mehr zurückhalten und ließ ihnen freien Lauf. Dann schüttelte sie ungläubig den Kopf.

„Eigentlich müsste ich euch jetzt böse sein." Sie überlegte. „Bilder? Nein, mit Sicherheit nicht. Du meinst, dass er sich an Kindern sexuell vergehen könnte. Nein! Auf gar keinen Fall. Das würde er nie tun. Er liebt zwar eure beiden Mädchen, aber auf eine ganz andere Weise, halt so wie ein Onkel, und die Geschenke, die er den Kindern immer wieder mitgebracht hat … nun, er hat seine Nichten einfach gern und sonst nichts."

„Ja, entschuldige, Anna. Wir sind beide fix und fertig und da muss man jeden Strohhalm aufgreifen. War nicht böse gemeint. Entschuldige!"

Anna senkte traurig den Kopf und wandte sich ab. An der Tür blieb sie plötzlich stehen und drehte sich um. „Ja, es ist aber schon komisch, dass die Mädchen weg sind … und Jakob auch."

„Genoveva schaute ihre Schwester treuherzig an. „Kann natürlich auch Zufall sein."

Anna schüttelte leidend den Kopf. „Ich weiß es nicht. Aber ich hoffe auf Gott. Der Name Jakob kommt aus dem Hebräischen und heißt: Der von Gott beschützte!"

Ambros ging nicht weiter auf die Hoffnungen von Anna ein. Er erhob sich seufzend von seinem Stuhl. „Ich treffe mich in einer halben Stunde noch einmal mit einigen Männern aus Nauders. Sie haben mir versprochen, uns auch heute wieder bei der Suche zu helfen." Er zog seine Jacke an und verließ mit langsamen Schritten das Haus.

Genoveva umarmte ihre Schwester. „Was ist da nur passiert? Valentina, Filomena … wo seid ihr, meine Kinder, wo seid ihr nur …?" Sie schaute Anna verzweifelt an und wischte ihre Tränen weg. „Könntest du bitte die Polizei verständigen, wegen Jakob, dass er heute Nacht nicht daheim war? Vielleicht braucht er auch Hilfe. Ich weiß es nicht."

Anna nickte, ging ans Telefon und wählte die Nummer

der Polizei. „Ja, hier spricht Anna Gruber. Es geht um die Vermisstensache der beiden Mädchen Dachgruber. Ich, ich … mein Mann ist heute Nacht nicht heimgekommen." Sie lauschte der Frage des Polizisten. „Nein, das ist bisher noch nie vorgekommen; es ist das erste Mal." Nach einer kurzen Pause antwortete Anna: „Ja, er ist der Onkel der beiden vermissten Kinder. Er muss mit seinem Motorrad unterwegs sein. Das Kennzeichen? Nein, das weiß ich nicht auswendig. Es ist eine schwarze BMW R 50 mit einem Seitenwagen von … ich glaube Steib. Ich werde mal rüber gehen in unser Haus und in den Papieren nach dem Kennzeichen sehen. Ich rufe Sie dann wieder an." Anna legte vorsichtig den Hörer auf die Gabel zurück. Sie zwang sich, so viel Vertrauen in ihr Flüstern zu legen, wie sie nur konnte. „Sie suchen Jakob."

Viele Bürger von Nauders klingelten an diesem Tag am Haus der Familie Dachgruber und boten ihre Hilfe an. Die meisten, um tatsächlich zu helfen, aber auch einige wenige, die dabei nur etwas Neues erfahren wollten. Gegen 10.00 Uhr parkte ein Streifenwagen vor dem Haus. Ein Polizeibeamter stieg aus, lief um sein Dienstfahrzeug und öffnete die hintere Tür. Ein völlig verstörtes Mädchen mit langen blonden Haaren stieg aus und lief langsam, mit stark gesenktem Kopf, zusammen mit den beiden Polizisten auf das Anwesen Dachgruber zu. Genoveva und Anna hatten das Polizeifahrzeug bereits heranfahren sehen und stürmten aus dem Haus. „Mena, Gott sei Dank. Du bist wieder da." Genoveva nahm ihre Tochter dankbar in den Arm. Erdrückte sie dabei fast. Dann hob sie den Kopf. „Aber … wo ist

Tina?" Ihre Stimme brach ihr dabei fast weg. Sie schaute die beiden Polizisten fragend an.

Ihr stockte der Atem.

„Das sollten wir im Haus besprechen."

„Ja, klar. Gehen wir rein. Aber ..."

Der Polizeibeamte sah sie ernst an. „Drinnen ist es sicher besser."

Im Wohnzimmer schaute Genoveva den älteren Polizisten irritiert an. Sie wiederholte ihre Frage in einem Tonfall, der eine immer stärker werdende Ungeduld verriet. „Wo ist Tina? Wo ist meine Tochter?"

„Frau Dachgruber, wir müssen Ihnen eine traurige ... schlimme Mitteilung machen. Setzen Sie sich doch bitte." Der Polizeibeamte wartete, bis sie sich zögernd und mit angsterfülltem Blick auf den Stuhl gesetzt hatte. „Ihre Tochter Valentina ist leider nicht mehr am Leben. Sie ist ... im südlichen Reschensee ertrunken. Vermutlich schon gestern Abend. Es tut uns sehr leid. Wir haben noch alles versucht, aber ... es tut uns leid."

Genoveva schloss Filomena noch fester in die Arme. Dann weinte sie bitterlich. „Meine Valentina. Das kann doch nicht sein. Das ist nicht wahr. So ein junges, unschuldiges Kind kann doch nicht sterben. Alte Leute sterben, kranke Leute sterben, aber doch keine Kinder! Das kann einfach nicht wahr sein. Mein Mann ... er ist noch auf der Suche nach Tina, er wird sie finden ... ganz bestimmt. Ich weiß ..."

Der Polizeibeamte unterbrach sie. „Nein, wir haben ihn schon informiert. Er ist zusammengebrochen, als er die Nachricht bekommen hatte. Wir haben ihn sofort ins Krankenhaus bringen müssen. Aber es geht ihm inzwischen wieder besser. Er ist bereits auf dem Weg zu Ihnen."

Anna stand am Fenster und schaute mit leerem Blick hinaus. Filomena schmiegte sich eng an ihre Mutter heran. Sagte kein Wort, schaute nur geradeaus.

Die Polizisten verabschiedeten sich. „An der Tür blieb der ältere Beamte kurz stehen. „Kann ich Sie allein lassen ... mit Ihrer Tochter und Ihrer Schwester, oder soll ich vielleicht den Pfarrer von Nauders ...?"

Genoveva schüttelte den Kopf. „Nein, danke. Das ist nicht nötig. Mein Mann kommt ja demnächst, wie Sie gesagt haben. Aber, ... wo haben Sie eigentlich Filomena gefunden?"

„In St. Valentin. Der dortige Pfarrer hat uns angerufen, dass ein Mädchen auf einer Kirchenbank sitzen würde, das völlig apathisch wirke, und kein Wort spreche."

„Und sonst war niemand dabei?"

„Nein, das Mädchen war allein."

„Allein? Ja, danke."

Der Polizeibeamte nickte und verließ das Haus.

„Mena, kannst du ... willst du mir sagen, was euch passiert ist, ... oder willst du noch warten?"

Das Gesicht ihrer Tochter blieb starr. Sie versuchte es kurz, machte den Mund auf, brachte aber kein Wort über ihre Lippen. Stumm saßen sie nebeneinander und warteten auf Ambros. Anna setzte sich ebenfalls und nahm vorsichtig Filomenas Hand. Das Kind schaute sie an, als würde es ihre Tante nicht kennen. Dann zog es die Hand ängstlich weg.

Genoveva blickte Anna in die Augen. „Ich mache mir da so meine Gedanken und eigentlich gibt es für mich in Nauders nur einen Verdächtigen, der meiner Tochter so etwas angetan haben könnte."

Anna sah ihre Schwester fragend an. „Ich kann mir beim besten Willen nicht vorstellen, wer das sein sollte." Dann fügte sie bitterernst dazu: „Was sind das für Menschen, die ein kleines, unschuldiges Mädchen ermorden? Was sind das nur für Menschen? Wer war dieser fremde Mann? Vielleicht war es aber auch ein Unfall. Wir wissen es nicht … noch nicht."

„Nein, an einen Unfall glaube ich nicht, Anna. Ich habe meine beiden Kinder so erzogen, dass sie auf sich aufpassen und das hat bisher immer geklappt. Doch, halt! Einmal, ein einziges Mal sind sie ohne mein Wissen weggegangen. Aber da warst du ja bei mir. Wir haben sie dann schnell wiedergefunden und ihnen deutlich gesagt, dass sie das nie mehr machen dürfen.
Ich bin mir sicher, dass da gestern jemand nachgeholfen hat. Die Gedanken in meinem Kopf überschlagen sich förmlich. Aber zurück zu meinem Verdacht. Da fährt doch dieser US-Soldat, der nach dem Ende des Zweiten Weltkriegs in Nauders geblieben ist und inzwischen die Erika geheiratet hat, immer wieder ganz besonders lässig durch unser Dorf. Oft mehrmals hintereinander. Da war doch einmal im Gespräch, dass der sich sehr intensiv um Kinder bemühe und auch Geschenke verteilt habe. Schon während und nach dem Krieg haben die Amis doch den Kindern Kekse in Dosen und Schokolade geschenkt."

Anna überlegte. „Ach ja. Du meinst diesen Harry Jones, der immer mit seinem 1955er Chevy, einem rosaroten Cabrio, durch Nauders fährt und besonders lässig den Arm auf die Autotür legt. Ich habe mal bei meinen Strickfrauen dieses Thema angesprochen und die haben gemeint, dass das in Amerika völlig normal sei und dort alle so herumfahren würden … und die Amis wären auch besonders kinderlieb."

Genoveva atmete tief ein. „Ja, gerade deswegen. Sogar

die Erika hat, wenn sie mitfährt, immer so ein buntes Stars-and-Stripes-Kopftuch auf. Die sieht auch fast schon wie eine Amerikanerin aus."

„Nein, tut mir leid Genoveva, dass dieser Jones was mit dem Verschwinden oder sonst was mit unserer ...", sie schluchzte, „Valentina zu tun hat, das kann ich mir beim besten Willen nicht vorstellen. Die haben doch auch zwei Kinder."

Genoveva überlegte. „Ja, aber zwei Buben ... oder einen Buben und ein Mädchen. Ja richtig, einen Buben und ein Mädchen. Jetzt bin ich mir sicher. Der Bub heißt Jimmy und das Mädchen Jenny. Ach ich weiß es nicht. Es ist alles so schrecklich. Aber ich will niemanden ungerechtfertigt verdächtigen. Wir müssen jetzt auch an Filomena denken. Sie ist ja noch alles, was uns geblieben ist."

Filomena schaute kurz hoch und schüttelte den Kopf, sagte aber wieder nichts. Ein paar Minuten später kam Ambros zurück. Unter Tränen nahm er zuerst Filomena in die Arme und dann seine Frau.

Sie fanden keine Worte.

Die Stille war gespenstisch fremd und unwirklich.

Dann schaute Filomena ihre Eltern an. „Papa, Mama, darf ich heute Nacht bei euch im Bett schlafen?"

„Ja, natürlich." Genoveva streichelte ihre Wange.

Jetzt versuchte es Ambros. „Mena, kannst du uns sagen, was passiert ist, was mit deiner Schwester ...?"

„NEIN!"

Filomena stand ganz langsam auf und ging wie in Trance ins elterliche Schlafzimmer. Dort legte sie sich mit den Kleidern auf das Bett ihrer Mutter. Die Schuhe hatte sie vorher ausgezogen.

Anna schaute Genoveva ungläubig an. „Es ist alles so

schrecklich. Mena saß vermutlich die ganze Nacht mutterseelenallein auf der Bank in der Kirche und Tina ist im Reschensee ertrunken. Das alles passt doch nicht zusammen." Sie schüttelte ungläubig den Kopf. „Ich gehe mal rüber in unser Haus. Jakob muss doch irgendwann wieder auftauchen. Möchte nur wissen, was da los ist? Das hat er noch nie getan."

„Ja, mach das Anna."

Ambros wartete bis Anna gegangen war, dann rückte er näher zu seiner Frau heran und legte den Arm um ihre Schulter. „Der Polizist hat uns ja gesagt, dass Tina und Mena zusammen mit einem fremden Mann gesehen wurden. Dies habe eine Mitschülerin, die auch bei dem Zeltlager dabei war, ihrem Lehrer, dem Herrn Vogeltanz erzählt. Inzwischen weiß ich mehr. Mit diesem Mann müssen die Kinder dann in Richtung Süden gelaufen sein. Nachdem die Polizei Filomena in der Kirche von St. Valentin gefunden hatte, habe sie zunächst kein Wort gesagt.

Erst als der Pfarrer mehrmals nachgefragt habe und ihr versprach sie nach Hause zu bringen, habe sie ihm wenigstens ihren Namen gesagt. Als das Polizeifahrzeug dann auf der Rückfahrt an der Südseite des Reschensees vorbeigefahren sei, habe sie ganz verstört auf den Steg gedeutet und dabei hysterisch geweint.

Die Polizei habe dann sofort über Sprechfunk ihre Taucher dort hin beordert und die hätten … die hätten dann Tina tatsächlich am südlichen Ufer des Reschensees gefunden. Sie hätten noch alles versucht, aber unsere Tina … unsere Valentina, sie … sie konnten nichts mehr für unsere Tochter tun." Bei seinen Worten liefen Ambros dicke Tränen über das Gesicht.

Genoveva schluchzte laut und schaute ihren Mann

verzweifelt an. Seine dunklen Haare waren inzwischen fast vollständig grau geworden. Die Zeit hatte ihm tiefe Falten in seine von der Sonne gegerbte Haut geschnitten. Komisch, dass sie das erst jetzt, in diesem schlimmen Moment, wahrnahm. Sie hatte eigentlich nie darauf geachtet. Beide wurden sie ja gemeinsam älter.

Ambros atmete tief durch und versuchte sich zu fassen. „Es gibt noch etwas."

Sie schaute erwartungsvoll hoch.

„Schlimmer kann es doch nicht mehr kommen, oder?"

Er nickte. „Doch, noch schlimmer ... viel schlimmer! Ich bin heute morgen zu dem Pfarrer von St. Valentin gefahren, der Mena gefunden hatte. Er bestätigte, dass sie auf einer Kirchenbank geschlafen habe. Ich wollte wissen, ob unsere Tochter noch irgendwas gesagt hat. Er musste sehr lange überlegen, bis es ihm wieder einfiel. Er teilte mir dann mit, dass Mena ihm noch erzählt habe, dass sie auf ihre Schwester warte ... und auf ihren Onkel Jakob ..."

„Nein!" Genoveva schrie laut kreischend auf und hielt sich mit beiden Händen das Gesicht zu. „Dann war der *fremde* Mann am Reschensee ... Jakob?"

Ambros nickte in sich gekehrt.

Als sie an diesem Abend im Bett lag, spürte Genoveva eine Müdigkeit, die ihren Körper und Geist überwältigte, sie wünschte sich, niemals mehr aufzuwachen.

Aber bereits gegen 04.00 Uhr war sie wieder hellwach.

Um 07.00 Uhr klingelte Anna.

„Gibt es etwas Neues?"

Genoveva brach in Tränen aus. „Anna, komm erst mal herein und setz dich. Wir haben gestern noch eine schreckliche Nachricht bekommen. Ich konnte es dir aber nicht sagen, da ich ... wir, völlig durcheinander waren."

Anna blieb am Sofa stehen. Sie wollte sich nicht setzen. „Jakob ist immer noch nicht heimgekommen. Ich kann mir nicht vorstellen, was da geschehen ist."

„Ich schon!" Genoveva schaute ihre Schwester jetzt sogar vorwurfsvoll an. Zum ersten Mal in ihrem Leben. „Meine Tina ist tot und Jakob hat etwas damit zu tun. Wir wissen im Moment noch nichts Genaues, aber er steckt da irgendwie mit drin."

„Jetzt mach aber mal 'nen Punkt, Genoveva. Bei aller Liebe und Freundschaft. Jakob hat mit Sicherheit seine Probleme, wie wir alle in der Familie wissen, aber mit Tinas ..." Anna unterbrach sich selbst und hielt die Hand vor den Mund. „Ich kann es immer noch nicht glauben, Tina ... unsere kleine Tina ist ... tot? Das kann doch alles gar nicht wahr sein."

Genoveva packte ihre Schwester an der Schulter und drückte sie gewaltsam auf das Sofa. „Doch unsere Tina ist tot. Tina ist tot ... tot ... tot ... und dein Jakob ist irgendwie schuld daran. Ich weiß nur nicht wie."

Genoveva senkte beschämt den Kopf. Sie versuchte sich wieder zu ordnen.

Dann sprach sie mit einem leidvollen Ton sehr leise weiter. „Entschuldige, Anna, ich will versuchen die Fakten zusammenzubringen. Tina soll im Reschensee ertrunken sein. Kurz davor sei ein Mann in der Nähe meiner beiden Kinder gesehen worden. Ich kann mir das alles auch nicht vorstellen, aber die Polizei hat es so ermittelt. Wie du gesagt hast, ist Jakob bisher nicht heimgekommen und Filomena hat dem Pfarrer von St. Valentin, wie wir gestern erfahren haben, gesagt, dass sie auf Tina und Onkel Jakob warte. Das kann nur heißen, dass Jakob etwas mit der Sache zu tun hat. Ich habe mir unendliche Gedanken gemacht. Anna, ich weiß, du kannst da nichts dafür, aber es passt alles zusammen. Jakob hat etwas mit dem Tod von unserer Valentina zu tun. Was genau, weiß ich noch nicht. Aber es ist die einzige plausible Erklärung."

Anna atmete tief durch. Ein erdrückendes Gefühl zerrte an ihr, und sie warf einen verzweifelten Blick zu Genoveva. „Und wo sind Ambros und Filomena?"

„Ambros ist in seiner Werkstatt und Mena schläft noch, bereits seit vierzehn Stunden. Sie muss viel mitgemacht haben. Wenigstens war sie über Nacht in der Kirche und nicht im Freien. Ich hoffe, sie kann das alles verarbeiten. Wir versuchen es, aber wenn wir es nicht schaffen ihr dabei zu helfen, dann müssen wir auch professionelle Hilfe holen. Sie spricht fast nichts. Es kommt mir so vor, als würde sie sich in einer Parallelwelt befinden. Sie hat noch nicht zu uns zurückgefunden."

Anna wand sich innerlich. „Genoveva, wenn Jakob etwas mit der Sache zu tun hat, dann, … dann kann ich nicht mehr weiterleben. Dann nehme ich mir einen Strick."

„Anna, nein, das darfst du nicht tun. Damit würdest du uns alles noch viel schwerer machen. Bitte streiche diese Gedanken aus deinem verwirrten Gehirn. Daran darfst du nie mehr denken und außerdem kannst du ja am wenigsten dafür. Du hast alles versucht, um Jakob zu helfen."

Anna nickte traurig. Dann schüttelte sie den Kopf. „Ich weiß es nicht. Vielleicht doch nicht alles."

Sie schaute ihre Schwester schuldbewusst und bedrückt an. „Wo ist Tina jetzt?"

„In der Pathologie bei der Polizei. Wir können …

müssen sie heute Mittag sehen … ob sie es wirklich ist. Ambros geht hin. Ich kann das nicht. Es würde mir mein Herz vollständig brechen. Ich möchte meine kleine Valentina so in Erinnerung behalten, wie ich sie kenne, als mein fröhliches Kind."

Genoveva schüttelte konsterniert den Kopf. „Aber sie dürfen sie nicht obduzieren. Das erlaube ich nicht. Meine Tochter soll nicht aufgeschnitten werden. Nein, das will ich nicht. Das geht nicht, sie ist doch noch so klein."

Anna umarmte Genoveva, die sie zunächst abwehren wollte, es aber dann doch zuließ. Sie war immer noch ihre große Schwester. Ihre einzige Schwester … und sie konnte am wenigsten dafür.

Gegen Mittag klingelte das Telefon.

„Die Polizei, Frau Dachgruber sind Sie selbst dran?"

„Ja, Genoveva Dachgruber. Ja."

Der Beamte räusperte sich und machte eine kurze Pause. „Wir haben inzwischen das Motorrad von Herrn Jakob Gruber gefunden. Es stand zusammen mit dem Beiwagen, versteckt hinter einem Gebüsch, am Parkplatz Reschensee, schräg gegenüber dem Kirchturm von Alt-Graun."

Genoveva hielt sich die Hand vor den Mund. „Und … und wo ist Jakob?"

„Das wissen wir noch nicht. Bisher konnten wir nur das Motorradgespann finden. Von ihm selbst fehlt noch jede Spur. Sagen Sie doch bitte auch Ihrer Schwester Anna Bescheid!"

„Ja, das mache ich. Gehe gleich rüber."

„Halt! Bitte nicht auflegen. Da ist noch etwas anderes, Frau Dachgruber. Wir haben im Seitenwagen einen Brief gefunden, der an Anna Gruber, Sie und an Ihren

Mann Ambros persönlich adressiert ist. In einer halben Stunde bin ich bei Ihnen und würde dann den Brief Ihrer Schwester Anna übergeben. Nur, wenn irgendwelche Hinweise auf die Tat in dem Brief stehen sollten, oder auf den Ort, an dem sich Herr Gruber aufhalten könnte, dann müsste Ihre Schwester uns das sofort sagen. Wir hätten den Brief natürlich aus ermittlungstaktischen Gründen noch vor Ort selbst öffnen können, wollten aber Ihre Privatsphäre respektieren. Bis gleich."

Pünktlich, nach einer halben Stunde klingelte der Polizeibeamte bei der Familie Dachgruber.

Genoveva hatte Anna bereits über den Anruf der Polizei informiert.

Filomena war immer noch im Schlafzimmer. Sie war zwar inzwischen wach, blieb aber mit weit geöffneten Augen im Bett liegen. Hatte weder Hunger noch Durst, starrte nur an die Decke. Das Glas Wasser, das auf dem Nachttisch stand, war noch randvoll. Auch die Polenta hatte sie nicht angerührt. Sie hatte inzwischen das Lieblingskuscheltier von Tina aus deren Zimmer geholt und hielt den blauen Seelöwen fest in ihren Armen.

Der Polizeibeamte händigte Anna den besagten Brief sofort aus. Sie drehte den zugeklebten Umschlag unsicher hin und her, bevor sie ihn mit zittrigen Händen öffnete. Ihre Miene wurde ernst. Dann setzte sie sich langsam, fast umständlich, auf das Sofa im Wohnzimmer. Mit ängstlichem Blick schaute sie die anwesenden Personen kurz an und nahm dann die Blätter aus dem Umschlag. Sie erkannte sofort die Handschrift ihres Mannes. Eine gespenstische Stille lag in dem Raum, während sie den Brief leise las.

Meine geliebte Anna,
liebe Genoveva, lieber Ambros

Ich bin ... war ein Mensch auf dieser Welt, dem es eigentlich an nichts gefehlt hat. Es heißt, wenn man den Tod vor Augen hat, dann läuft das ganze Leben noch einmal wie ein Film vor einem ab.
Meine Eltern hatten ein schönes Haus in Graun, das ich, als einziger Sohn, erben durfte. Leider sind meine Eltern aber, wie ihr alle wisst, viel zu früh gestorben. Meine Mutter erlitt einen Herzinfarkt und mein Vater wollte, obwohl er völlig gesund war, danach nicht mehr weiterleben. Er starb nur vier Wochen nach meiner Mutter, ebenfalls an einem Herzinfarkt. Es war sein Wunsch, den ihm Gott erfüllt hat ... nur an mich hatten dabei weder mein Vater, noch der liebe Gott gedacht. Ich war damals gerade achtzehn Jahre alt.
Plötzlich war ich allein und zunächst mit allem überfordert, doch dann habe ich dich meine liebe Anna getroffen. Wir haben uns genau auf der Bank, auf der ich jetzt gerade sitze, zum ersten Mal gesehen. Du saßt mit deiner Schwester Genoveva dort und ich kam mit dem Fahrrad und mit meinem Freund Gerhard Neuber zufällig dort vorbei. Eigentlich wollten wir bis nach Burgeis fahren, aber Gerhard hat sofort, nachdem er euch da sitzen sah, angehalten und wir haben dann sehr lange mit euch beiden über alles Mögliche gesprochen.
Anna, du bist ohne Vorwarnung in mein Leben getreten, wie ein Blitz aus heiterem Himmel. Unsere Liebe ist aus unserer Zuneigung entstanden, aus der ureigenen Lust, den anderen kennenzulernen.
Wie du weißt, haben wir uns anschließend sehr oft an

dieser Bank getroffen und dabei stundenlang auf den Haidersee und auf St. Valentin geschaut.

Wir brauchten oft nicht viele Worte. Das waren die schönsten Momente in meinem Leben. Das Gefühl nur neben dir zu sitzen war so ... so aufregend.

Am 15. Mai 1937 haben wir dann, wie ihr alle wisst, in Graun geheiratet. Die Feier im Gasthof Traube war für alle Gäste ein unvergessliches Erlebnis. Wir waren so glücklich! Es hat einfach alles gepasst. Die Liebe zu dir war die gute Seele in meiner Welt, denn sie nährt sich von dem, woran sie sich freut. Ich bin fest davon überzeugt, dass es auch so weitergegangen wäre, wenn da nicht, ... ja, wenn da nicht am 15. Mai 1940, genau an unserem dritten Hochzeitstag, dieser Einberufungsbefehl in unserem Briefkasten gelandet wäre. Bereits am 10. Juni 1940, als nach den erfolgreichen Blitzkriegen von Deutschland der Kriegsausgang ziemlich sicher schien, erklärte Italien den beiden Ländern England und Frankreich den Krieg.

Somit hatte auch für Italien die Tragödie des Zweiten Weltkriegs begonnen. Wir kämpften gegen den Feind. Aber wer war der Feind?

Ein Mensch, der in einem anderen Land geboren wurde.

Ein Mensch, der mir als Soldat zufällig gegenübersteht und eigentlich gar nicht hier sein wollte.

Ein Mensch, der, wenn ich ihn unter anderen Umständen getroffen hätte, mein Freund hätte sein können. Das soll der Feind sein? Da stimmt etwas nicht auf unserer Welt! Das erste Opfer in jedem Krieg ist immer die Wahrheit. Am Ende hatte Italien über 400.000 Tote zu beklagen. Ich war zwar nicht unter diesen Toten, wäre es aber im Nachhinein gerne gewesen. Ich kann

137

euch nicht genau sagen, wie viele junge Männer ich in diesem Krieg erschossen habe. Aber es waren sehr viele. Man war da mittendrin und hatte keine Wahl. Doch, eigentlich schon: Entweder er oder ich!

Sehr oft habe ich schon gedacht, dass, wenn ich nur einen Menschen erschossen hätte, nämlich diesen Faschisten Mussolini, dass ich dann vielen Menschen das Leben gerettet hätte ... und mir wäre es danach deutlich besser gegangen. Davon bin ich fest überzeugt. Ich habe die falschen Männer erschossen ... Unschuldige, junge Menschen, zu viele Menschen!

Ich war noch ziemlich jung und konnte dieses ganze Kriegsleiden aber einigermaßen gut wegstecken, zumal ich nach eineinhalb Jahren, im Dezember 1941, wieder heim nach Graun durfte. Ich war ja nach meiner Handgranatenverletzung nicht mehr kriegstauglich.

Anna, du hast mich aufopfernd gepflegt und ich konnte anschließend für mich neben unserem Haus in Alt-Graun eine Werkstatt aufbauen und damit gutes Geld verdienen. Nur mit unserem Kinderwunsch hat es leider nicht geklappt, aber wir waren geduldig, hatten ja noch viel Zeit vor uns.

Dann haben sie mich jedoch ein zweites Mal zum Kriegsdienst geholt. Da ich den ersten Kriegseinsatz eigentlich recht gut weggesteckt hatte, wollte ich sogar dabei sein und habe treu meine Pflicht erfüllt. Ich hatte gehofft, dass ich wegen meiner Verletzung irgendwo im Stab meinen Dienst ableisten könnte, aber sie haben mich aufgrund meiner Erfahrung sehr schnell wieder an die Front geschickt. Ich habe ziemlich bald bemerkt, dass sich plötzlich alles wiederholte. Ich musste wieder auf Menschen, die ich nicht kannte und die mir persönlich nichts getan hatten, schießen. Ich musste mit ansehen, wie Kinder getötet und Frauen vergewaltigt wurden, sogar auf offener Straße. Wenn das im normalen Leben passiert wäre, hätte ich natürlich sofort eingegriffen, aber es war Krieg und da ist alles anders. Es wurde sogar immer schlimmer. Es gab keine Tabus mehr, keinen Respekt, geschweige denn eine Empathie. Ich bekam in immer kürzeren Abständen Schreikrämpfe und immer wieder Schweißausbrüche.

Aber am schlimmsten waren die nächtlichen Träume. Nacht für Nacht hatte sich mein Gewissen an mir gerächt. Meine Albträume waren gnadenlos. Man kann nicht mit leichtem Herzen auf die Wirklichkeit blicken, weil sie so schrecklich war und man kann sich nicht in eine bessere Welt träumen. Ich wollte das Leben eigentlich als ein Geschenk Gottes betrachten, aber das war jetzt nicht mehr möglich.

Anna, du hast es ja oft gesagt. Als ich dann aus dem Krieg, ich befand mich hinterher noch sehr lange in Gefangenschaft, wieder zurückkam, war ich ein ganz anderer Mensch. Ich habe diese Wesensveränderung, die an meinem Geist nagte, immer wieder schmerzlich gespürt. Aber ich konnte nichts dagegen tun. Ich musste funktionieren um zu überleben.

Ich war nicht mehr ich selbst, wurde fremdgesteuert, kam mir wie eine Maschine vor. Mein Herz schlug zwar noch, aber ich spürte, dass es kalt war.

Und dann habe ich einen riesengroßen Fehler gemacht und nach diesem Fehler ist es mir sogar, zumindest zeitweise, wieder besser gegangen. Mein großer Fehler, wie bei so vielen traumatisierten Kriegsheimkehrern, war der, dass ich zur Flasche gegriffen und mit dem Alkohol angefangen habe. Im Alkohol habe ich sogar einen Freund und Helfer gefunden. Wenn ich eine

Flasche Weinbrand getrunken hatte, ging es mir wieder gut. Ich konnte lachen, Witze erzählen und unbeschwert fröhlich sein. Ich war in einer anderen Welt ... in meiner Welt der einzigen Möglichkeit, glücklich zu sein. Das alles ging ohne Alkohol überhaupt nicht.

Anna! Ich habe mich immer öfter mit dir gestritten, meistens, weil du mir kein Kind schenken konntest. Aber das war nur ein Anlass, ein Ablenkungsmanöver, das mir lange Zeit selbst verschlossen war. Du konntest ja überhaupt nichts dafür. Das habe ich irgendwann begriffen, aber dann oft immer wieder verdrängt. Ich weiß gar nicht, wie du es so lange mit mir in diesem Zustand ausgehalten hast. Ich habe mich oft selbst gehasst. Immer mehr kam es mir so vor, als ob eine fremde Macht mein Leben steuere. Mein ganzes Ich war ausgelöscht. Aber das war mir zu dem Zeitpunkt alles egal. Habe einfach wieder getrunken und dann war ja alles gut. Wenn ich weg war, hatte ich Sehnsucht nach dir, liebe Anna. Aber gleichzeitig hatte ich das Gefühl deiner nicht würdig zu sein. Wenn wir dann zusammen waren, war ich in meiner psychischen Gebrechlichkeit so grausam zu dir, dass ich mich danach jedes Mal selbst gehasst habe. Doch ich konnte nicht anders.

Ich stellte mir in meinen Delirien immer wieder vor, wie ich mit dir, liebe Anna, und unseren Kindern in den Urlaub ans Meer fahren würde. Im Traum lächelte ich dich an und unsere Kinder spielten glücklich am Wasser. Ich war so stolz auf unsere Familie, die es nie geben sollte. Und genau dieser Traum brachte mich dann auf eine völlig idiotische Idee, von der ich aber restlos überzeugt war. Ich wusste natürlich, dass Filomena und Valentina am Reschensee zelteten. Meine

Idee war so hirnrissig, aber ich konnte nicht anders, als sie auszuführen. Es war wie ein Befehl im Krieg, den ich nicht verweigern durfte. Ich trank eine Flasche Weinbrand in kürzester Zeit aus. Da war so ein innerer Zwang in meinem Kopf, der keine Alternativen zuließ. Keine Vernunft. Ich habe geplant, die Kinder mit dem Motorrad mitzunehmen und wollte dann mit ihnen ans Meer fahren. Ich wollte, dass sie im Sand spielen und ich neben ihnen sitzen darf. Ich wollte ihnen beim Spielen zuschauen und einfach nur glücklich sein.

Deshalb fuhr ich mit meinem BMW-Gespann an den Staudamm vom Reschensee und lief zu Fuß zum Zeltplatz der Kinder. Mich hat auch niemand gesehen, außer ein kleines Mädchen, dem ich aber nicht besonders aufgefallen bin.

Plötzlich kamen dann Filomena und Valentina über eine kleine Anhöhe gelaufen und versteckten sich hinter einem großen Fichtenbaum. Genau neben mir. Die Kinder spielten offensichtlich Verstecken.

Schritt für Schritt näherte ich mich ihnen. Zögerte mehrmals und ging dann weiter, als triebe mich eine magische Kraft zu den beiden Mädchen hin. Es kam mir tatsächlich so vor, als müsste ich einem Befehl gehorchen. Ich lief zu dem Baum hin, nahm Filomena und Valentina an der Hand und versprach ihnen, dass ich ein Versteck weiß, wo sie niemals gefunden werden. Sie waren zwar im ersten Moment überrascht, lachten aber dann und gingen sofort mit, da sie mich ja als ihren Onkel kannten und mir auch vertraut haben.

Wir gingen dann am Südende des Reschensees, kurz vor der Staumauer, diesen Steg hinaus. Valentina wollte unbedingt ins Wasser schauen und dort ein Versteck für sich suchen. Das tat sie dann auch, verlor aber am

Ende des Stegs plötzlich das Gleichgewicht und stürzte in den See, der dort ziemlich tief ist. Ich weiß, dass sie eigentlich ein bisschen schwimmen kann, aber sie paddelte nur kurz mit den Armen, verschluckte sich und ging dann sofort unter. Ich konnte mir nicht erklären warum ich nicht versucht habe, sie zu retten. Mein Gehirn schaltete komplett ab. Ich vergaß Valentina völlig. Ich wollte nur noch mit Filomena ans Meer fahren. Ich schob sie von dem Steg weg. Sie wollte aber in den See springen und ihre Schwester retten. Ich war völlig neben mir. Ich zog sie dann am Arm gewaltsam von dort weg, hob sie hoch und schrie sie an, dass sie ruhig sein sollte. Dabei hielt ich ihr sogar den Mund zu. Dann liefen wir zu meinem Motorrad. Filomena wollte nicht, aber ich setzte sie einfach unnachgiebig in den Beiwagen. Ich sagte ihr, dass wir in St. Valentin Hilfe holen müssten. Dabei dürften wir keine Zeit verlieren. Das hatte sie dann verstanden und blieb weinend sitzen. Ich fuhr los in Richtung Süden. Auf der Fahrt merkte ich ziemlich schnell, was ich da gerade für einen Blödsinn machte und hielt in St. Valentin, an der Kirche, an. Ich sagte zu Filomena, dass sie dort warten solle, ich müsse sofort dringend weiter, um für Tina Hilfe zu holen. Alles drehte sich in meinem Kopf.

Dann fuhr ich zu dieser Bank an der Haideralm, wo ich dich, meine liebe Anna kennengelernt habe. Es war ein wunderschöner Sonnentag und ich wusste plötzlich, dass es der letzte in meinem Leben sein sollte ... sein musste. Plötzlich war ich wieder völlig klar. Ich war wieder ein ganz anderer Mensch.

Jetzt schreibe ich gerade diesen Brief, denn ihr habt die Wahrheit verdient. Ihr könnt mich verurteilen, hassen und mir alles wünschen, außer den Tod. Das werde ich, wenn ich diesen Brief fertig geschrieben habe, selbst erledigen.

Ihr wisst ja, dass ich für mein Leben gerne Motorrad fahre ... und jetzt fahre ich für meinen Tod. Ich werde somit meine allerletzte Motorradfahrt starten. Ich habe vor, nach Meran zu fahren. Dort werde ich fünf Steine in die Passer werfen. Den größten für dich, Anna, die weiteren für Genoveva und Ambros und zwei schöne, kleine Steine für Filomena und Valentina. Anschließend werde ich noch ins Schnalstal fahren, bis die Straße zu Ende ist, wie bald auch mein Leben.

Meine Rückfahrt wird mich dann wieder an den Apfelplantagen des Vinschgaus vorbeiführen, bis zu diesem Reschensee, der auch an allem nicht ganz schuldlos ist. Dort wo die vielen Touristen anhalten, um den Grauner Kirchturm zu fotografieren, werde ich dann mein Motorrad abstellen.

Anschließend schwimme ich zu dem Kirchturm St. Katharina, der als Mahnmal für die dortige Flutung aus dem Wasser ragt. Da der Kirchturm noch das einzig Sichtbare von meinem Heimatdorf Graun ist, übergebe ich ihm mein Leben.

In diesem Kirchturm werdet ihr mich finden.

Leider habe ich in diesem Leben nie für eine längere Zeit meinen Frieden bekommen, aber wenn ihr mich dort findet, werde ich ihn für die Ewigkeit gefunden haben. Ich freue mich sogar darauf.

So ist es geplant und niemand kann mich davon abhalten. Anna, du weißt ja, dass ich ganz besonders die Bilder von Rembrandt gemocht habe. Mein Lieblingsbild ist, wie du ja weißt, die Nachtwache.

Auch Rembrandt wurde in den Tod getrieben, starb aber trotzdem in sich vollendet.

143

Mein Tod ist nur ein herbstmüdes Blatt, das zu Boden fällt. Nicht mehr und nicht weniger.

Ich liebe euch alle, ganz besonders die Kinder. Ich habe ihnen nie etwas Böses angetan, wenn ihr das glaubt. Ich liebe sie, so wie ein Onkel seine Nichten liebt und ich bin so stolz auf sie. Die Sache mit Valentina war ein schrecklicher Unfall, aber ich weiß, dass ich sie hätte retten können ... müssen. In dem Moment war ich, wie so oft schon, jemand anders. Ein Versager! Ich würde alles dafür geben, wenn sie noch am Leben wäre. Alles! Vielleicht ist es diese Krankheit, die mich besiegt hat, oder der Krieg, oder dass sie uns das Haus gegen unseren Willen weggenommen haben. Oder ist das alles nur passiert, weil ich zu schwach war? Ich weiß es nicht und ich will es jetzt auch nicht mehr wissen, denn es ist alles bereits geschehen.
Auf Wiedersehen Anna. Dich liebe ich ganz besonders.
Aber auch deine Liebe konnte mich nicht vor dem seelischen Verfall bewahren. Ich kann nicht mehr.
Es wäre schön, wenn deine positiven Gedanken an mich, und deine unerschütterliche Liebe, die ich viel zu oft vernachlässigt habe, meinen Tod überdauern würden. Ich habe das alles so nicht gewollt. Ich habe den wachsenden Kampf in mir verloren, aber ich habe mich nicht selbst getötet, es war mein Leben, das ich nicht mehr leben konnte. Trennung ist unser Los, Wiedersehen unsere Hoffnung, aber in einer anderen Welt, die nicht so schrecklich ist. Ich möchte im Himmel sein, bevor der Teufel bemerkt, dass ich weg bin.
Für mich wird der Tod eine Erlösung sein, aber ihr werdet es schwer haben.
Es tut mir so unendlich leid. Aber ich kann nicht

anders. Nachdem das Unglück mit Valentina geschehen
ist, kann nichts mehr mein Leben rechtfertigen.
Veva und Ambros, es tut mir unendlich leid.

Ich liebe dich, Anna
Dein Jakob

Anna schaute mit einem abwesenden Blick in den
Raum. In ihren starren Augen war eine tiefe Angst zu
erkennen. Im ersten Moment wollte sie sich sogar entschuldigen, wusste aber nach einer kurzen Überlegung
nicht wofür. Ihr Blick blieb an der Wanduhr hängen,
deren Ticken in diesem Moment laut zu hören war. Sie
atmete tief und ihr Puls schien langsamer zu werden.
Dann sah sie ungläubig zu Ambros und Genoveva und
ließ gleichzeitig den Brief langsam auf ihren Schoß
sinken. Als ihr die Bedeutung der eben gelesenen Worte
immer mehr bewusst wurde, kam es ihr vor, als wäre
ihr Körper blutleer. Tränen brannten wie Feuer in ihren
Augen. Sie starrte ungläubig auf die Blätter, die eindeutig von Jakob beschrieben worden waren. Tief
erschüttert legte sie die Hand über ihre Augen. Sie hatte
gehofft, der Brief würde die Schmerzen in ihrer Brust
lindern, aber die Zeilen von Jakob verstärkten sie noch
mehr. Die Aufregung durchströmte ihren Körper und
drehte ihr den Magen um. Anna erkannte das Stoff-
taschentuch nicht, das ihr Genoveva reichen wollte.
Eine fast greifbare Anspannung lag in dem Raum, die
alle davor warnte, etwas zu sagen. Bis sich der Polizist,
der ebenfalls geduldig gewartet hatte, laut räusperte. Er
entschuldigte sich demütig und fragte dann vorsichtig,
ob irgendwelche Hinweise auf den Aufenthalt von
Jakob Gruber in dem Brief ausgeführt seien.

„Ja", sagte Anna leise mit einer leidenden Traurigkeit in ihrer Stimme. „Ihr müsst im alten Grauner Kirchturm im Reschensee suchen. Dort findet ihr Jakob."

Der Beamte nickte und verließ eilig das Haus.

Anna übergab Genoveva mit einer traurigen Leere im Blick den Brief. Eine unerträgliche Hitze machte sich dabei in ihrem Innersten breit. Sie schwebte im Nebel zwischen Wachsein und Traum. Konnte das alles noch nicht begreifen. Bis zu diesem Augenblick hatte sie fest daran geglaubt, dass die Zeit Wunden heilen kann. Aber sie tat es offensichtlich nicht. Anna sah sich in der Falle ihrer Erinnerungen gefangen. Ausweglos!

Als Genoveva damit begann, den Brief laut zu lesen, verließ Anna, ohne ein weiteres Wort zu sprechen, das Haus der Familie Dachgruber.

Ambros blieb neben seiner Frau stehen und lauschte ungläubig ihren Worten. Als sie zum Ende gekommen war, sank er auf seinen Sessel zurück und versuchte zu verarbeiten, was er da gerade gehört hatte.

Genoveva ging so sehr in ihrem Schmerz auf, dass sie nicht in der Lage war, etwas zu sagen.

„Mama, wenn jemand stirbt, ist er dann für immer weg, oder kommt er wieder auf die Erde zurück?" Plötzlich stand Filomena mit dem blauen Seelöwen in ihrer Hand, mitten im Raum. Sie wartete geduldig auf eine Antwort. Aber weder Ambros noch Genoveva brachten zunächst auch nur eine Silbe heraus. Nachdem sie sich gefasst hatte, lief Genoveva schnell auf ihre Tochter zu und nahm sie fürsorglich in den Arm. Sie schaute in die Augen von Filomena und schüttelte nur leicht ihren Kopf. „Nein, nicht auf die Erde zurück, aber wir werden sie im Himmel wiedersehen.
Wir alle!"

In ihrem Wohnzimmer setzte sich Anna langsam, wie in Trance, auf das Sofa, auf dem sie zusammen mit Jakob so oft gesessen hatte. Ein erdrückendes Gefühl des Versagens überkam sie. Sie überlegte zweifelhaft.

Immer wieder strömten bestimmte Fragmente von Jakobs Brief durch ihre Gedanken. Seine erschütternden Zeilen lagen schwer auf ihrer Seele.

In diesem Moment war die Versuchung groß zu glauben, dass sie von Gott verlassen worden war. Aber sie faltete ehrfürchtig die Hände und sprach ein kurzes Gebet. „Herr, in deiner Treue hast du mich gedemütigt, aber ich weiß, dass deine Urteile gerecht sind. Meine Seele verlangt nach deinem Heil. Amen."

Danach fühlte sie sich wieder besser, denn sie hatte jetzt erkannt, dass sie nicht allein war. Gott war bei ihr.

Wenig später fuhr ein Polizeiboot zu dem alten Kirchturm im Reschensee.

Die dunklen Schatten der Abenddämmerung hatten sich bereits über die Straßen gelegt als es an der Haustür von Anna Gruber klingelte.

Die Polizei!

Als sie die Tür vorsichtig geöffnet hatte, nahmen die beiden Beamten respektvoll, mit einem traurigen Blick, ihre Mützen ab.

„Dürfen wir hereinkommen, Frau Gruber?"

Anna seufzte und nickte dann. Sie machte den Weg frei. Im Wohnzimmer lief ihr eine weitere Träne die Wange hinunter. Sie wusste die Antwort schon, bevor sie die Frage stellte. „Haben sie ihn …? Ist er …?"

Die beiden Polizeibeamten nickten ergeben.

Sie hatte es gewusst. Spätestens als die Polizisten zurück gekommen waren. Jetzt ist er tot, aber in seinen Augen war schon lange kein Leben mehr. Anna seufzte wieder laut. „Ich habe meinen Jakob schon viel früher verloren ... schon vor vielen Jahren."

„Ja, Frau Gruber, es tut uns leid", versuchte sich der ältere Polizeibeamte an ein paar tröstenden Worten. „Dort, wo einst die große Glocke hing, fanden wir tatsächlich ihren Mann. Er hat sich an der Kettenbefestigung für die große Kirchenglocke erhängt.

Für Wiederbelebungsversuche war es zu spät. Aber das hätte er, nach allem was passiert ist, auch nicht gewollt. Er hat jetzt seinen Frieden."

Es herrschte lange Zeit Stille bis sich Anna wieder etwas fassen konnte. „Danke, ich glaube, Sie können jetzt gehen."

„Sollen wir noch einen Pfarrer ...?"

„Nein, das brauchen Sie nicht. Ich möchte allein sein. Wenn ich Hilfe brauche, gehe ich zu meiner Schwester rüber, ... wenn sie mich jetzt noch sehen will. Nein, keinen Pfarrer. Aber ich werde am Sonntag in die Kirche gehen und für Valentina und für Jakob beten."

Ihre Sorge um Jakob war in der vergangenen Zeit zwar immer größer geworden, aber ihre Liebe nicht kleiner. Ihr Herzschlag hatte sich wieder etwas beruhigt. Sie wusste, dass sie ihren Mann endgültig verloren hatte. Aber dann kamen ihr Bilder in den Kopf, wie sie zusammen mit Jakob auf der Bank saß, an der Stelle, wo sie sich zum ersten Mal getroffen hatten. Im ersten Moment glaubte sie sogar, dass es real sei ...! Dann hörte sie das Lachen von Valentina. Das Lachen des Kindes war süßer als jedes andere Geräusch, das sie sich vorstellen konnte. Sie sah tatsächlich Valentinas Gesicht deutlich vor Augen. Ein Gesicht schöner als jedes Kunstgemälde. Noch schöner als Jan Vermeers Gemälde Mädchen mit dem Perlenohrgehänge ...

Als sie wieder aus ihrem Tagtraum erwacht war, schüttelte Anna ungläubig den Kopf. Sie musste nach vorne schauen, auch wenn ihr alles noch so fremd und so grausam vorkam, was in der vergangenen Zeit in ihrem Leben geschehen war. Man kann das Leben nur rückwärts verstehen, aber leben muss man es vorwärts. Sie atmete langsam ein und dann wieder aus, um die Enge in ihrer Brust zu vertreiben. Die Tränen die sich aus ihren Augen gedrückt hatten, waren inzwischen getrocknet.

Genoveva, Ambros und Anna entschieden gemeinsam, dass Jakob auf dem Friedhof von Nauders neben Valentina beerdigt werden sollte, denn er hatte das alles so nicht gewollt. Er war kein schlechter Mensch. Er war krank ... wurde krank gemacht! Auf seinem Grabstein stand nur sein Name. Mehr wollte Anna nicht. Alles andere befand sich in ihrem Kopf.

Auf dem Grabstein von Valentina stand:

Valentina Dachgruber
geb. am 16.05.1952 – gest. am 28.07.1960

Es war zu früh, sagt das Herz
Du fehlst uns sehr, sagt die Liebe
Wir sehen uns wieder, sagt unsere Hoffnung
So lange wir leben, lebst du in unseren Herzen

In ewiger Liebe
Mama, Papa und Filomena

149

Eine Tiroler Hochzeit
Sommer 1972

Gott hat uns nicht den Geist der Furcht und Trauer gegeben, sondern vielmehr die Kraft der Liebe und Besonnenheit.

Es war ein strahlender Sommertag. Die Sonne spendete eine wohlige Wärme.

Ein Tag zum Heiraten!

Als die Kirchenglocken zu läuten begannen, setzte sich der lange Hochzeitszug in Bewegung. Die festlichen Tiroler Gewänder schmückten nicht nur die Gesichter der Teilnehmer. Viele Bürger aus Nauders hatten ihre Häuser verlassen und standen am Straßenrand, um das Brautpaar zusammen mit den festlich gekleideten Gästen zu erspähen. Auch sie hatten sich zum großen Teil angemessen in Landestracht gekleidet und bildeten so ein stattliches Spalier für den Hochzeitszug.

Heute war das Hochzeitsfest von Filomena, geborene Dachgruber aus Nauders und Urban Salzlechner aus Mals.

Angeführt von der Musikkapelle lief der Hochzeitszug von ihrem Haus weg, nahezu durch den gesamten Ort, bis zur Katholischen Pfarrkirche Hl. Valentin.

Im selben Moment, als sich das Brautpaar dort das Ja-Wort gab, rann Genoveva eine Träne die Wange hinunter. Sie konnte nicht anders, musste an Valentina denken. Das entging Ambros natürlich nicht und er reichte ihr fürsorglich ein Taschentuch.

Genoveva und Ambros hatten in den vergangenen Jahren alles versucht, um den Tod ihrer Valentina in irgendeiner Weise zu verarbeiten. Aber es gelang ihnen trotz professioneller Hilfe nicht.

Genoveva sah immer wieder das Bild vor Augen, wie Ambros den kleinen, weißen Sarg zum Grab getragen hatte und Valentina unwiderruflich der Erde übergeben wurde.

Das war der allerschlimmste Moment in ihrem Leben. Genoveva sah das Herablassen des Sarges als endgültiges Indiz für die weltliche Trennung von ihrer Tochter an.

Aber inzwischen waren zwölf Jahre vergangen.

Heute sollte ein Freudentag sein. Ihre Tochter Filomena heiratete. Den stellvertretenden Leiter der Bergwacht von Nauders, Urban Salzlechner. Es war eine traumhafte Liebeshochzeit in den Tiroler Bergen.

Genoveva sah es als ein Wunder an: Zwischen ihr und Ambros saß auf der Kirchenbank ein kleines Mädchen, das in ihrem gelben Sommerkleid und mit den langen, blonden Haaren, die zu einem Pferdeschwanz zusammengebunden waren, aussah wie … wie Valentina.

Das kleine Mädchen hieß aber Birgit. War inzwischen vier Jahre alt und die Tochter von Filomena und Urban. Sie wollten, als Filomena mit Birgit schwanger war, eigentlich sofort heiraten, aber Filomena und Urban waren damals noch mitten in ihrer Bergretterausbildung und das junge Paar sah keine Eile mit der Hochzeit. Sie waren sich aber vom ersten Moment an einig, dass sofort geheiratet wird, wenn der richtige Zeitpunkt dafür gekommen sei.

Und der war genau heute!

Beim Verlassen der Kirche musste sich das Brautpaar durch ein enges Spalier der Bergretter quetschen, die jeweils eine lange Stielrose hochhielten.

Dahinter stand der rote Hubschrauber der Bergrettung

151

Tirol. Die Musikkapelle Nauders spielte das Tiroler Heimatlied. An den Stehtischen wurde Sekt gereicht.

Das Hochzeitsessen fand im Almhof statt und anschließend wurde bis zum frühen Morgen gefeiert.

Die kleine Birgit durfte an diesem Abend bei Genoveva und Ambros übernachten. Darauf hatte sie sich fast so sehr gefreut, wie auf die Hochzeit ihrer Eltern.

Als Urban und Filomena nach dem Hochzeitsfest in ihr neu gebautes Haus kamen, das sich direkt hinter den beiden Häusern von Ambros und Genoveva Dachgruber und von Anna Gruber befand, waren nach alter Sitte, die Ehebetten abgebaut und die einzelnen Teile fein säuberlich an die Wand gestellt worden. Die Schrauben fanden sie in einem Bierglas, auf dem Fenstersims. Daneben standen zwei volle Flaschen Bier.

Aber durch ihr handwerkliches Geschick dauerte es nur ein paar wenige Minuten, bis alle Bettteile wieder vollständig an ihrem vorgesehenen Platz waren.

Die eigentliche Hochzeitsnacht hätte somit erst beginnen können, als die Sonne bereits aufgegangen war.

Aber als Urban, nachdem er seinen Werkzeugkasten aufgeräumt hatte, wieder ins Schlafzimmer kam, war Filomena bereits eingeschlafen ...

Er hatte einen Moment daran gedacht, Filomena zu wecken, ließ aber dann davon ab. Er legte sich neben seine Ehefrau und schlief nur wenige Sekunden später ebenfalls ein. Es war ein langer Tag.

Beide, Urban und Filomena, waren inzwischen bei der Bergrettung Nauders fest angestellt. Sie waren glücklich, dass sie sich jeden Tag, sogar bei der Arbeit, sehen konnten.

Gerade bei der Bergrettung ist es wichtig, dass man sich aufeinander verlassen kann. Das war bei Urban und Filomena im Beruf und ganz besonders auch im privaten Leben der Fall.

Urban hatte noch vor, den Flugschein für den Rettungshubschrauber zu machen. Aber im Moment war noch kein Ausbildungsplatz frei. Es hatte auch keine Eile. Seine kleine Familie war ihm im Moment wichtiger.

Filomena arbeitete nur halbtags, sie wollte so viel Zeit wie möglich mit Birgit verbringen.

Immer noch hatte sie Albträume. Dieser andauernde Schmerz in ihr wurde oft nur durch ihre körperliche Müdigkeit betäubt. Sie wachte mehrmals in der Nacht schweißgebadet auf, nachdem in ihrem Traum Valentina im Reschensee untergegangen war.

Immer wieder!

Nach dem letzten Traum, als sie schon halbwach war, trommelte sie Urban wild gegen die Brust und schrie ihn mit schriller Stimme an, dass er sofort mit seinem Motorrad zurückfahren und Valentina im See suchen solle.

Nur mit viel Mühe konnte er seine Frau beruhigen.

Sie waren noch lange wach geblieben und schworen sich gegenseitig, dass ihrer Birgit niemals so etwas Schreckliches passieren dürfe.

Nauders in Tirol
Herbst 1976

„Tante Anna, könntest du heute Nachmittag auf Birgit aufpassen? Ich muss kurzfristig zusammen mit Urban die Mittagsschicht in unserer Bergrettung übernehmen. Zwei Kollegen sind krank geworden. Wie du ja weißt, müssen meine Eltern heute beide arbeiten."

Anna lächelte Filomena freundlich an. „Ja, natürlich. Gerne! Ich könnte mir keinen schöneren Nachmittag vorstellen."

Sie schaute zu der inzwischen achtjährigen Birgit. „Wollen wir beide heute mit der Bergkastelbahn hochfahren und oben dann eine schöne Rundwegwanderung machen und dort gleich noch ein Eis essen?"

Birgit umarmte Anna. „Oh, ja Tante … Großtante. Das machen wir. Tschüss Mama!"

Filomena schüttelte zufrieden lächelnd den Kopf und ging zur Tür. „So schnell ist man heutzutage bei seinem Kind abgeschrieben." Aber sie wusste gleichzeitig auch, dass Anna, die Birgit abgöttisch liebte, gut auf ihre Tochter aufpassen würde.

Filomena und Urban hatten am Nachmittag bis 20.00 Uhr in der Bergrettung Nauders Dienst.

„Berge sind Magneten, vor allem, wenn sie eine Seilbahn haben", sagte Filomena noch im Gehen.

„Dann viel Spaß euch beiden!"

„Tschüss, Mama. Bis heute Abend."

Anna war glücklich, dass sie einen Nachmittag zusammen mit Birgit verbringen durfte. Sie liebte die Berge, das Singen der Vögel und die blühenden Almwiesen. Und sie liebte Birgit als wäre sie ihre Tochter.

Anna hatte sich inzwischen damit abgefunden, dass sie

keine eigenen Kinder hatte. Es sollte einfach nicht sein. Es war damals keine leichte Zeit, als sie nach Jakobs Tod allein im Gefängnis ihrer Angst festsaß. Sie sah ein, dass das Leben nicht immer so laufen konnte, wie sie es sich vorgestellt hatte und erkannte dabei, dass Gott ihr einen anderen Plan im Leben zugedacht hatte. Sie akzeptierte die Situation so wie sie war. Wollte auch nie wieder heiraten.

Anna sah in der Trauer nicht nur Verzweiflung, sondern eine ganz besondere Art ihrer Liebeserklärung. Sie wollte auch nicht mehr länger im Schatten ihrer Schuldgefühle leben, die sie sich oft selbst auferlegt hatte. Anstatt sich die Tage trüben zu lassen, hatte sie Gottes Vergebung angenommen. Immer, wenn sie von einem Flügel dieser bedrückenden Erinnerungen gestreift wurde, dachte sie an Birgit, die ihr wieder neue Kraft gab. Die Lebendigkeit der Gefühle in ihrem neuen Leben entsprang der Liebe zu diesem Kind.

Heute freute sie sich deshalb ganz besonders auf den spontanen Ausflug mit Birgit, deren frohes und dankbares Lachen immer wieder ein Geschenk für sie war.

Die negativen Gedanken von Anna, die doch ab und zu aufkamen, verschwanden, wenn sie in das junge, frische Gesicht von Birgit sah. So nährte sie ihre Hingabe mit Hoffnung und Fantasie und konnte dabei ihren Frieden finden. Sie hatte sich im Lauf der Jahre mit dem von Jakob selbst gewählten Tod abgefunden, für den er letztendlich doch eine Erlösung gewesen war.

Die Stunden des Grolls gegen Jakob, weil er ihr solches Leiden zugefügt hatte und sie dabei zu einem Leben zwang, das sie eigentlich so nie wollte, waren endgültig vorbei. All diese Erinnerungen flogen ihr in einem einzigen Moment durch den Kopf, begleitet von der klaren inneren Selbsterkenntnis, dass sie wieder nach vorne sehen konnte und musste. Sie wollte sich von den vergangenen Prüfungen der schweren Zeit nicht mehr ihr Leben diktieren lassen, sondern sie als Ratgeber für ihre Zukunft nutzen.

Anna lächelte ihrer Großnichte freundlich zu. „So Birgit, ich pack uns noch schnell ein paar belegte Käsebrote ein und dann können wir beide schon losmarschieren."

„Darf ich noch meinen blauen Seelöwen mitnehmen?"

Das Plüschtier hatte lange Zeit nach Valentinas Tod in deren Zimmer gelegen. Als es Birgit irgendwann sah, war sie sofort in den blauen Seelöwen verliebt.

Genoveva und Ambros wollten ihn eigentlich schon in Valentinas Zimmer belassen, das sie bisher nicht verändert hatten. Aber als Birgit förmlich darum bettelte, schenkten sie ihr den Seelöwen. Sie waren davon überzeugt, dass Valentina das auch gewollt hätte.

„Natürlich. Pack den Seelöwen in deinen Rucksack und von mir bekommst du noch einen Müsliriegel dazu, falls dir die Kraft ausgeht … und natürlich eine Flasche Wasser für deinen Durst."

„Danke Tante Anna, dann auf geht's! Pack mers! Der Berg ruft." Sie schloss ihre Begeisterung mit einem lauten Jodler ab.

Birgit hatte schon in jungen Jahren ihre Leidenschaft für die Berge und für das Wandern entdeckt. Kein Weg war ihr zu weit, kein Berg zu hoch. Das Gebirge zog sie magisch an. Sie war schon glücklich, wenn sie morgens aus dem Fenster schaute und den Ortler sehen konnte. Gleichsam war sie aber auch traurig, wenn der höchste Berg der Provinz Südtirol, den Birgit respektvoll König Ortler nannte, im Nebeldunst verschwunden war.

Nachdem sie während der gemütlichen Auffahrt mit der Bergkastelbahn, die erst vor zwei Jahren gebaut worden war, den Blick über Nauders genossen hatten, stiegen sie frohen Mutes aus ihrer Kabine.

„So, jetzt gehen wir zuerst mal zum Marienbildstock!"

„Ja, Tante, das machen wir. Ich habe auch eine selbstgepflückte Blume für Valentina dabei, die ich dort in eine Vase stellen will."

Anna nickte nachdenklich und atmete tief durch. „Ja, das machen wir."

Nach einer langen Bergwanderung, einer gemütlichen Rast und dem versprochenen Eisessen, entschlossen sich die beiden Wanderinnen den Abstieg zu Fuß zu machen und nicht mit der Seilbahn zu fahren.

Dabei passierte es.

Birgit sah ein Alpenveilchen etwas abseits vom Wegesrand und lief in ihrer Euphorie zielstrebig hin.

„Halt Birgit, komm zurück! Das ist zu gefährlich. Bleib auf dem Weg! Du kannst doch nicht ..."

Aber es war zu spät.

Das Mädchen rutschte an einer steilen Stelle ab und stürzte ungefähr zwei Meter die steile Felswand hinunter. Sie kam glücklicherweise an einem überhängenden Felsvorsprung zum Liegen, sonst wäre sie über hundert Meter tief abgestürzt. Anna lief sofort zu der Klippe und konnte Birgit von oben dort liegen sehen. Musste sich dazu auf den Bauch legen. Aber es war ihr unmöglich zu dem kleinen Mädchen hinunterzuklettern. Birgit regte sich nicht mehr.

Es bestand jederzeit die Gefahr, dass sie, wenn sie aufwachen und sich wegdrehen würde, weiter die Felswand hinunterstürzen könnte. Das würde ihren sicheren Tod bedeuten.

Annas mit Angst überladenes Herz und ihr völlig konfuser Verstand weigerten sich, das was sie da gerade sah, zu glauben. Für einen kurzen Moment war sie völlig handlungsunfähig.

Es war schon später Nachmittag und kein Mensch war weit und breit zu sehen. Sie schrie laut um Hilfe, doch niemand hörte ihr verzweifeltes Rufen.

Anna musste Birgit allein zurücklassen und die knapp zwei Kilometer zur Bergbahn laufen, um Hilfe zu holen. Es war 16.15 Uhr. Sie hatte nicht mehr viel Zeit.

Mit jedem Schritt den sie sich von dem Kind entfernte, wuchs ihre Sorge um die kleine Birgit. Sie versuchte die beängstigende Stimme in ihrem Kopf zu ignorieren und weigerte sich, vorschnell schreckliche Schlüsse zu ziehen. Sie musste jetzt Hilfe holen und durfte keine Zeit verlieren. Das war ihr einziger Auftrag und sonst nichts anderes.

Um 16.40 Uhr, kam sie zur Bergstation. Die Bahn stand still. Niemand war mehr da! Die letzte Abfahrt war um 16.30 Uhr gewesen. Auch die Berggaststätte hatte bereits geschlossen. Ihr kamen die Tränen. Sie musste sich jetzt entscheiden und ging dann den langen Weg zu Fuß ins Tal hinunter.

Eine knappe halbe Stunde später kam sie auf einen Verbindungsweg und hatte Glück. Sie konnte ein Auto anhalten und der Fahrer nahm sie bis zur Station der Bergrettung mit.

Völlig aufgelöst kam sie dort an und versuchte Filomena zu erklären, was eben im Berg passiert war.

„Wie? Birgit liegt jetzt ganz allein da oben im Felsen?"

„Ja, ich … ich musste doch … ich musste doch Hilfe holen. Bitte macht schnell. Bitte, wenn ihr was passiert, dann bin ich … Bitte! Schnell!"

„Einsatz! Den Helikopter fertig machen. Anna, du fliegst mit und zeigst uns genau, wo meine Tochter liegt." Ihr Ton war von einer gewissen Schärfe geprägt und für Anna deshalb äußerst ungewöhnlich.

Filomena benachrichtigte Urban.

Der Rettungshubschrauber aus Karres, der nach einem anderen Einsatz zufällig noch in Nauders stand, war sofort einsatzbereit. Urban griff sich seine Notfalltasche und sprang auf, als der Helikopterpilot schon dabei war, abzuheben. Für einen Arzt war jetzt keine Zeit mehr.

„Da! Da unten liegt sie!" Anna deutete aufgeregt auf den Felsvorsprung, der ihrer Großnichte vermutlich das Leben gerettet hatte. Aber noch wussten sie nicht, wie schwer Birgit verletzt war oder ob sie den Sturz überhaupt überlebt hat.

Der Pilot Walter Chrzan schaute kritisch nach unten. „Das wird schwierig, ich komme da nicht nahe genug ran. Vor diesen Überhangfelsen habe ich den allergrößten Respekt." Urban machte sich fertig. „Walter, du musst den Heli etwas schräg stellen, dann reicht es mir, mit Schwung auf den Felsen zu kommen. Wir müssen es versuchen, sonst verlieren wir zu viel Zeit. Wenn sich Birgit nur minimal bewegt, kann sie abstürzen."

Chrzan nickte ihm kritisch zu. „Ich versuche es, aber garantieren kann ich für nichts. Meine Rotorblätter brauche ich noch für den Rückflug."

Er flog so nahe wie möglich an den Felsen heran, legte den Helikopter dabei etwas schräg und gab dann Urban ein Zeichen. Der Bergretter fasste das Seil und öffnete die Seitentür. Er überprüfte noch einmal den Karabinerhaken und sprang dann, sich kräftig abstoßend, aus dem Hubschrauber. Anschließend versuchte er sich durch mehrere Pendelbewegungen immer näher an den Felsen

159

heranzubringen. Und tatsächlich schaffte es Urban mit etwas Schwung auf den Felsvorsprung.

Er beugte sich zu seiner Tochter und nahm ihren Kopf hoch. „Birgit, ich bin da. Meine Birgit, wie geht es dir?" Das Mädchen hatte beide Augen geschlossen und zeigte keine Reaktion. Ihr linker Unterschenkel war verdreht. Urban erkannte sofort die Fraktur und versuchte einen Notverband und eine Schiene anzulegen. Dabei war er so aufgeregt, wie schon lange nicht mehr.

Im nächsten Moment schrie Birgit vor Schmerzen auf.

Er atmete tief durch. „Gott sei Dank, sie ist wieder bei mir. Birgit, ich bin es, … Papa." Sie blinzelte ihn unwirklich an.

„Was ist mit mir? Was ist passiert, Papa? Wie kommst du hierher? Ich war doch ...".

Urban streifte seinem Kind vorsichtig über das Haar. „Du hattest einen Unfall, Schatz und bist den Felsen hinuntergestürzt. Aber jetzt bin ich bei dir. Es wird alles gut. Wir wäre es mit einem kostenlosen Hubschrauberflug?"

Sie versuchte zu lächeln, verzog aber dann wieder schmerzvoll ihr Gesicht.

Nachdem Urban das Bein provisorisch geschient hatte, band er sich seine Tochter vor die Brust und gab dann seinem Piloten durch seinen senkrecht nach oben zeigenden Daumen das Signal, dass alles soweit in Ordnung sei und er jetzt anziehen könne.

Langsam straffte sich das Seil und sie schwebten im nächsten Moment durch die Luft. Filomena fiel ein Stein vom Herzen. Nachdem der Helikopter auf einem nahegelegenen Almenstück landen konnte, lief sie sofort zu ihrer Tochter, die sogar lächelte, als sie ihre Mutter sah. „Birgit, es geht dir doch hoffentlich gut?"

Sie schaute ihre Tochter ängstlich an. „Ja, Mama, es geht. Aber Anna kann nichts dafür. Ich habe selbst den Fehler gemacht, da ich vom Weg weggegangen bin. Das darf man in den Bergen nicht machen. Auf keinen Fall. Ich war zu leichtsinnig. Entschuldige bitte Mama."
Anna kam ebenfalls hinzu und streichelte ihre Großnichte zärtlich an der Wange. Schaute ihr dann besorgt in die Augen. „Hast du noch Schmerzen?"
Birgit überlegte kurz. „Nein, nur ein bisschen Kopfweh." Sie zog die Brauen hoch „... und mein linkes Bein tut auch noch weh. Ich habe ja großes Glück gehabt. Glück im Unglück."
„So, jetzt sollten wir aber nicht noch mehr Zeit verlieren. Unsere Tochter muss ins Krankenhaus, damit Birgit meine notdürftige Schiene wegbekommt und professionell behandelt wird. Wir fliegen direkt das Krankenhaus in Zams an."
Birgit lächelte gequält. „Aber so schlimm ist es doch gar nicht."
Urban sah sie streng an. „Doch Birgit, das muss alles genauestens untersucht werden." Sie nickte.
Er war stolz auf seine tapfere Tochter.

Am Abend saßen Urban und Filomena bei Ambros und Genoveva. Anna ging es nicht besonders gut; sie wollte allein sein und hatte sich in ihr Haus zurückgezogen. Sie machte sich selbst die größten Vorwürfe.
„Wir haben Glück gehabt, unserer Birgit geht es schon wieder besser und ich kann sie morgen Mittag aus dem Krankenhaus abholen. Mit dem Gipsfuß muss sie dann halt klarkommen. Es hätte auch viel schlimmer ausgehen können." Urban schaute seine Schwiegermutter hoffnungsvoll an. Sie nickte zustimmend. „Es ist halt

161

gefährlich in den Bergen, sonst bräuchten wir ja keine Bergwacht und ihr wärt beide arbeitslos." Urban hob kritisch seine Brauen. „Stimmt, es ist noch einmal gutgegangen und dafür sind wir unserem Schöpfer unendlich dankbar. Aber was ich dabei festgestellt habe: Es ist eine völlig andere Situation, ob du einen Fremden rettest oder dein Kind. Bei der eigenen Tochter spielen noch die ganzen Emotionen mit. Es war wirklich sehr schwer da oben einen klaren Kopf zu behalten. Ich muss zugeben, dass ich dabei alle Sicherheitsregeln außer Acht gelassen habe. Ich hatte nur ein Ziel, wollte auf den Felsvorsprung kommen, auf dem Birgit lag. Habe das Risiko nicht mehr kalkuliert. Aber was mir noch wichtig ist: Ich möchte Anna keinen Vorwurf machen. Sie hat eigentlich nichts falsch gemacht."

Filomena hob beide Hände. „Nein, das machen wir auf keinen Fall. Birgit hat mir auch als erstes gesagt, als ich mit ihr sprechen konnte, dass Anna keine Schuld habe. Birgit weiß selbst, dass sie den Fehler gemacht hat."

Urban seufzte laut. „Manche Menschen haben doch unwahrscheinlich viel Pech. Was die Anna schon alles mitmachen musste."

Ambros nickte. „Wir alle haben schon sehr viel Schicksal erleben müssen. Ich denke dabei oft an die Flutung des Reschensees vor sechsundzwanzig Jahren.

Aber das Schlimmste war …" er stockte, „das Schlimmste war der Tod von Valentina."

Genoveva sah ihren Mann traurig an. „Es ist immer noch unheimlich schwer. Eigentlich kann man so etwas als Eltern überhaupt nicht aushalten."

Für mehrere Minuten herrschte absolute Stille in der gemütlichen Tiroler Stube der Familie Dachgruber.

Nauders in Tirol
Frühling 1985

Wie die Zeit vergeht.

Die *kleine* Birgit hatte vor zwei Wochen ihren siebzehnten Geburtstag gefeiert. Im Frühsommer wird sie ihre Matura ablegen und dann, so hat sie es zumindest geplant, geht es zum Studium nach Berlin.

Leider hat sie noch immer Probleme mit ihrem linken Bein, das sie damals, bei ihrem Absturz in den Bergen, kompliziert gebrochen hatte. Das leichte Hinken konnte sie nur einigermaßen kaschieren, wenn sie sich voll darauf konzentrierte. Wenn sie abgelenkt war, oder nicht darauf achtete, knickte ihr Bein bei jedem Schritt etwas weg. Aber die Ärzte hatten alles versucht; Birgit hat inzwischen vier Operationen hinter sich, es wurde zwar jedes Mal etwas besser, aber sie war immer noch nicht ganz beschwerdefrei. Sie hat sich, vielleicht auch gerade deshalb, für ein Medizinstudium eingeschrieben. Ihre Noten passten und wenn sie sich in der Maturaprüfung nicht verschlechterte, sollte es auch klappen.

Heute hat sie sich mit ihrem Freund Sven verabredet. Sven Wirsching. Wieder mal im Almhof. Die Sonne schien und das Thermometer stand auf zweiundzwanzig Grad. Also bot sich der Biergarten an. Im Almhof hatten auch ihre Eltern geheiratet, damals, als sie schon vier Jahre alt gewesen war.

Sven wartete schon am Eingang und las bereits zum dritten Mal die Speisekarte. Als er Birgit sah, lächelte er glücklich, gab ihr einen Kuss und geleitete sie vornehm zu ihrem Platz.

Sven bestellte ein kleines Egger Zwickl, während Birgit sich für einen Almdudler entschied. Nachdem sie sich zugeprostet hatten, nahmen sie einen ersten, kräftigen Schluck. Sven wischte den Schaum von seinen Lippen und schaute seine Freundin zufrieden an. „Mir ist heute etwas ganz Besonderes eingefallen. Du weißt ja, dass es bei mir keinesfalls zu einem Medizinstudium reicht. Notendurchschnitt 2,6 ... und viel besser wird es auch nach der Matura nicht werden. Mit deiner 1,2 kann ich leider nicht mithalten." Er schaute seine Freundin gespielt traurig, dann aber stolz an. „Ich habe mich jetzt endgültig entschieden und möchte Geologie und Geschichte studieren."

Birgit schüttelte ungläubig den Kopf. „Aber du hast doch immer so von Jura geschwärmt."

Sven hob abwehrend beide Hände. „Ja schon, aber der Stoff mit tausenden von Gesetzen ist mir einfach zu trocken. Beim Fach Geologie erfahre ich alles über die Gesteine und Böden auf der ganzen Welt. Nach dem Studium kann man in der Praxis analysieren, wie sie zusammengesetzt sind und man kennt sich zusätzlich in vergangenen und zukünftigen Veränderungen unseres Lebensraums aus. In der Geologie steht die natürliche Beschaffenheit der Erde im Vordergrund. Das finde ich unwahrscheinlich spannend."

Birgit lächelte ihren Freund an. „Ja, und dann auch noch Geschichte? Gleich zwei Fächer!"

„Ja, finde ich genauso spannend. Was da alles passiert ist in unserer Vergangenheit und warum es überhaupt passiert ist. Ich habe schon sehr viel über die Weltgeschichte, aber auch über Tirol, insbesondere Südtirol, gelesen und mich dabei speziell auf den Reschensee konzentriert. Was da alles damals vorgefallen ist. Diese unliebsame Flutung gegen den Willen der Menschen von Graun und Reschen. Unglaublich. Ich würde auch gerne dazu deine Großeltern befragen, die haben doch mal in Graun gelebt … oder? Die mussten ja hautnah miterleben, wie das alles war. Meinst du ich könnte sie mal fragen? Habe mich bisher noch nicht getraut. Ich könnte mir nämlich schon vorstellen, dass sie nicht darüber sprechen wollen."

Birgit wurde nachdenklich. „Ja, wir sind schon das eine oder andere Mal drauf gekommen, wenn bei uns daheim davon die Rede war. Aber stimmt. Oma und Opa haben dann sofort geblockt. Sie müssen sehr viel mitgemacht haben, damals. Sie haben ja Haus und Hof durch das Wasser verloren … oder besser gesagt, das alles wurde ihnen weggenommen und anschließend überschwemmt. Eigentlich ist das unglaublich."

Dann überlegte sie und verzog kritisch das Gesicht. „Ich hatte mal einen Großonkel, er hieß Jakob."

Sven hob seine rechte Hand. „Ich glaube, ich kenne die Geschichte. War das der Jakob Gruber, der sich …", er zögerte, „im alten Grauner Kirchturm erhängt hat?"

Birgit nickte traurig. „Ja stimmt, genau der. Aber darüber wurde bei uns auch nie gesprochen; ich habe es mal zufällig von meinen Freundinnen gehört. Das ist und bleibt für unsere Familie ein Tabuthema. Ich habe auch nie danach gefragt. Außerdem ist das alles auch schon ziemlich lange her."

Birgit wollte auch jetzt nicht weiter über diese alten Geschichten sprechen, was Sven sofort bemerkte. Er dachte kurz nach und konzentrierte sich dann wieder auf die Tiroler Heimatgeschichte.

„Ich lese zur Zeit das Buch *Tirol - Meine freie Heimat*. Da wird unsere Geschichte informativ und treffend erklärt. Es war nämlich so: Schon vor über tausend Jahren war Tirol deutsches Siedlungsgebiet und gehörte seit dem vierzehnten Jahrhundert zu den Habsburgern, also praktisch zu den heutigen Österreichern." Er lächelte. „Komisch, du bist Österreicherin und ich Italiener und ... wir lieben uns. Aber es würde sich, also zumindest für mich, nichts ändern, wenn wir beide nur Tiroler wären."

Birgit nahm seine Hand. „Du Dummkopf, auch für mich würde sich natürlich nichts ändern. Aber eigentlich sind wir ja beide Tiroler, nur dass du ein Südtiroler bist."

„Ja schon, aber Südtirol ist halt Italien und Tirol ist ein Bundesland von Österreich.

Aber jetzt zurück zur Geschichte Tirols. Anfang des neunzehnten Jahrhunderts, nach der Niederlage der Tiroler am Bergisel unter unserem Volkshelden Andreas Hofer, wurde Tirol dann geteilt." Er schaute Birgit verschmitzt an. „Wenn ich dich langweile, dann sage es mir bitte, aber ich finde das Thema unwahrscheinlich spannend."

Birgit lächelte. „Wenn du das Thema unwahrscheinlich spannend findest, dann tue ich das natürlich auch. Nein, ganz im Ernst, da bin ich mit dir einig. Über Andreas Hofer weiß ich sogar, dass er im Jahr 1809 die vier Schlachten gegen die napoleonischen Franzosen und deren Verbündeten, den Bayern, am Bergisel bei Innsbruck angeführt hatte. Ursache dieser vier Schlachten war die bayerische Herrschaft in Tirol. Die Bürger von Tirol wollten aber ihr eigenes Land haben, wollten autonom sein und weder zu den Bayern noch irgendwo sonst hingehören.

Der Tiroler Freiheitskämpfer war nebenbei Wirt im Gasthaus Am Sand in St. Leonhard in Passeier. Hofer war im bürgerlichen Leben auch noch als Pferde- und

Weinhändler tätig. Ein sehr umtriebiger Mensch."
Sie schaute ihren Freund stolz an, der an ihrem Interesse kurz gezweifelt hatte. „Man sollte sich schon für seine Heimatgeschichte interessieren … und außerdem höre ich dir am liebsten zu."
„Das freut mich, Birgit. Ich dachte schon … wenn es dir aber trotzdem zu viel wird, einfach die rechte Hand ermahnend heben."
Sie nickte und lächelte ihn freundlich an.
„Gut, dann weiter. Aber denke an deine rechte Hand.
In Paris wurde im Jahr 1919, also kurz nach dem Ersten Weltkrieg, von den Siegermächten nicht über den Frieden verhandelt, wie das grundsätzlich so üblich sein sollte, sondern er wurde diktiert ...
Die Südtiroler wollten eigentlich für ihr Land das Selbstbestimmungsrecht, was ihnen aber wieder einmal verweigert wurde.
Italien wurde in dem Zusammenhang auch nicht zur Gewährung einer Autonomie verpflichtet.
Die Habsburger Monarchie war nach dem ersten Weltkrieg zusammengebrochen und der neue Staat Österreich war überwiegend mit sich selbst beschäftigt.
Österreich und Italien standen sich vor kurzem noch im Krieg gegenüber, wobei man sagen muss, dass die Österreicher unbedingt mit den Italienern einen Waffenstillstand verhandeln wollten. Bei den Verhandlungen nach dem Krieg gaben die Österreicher dann tatsächlich klein bei und Südtirol wurde den Italienern zugewiesen.
Nach diesem Ersten Weltkrieg erfolgte dann die Abtrennung vom Vaterland Österreich und in den darauffolgenden Jahrzehnten die gewaltsame Unterdrückung durch die italienischen Faschisten.
Sollen wir gleich noch den Zweiten Weltkrieg... ?"

„Nee, lass mal Sven. Der Erste Weltkrieg reicht mir. Genug für heute mit den Kriegen! Hoffentlich erleben wir beide in Europa keinen Krieg mehr und unsere Kinder auch nicht." Sie lächelte ihn neckisch an.

Er hob konsterniert die Hände und machte ein äußerst dümmliches Gesicht. „Kinder? Davon weiß ich ja überhaupt nichts. Oder ist mir da etwas entgangen und du weißt mehr als ich?"

„Nein, natürlich nicht. Spaß!" Birgit lachte laut.

Er atmete tief durch. „Gut, auch recht. Ist vielleicht besser, wenn wir erst mal unser Studium fertig machen. Nach eins kommt zwei. Für Kinder wäre es tatsächlich noch etwas zu früh."

Birgit überlegte. „Ja, das stimmt, wenn man zu viele Zukunftspläne macht, dann verliert man den Blick für die Gegenwart." Sie streifte mit der Hand über ihren Bauch, was Sven erneut irritierte. Erst ihr nachfolgender Satz relativierte das Ganze dann wieder. „Wie wär's, wenn wir heute zur Feier des Tages noch etwas essen würden?" Sven atmete tief durch. „Da bin ich natürlich einverstanden. Würde vorschlagen, wir bestellen uns eine Portion Tiroler Kasspatzl'n und zwei Gabeln." „Daran habe ich eben auch gedacht, weil es auch unsere Geldbeutel nicht so sehr leert."

Birgit nickte ihm zufrieden zu. Sah dabei in ihren Gemeinsamkeiten auch ein Zeichen der Liebe. Eines von vielen. Auch er dachte in diesem Moment an ihre Beziehung. Seine Illusion mit ihr ein ganzes Leben zu verbringen, wurde immer mehr zu seinem Wunsch.

Birgit lächelte ihn an, als hätte sie seine Gedanken erraten.

Er erwiderte ihr Lächeln, das eine Brücke zwischen ihm und seiner Freundin spannte.

Nauders in Tirol
Sommer 1988

Wie hatte Sven damals im Almhof eine imaginäre Reihenfolge mit den Worten *nach eins kommt zwei* festgelegt? In der Theorie hatte er natürlich recht, nur die Wirklichkeit macht einem da oft einen Strich durch die Rechnung.

Am 29. Juli 1988 brachte Birgit im St. Vinzenz Krankenhaus Zams ein gesundes Mädchen auf die Welt. Eigentlich hatte ja alles gepasst, denn es waren gerade Semesterferien und sie versäumte auch vorher, während ihrer Schwangerschaft, keine einzige Vorlesung an der Berliner Universität. Aber jetzt, nachdem sie das Baby auf die Welt gebracht hatte, würde es Birgit doch etwas mehr beanspruchen. Sie liebte ihre kleine Crescencia und würde alles für sie tun. Nur war sie halt noch mitten im Studium und müsste eigentlich im September ein neues Semester beginnen. Mit ihrer Tochter Crescencia!?

Sven belegte inzwischen tatsächlich zwei Studiengänge. Geologie und Geschichte! Wie er es sich damals im Almhof vorgenommen hatte. In Innsbruck, der Hauptstadt des österreichischen Bundeslandes Tirol.

Birgit und Sven haben sich in den vergangen Jahren nicht besonders oft gesehen. Das tat ihrer Beziehung aber keinen Abbruch. Sie trafen sich, so oft es irgendwie möglich war. Hauptsächlich an den Wochenenden. Aber jetzt war ihre kleine Tochter auf der Welt und man suchte nach einer gemeinsamen Lösung.

Mit Crescencia natürlich, denn die hat aus zwei verliebten Menschen eine Familie gemacht. Aber das stellte sich in der Realität komplizierter heraus als gedacht. Berlin? Innsbruck? Oder Nauders bei Birgits Eltern Filomena und Urban? Es galt viel zu überdenken auf der Suche nach einer akzeptablen Lösung.

Sven hatte seinen Bachelor in Geologie in diesem Jahr abgeschlossen und wollte eigentlich noch bis zu seinem Master weitermachen.

Birgit hatte gerade zwei Jahre Studienzeit hinter sich und damit den ersten Teil, den vorklinischen Abschnitt, für das medizinische Studium geschafft.

Den dreimonatigen praktischen Krankenpflegedienst hat sie zum Glück ebenfalls bereits absolviert.

Die Regelstudienzeit für ein Medizinstudium beträgt sechs Jahre und drei Monate. Das bedeutet allerdings noch lange nicht, dass Birgit auf jeden Fall nach Ablauf dieser Zeit fertig ist. Vielmehr gibt die Regelstudienzeit an, wie lange es mindestens bis zum Abschluss bzw. bis zur Approbation zum Arzt dauert. Viele Studenten schaffen es nicht in dieser Zeit mit dem Medizinstudium fertig zu werden. Da kann viel dazwischen kommen … zum Beispiel ein Baby!

Der zweite Abschnitt des Medizinstudiums, der jetzt vor Birgit liegen würde, dauert im Normalfall noch einmal vier Jahre, wobei das letzte davon das sogenannte Praktische Jahr wäre.

Erst wenn das Praktikum erfolgreich abgeschlossen ist, kann man die Approbation zum Arzt beantragen.

Aber auch dann kann man noch keine eigene Praxis eröffnen. Dafür ist die Weiterbildung zum Facharzt erforderlich, die grundsätzlich als Assistenzarzt in einer Klinik absolviert wird. In der Regel dauert die Facharztausbildung zwischen sechzig und zweiundsiebzig Monate. Vorausgesetzt, es handelt sich um eine Vollzeitstelle.

Bei einer Teilzeitstelle oder wenn die Ausbildung etwa durch eine Elternzeit oder einen Auslandsaufenthalt unterbrochen wird, verlängert sich die Dauer der Facharztausbildung noch einmal entsprechend.

Birgits und Svens Überlegungen befanden sich derzeit noch in einer Grauzone; eine konkrete Lösung war bisher noch nicht in Sicht.

„Schläft die Kleine?"

„Ja, aber heute war es sehr schwierig mit ihr. Sie wollte einfach nicht zur Ruhe kommen. Es kommt in letzter Zeit öfter vor, dass sie todmüde ist, aber trotzdem nicht den Weg in den Schlaf findet."

Birgit setzte sich neben Sven und nahm ihm ein paar Chips aus seiner Glasschale.

Sie waren kurzfristig in die Einliegerwohnung von Filomena und Urban gezogen, die sich sehr über diese Entscheidung gefreut hatten. Sie boten natürlich auch jederzeit ihre Dienste als Babysitter an. Zudem war die Wohnung vollständig eingerichtet, was den jungen Eltern wiederum finanziell sehr entgegenkam. Auch die Großeltern Genoveva und Ambros, die sich inzwischen im Ruhestand befanden, boten den jungen Eltern jegliche Unterstützung an.

„Wir müssen uns entscheiden, wie es weitergeht mit unserer kleinen Familie." Birgit schaute Sven ernst an, der seine Aufmerksamkeit noch kurz dem im Fernsehen gerade live übertragenen Fußballspiel Swarovski Tirol gegen Sturm Graz widmete, dann aber den Ton abstellte und sich Birgit kritisch zuwandte. „Ja, wir haben zwar schon genug Szenarien durchgespielt, aber zu einer konkreten Lösung sind wir bisher leider noch nicht gekommen." Er schaute kurz zum Fernseher. Tirol hat soeben ausgeglichen. Sven ballte triumphierend seine Hand zu einer Faust. Sah dann wieder Birgit an. „Ich könnte ja, zunächst einmal, für eine bestimmte Zeit die Uni schwänzen und dann eventuell weitermachen … oder ich suche mir eine Stelle. Bei der ersten Möglichkeit hätte ich halt zunächst nur den Bachelor und bei der zweiten würde ich sogar Geld verdienen. Es muss ja nicht unbedingt der Master sein. Aber darüber haben wir auch schon sehr oft gesprochen."

Birgit nickte nachdenklich. „Ein Jahr Pause könnte ich natürlich auch machen. Das ist aber dann eine Frage des Geldes. Irgendwann muss doch einer von uns mal was verdienen. Unser BAföG und das Kindergeld reichen gerade mal so aus, aber große Sprünge können wir damit nicht machen. Hier, bei meinen Eltern, müssen wir zum Glück keine Miete bezahlen."

Sven blies laut die Luft aus seinem Mund. „Ja, stimmt. Finanziell wäre es somit das Beste, wenn wir bei deinen Eltern wohnen bleiben … aber dann nur bis zu unserem Abschluss." Er schaute wieder kurz zum Fernseher. 2:1 für Tirol. Spiel gedreht!

Dann wandte sich der Swarovski-Fan zufrieden Birgit zu. „Ja, deine Eltern würden unser Baby mit Handkuss nehmen, aber ich möchte unbedingt, dass es bei uns bleibt. Wir sind die Eltern und auch für die Erziehung verantwortlich. Du weißt ja wie es ist, mit Oma und Opa. Da werden die Enkelkinder nur verwöhnt und die Eltern haben dann die größten Probleme, alles wieder ins Lot zu bringen. Aber das haben wir ja auch schon oft genug besprochen."

„Stimmt." Birgit nickte bestätigend und gleichzeitig nachdenklich. „Und wenn ich Crescencia nach Berlin mitnehmen würde? In meiner Studentenbude wäre zwar

172

kein Platz, aber ich könnte mir eine größere Wohnung suchen."

Sven sah sie streng an. „Dann müsste ich aber auch nach Berlin ziehen. Ich könnte es nicht ertragen, wenn ich meine Lieblingstochter nicht mindestens einmal in der Woche sehen dürfte. Auch das mit Berlin würde meiner Meinung nach schwierig werden. Neue Wohnung, Studium, das Baby, Arbeitsplatz, das alles müsste man unter einen Hut bringen … und natürlich auch finanzieren."

Birgit presste die Lippen zusammen. „Das meiste von deinen Aufzählungen hätten wir schon hier in Nauders. Oder wir suchen etwas zwischen Berlin und Innsbruck. Aber das wäre für uns beide ein Hin und Her. Ach, ich weiß nicht."

Sven nahm ihre Hand und schaute Birgit hoffnungsvoll an. „Wir finden einen Weg. Glaube mir." Er biss die Zähne zusammen und versuchte einen klaren Gedanken zu fassen, aber er war noch nicht so weit.

Das Spiel war aus. Der FC Swarovski Tirol hat sogar noch 3:1 gewonnen. Sven ballte jetzt zufrieden seine beiden Fäuste.

Ein leichtes Weinen kam aus dem Nebenzimmer. Birgit stand sofort auf und lief zum Kinderbettchen. Sie nahm ihre Tochter heraus. „Ja hast du denn schon wieder Hunger? Du kleine Maus!"

Crescencia lächelte ihre Mutter glücklich an. Hatte mit den Problemen ihrer Eltern nichts zu tun, obwohl sie in deren Überlegungen die größte Rolle spielte.

Nauders in Tirol
Herbst 1988

Anna ging es wieder schlechter. Sie hatte alles versucht, konnte aber den Verlust von Jakob doch nicht wegstecken. Nachts im Traum saßen sie zusammen auf ihrer *Kennenlernbank* oberhalb von St. Valentin. Jakob erzählte ihr, dass alles was passiert war, da wo er jetzt sei, keine Rolle mehr spiele. Er forderte sie eindringlich auf, doch endlich zu ihm zu kommen. Sie sah dabei ein ganz anderes Gesicht, aber Anna erkannte ihn an seiner Stimme. Danach erwachte sie schweißgebadet. Sie saß dann aufrecht im Bett und versuchte, den Albtraum zu verstehen. Aber das konnte Jakob doch niemals von ihr verlangen. Ihre Angst nahm immer mehr zu. In einem anderen Traum schwammen Jakob und sie splitternackt zum Kirchturm St. Katharina im Reschensee. Die Leute am Ufer kreischten laut und klatschten Beifall. Was hatte das nur zu bedeuten?
Ansonsten lief alles normal in ihrem Leben. Anna verstand sich auch nach dem damaligen Unfall in den Bergen weiterhin sehr gut mit Birgit. Sah sie heimlich sogar manchmal als ihr eigenes Kind an. Zusätzlich hatte Anna, im fortgeschrittenen Alter, noch das Gleitschirmfliegen für sich entdeckt. Sie hatte als älteste Teilnehmerin die dazu erforderliche Prüfung bestanden und war inzwischen schon längere Zeit mit ihrem neuen Hobby vertraut.
In der vergangenen Nacht hatte sie wieder den Traum gehabt, in dem sie zusammen mit Jakob auf ihrer Bank saß. Sie erkannte jetzt sogar Jakobs Gesicht. Bevor sie schweißgebadet aufwachte, hatte sie Jakob, dessen Wille offensichtlich Macht von ihren Träumen ergriffen

174

hatte, noch versprochen, bald zu ihm zu kommen …

Anna Gruber wollte auf andere Gedanken kommen und schnappte sich schon am frühen Morgen ihre Gleitschirmtasche. Sie fuhr mit der Bergkastelbahn hoch zur Bergstation auf 2200 Meter Seehöhe.

Im Panoramarestaurant Bergkastel nahm sie ein ausgiebiges Frühstück ein und machte sich dann zum Absprung an der Flugrampe bereit. Es war ein schöner, sonniger Tag. Am Vormittag sollte noch ein leichter Wind aufkommen. Anna hatte aber genug Erfahrung und wusste damit umzugehen. Sie war ungefähr dreißig Minuten in der Luft, hatte dabei gut vierhundert Meter Höhe gemacht und war kurze Zeit später wieder bis auf etwa einhundert Meter über ihrem Startplatz gesunken. Kurz darauf setzten zunächst leichte Turbulenzen ein, die sich dann aber immer mehr verstärkten. Sie sackte plötzlich ab und sank stark wirbelnd immer tiefer.

Annas Lenkversuche scheiterten und sie wurde gegen die steile Felswand geschleudert. Bereits den zweiten Aufprall spürte sie nicht mehr.

Der Bergrettungsdienst Nauders, in Person von Urban Salzlechner konnte beim Bergen seiner Tante keine große Hoffnung auf ein Überleben melden. Sie hatte sehr starke Kopfverletzungen erlitten. Eine Stunde später erlag Anna Gruber im Kreiskrankenhaus Zams ihren schweren Verletzungen. Sie wachte nicht mehr aus ihrem Koma auf und konnte so nicht darüber nachdenken, was es mit dem Traum in der vergangenen Nacht tatsächlich auf sich gehabt hatte, aber vielleicht wusste sie es inzwischen bereits.

Anna Gruber wurde in Jakobs Grab bestattet. Jetzt war sie tatsächlich wieder bei ihm. Aber war er es wirklich, der sie gerufen hatte? Eigentlich war es ja ihr Traum …

Nauders in Tirol
Winter 1988

Die Lebensrettung in Österreich wird in der Hauptsache vom ÖAMTC, dem Christopherus Lebensrettungsverein, sowie vom Roten Kreuz organisiert. Es ist naheliegend, dass in Österreich die Lebensrettung mit einem Hubschrauber erfolgt, da viele Unfälle in alpinen Skigebieten, sowie in unzugänglichen, hochalpinen Berggegenden geschehen. Diese Unfallorte sind am sichersten und schnellsten aus der Luft erreichbar, so wie es auch bei Annas Gleitschirmunfall der Fall gewesen war. Nur kam bei Anna Gruber leider jede Hilfe zu spät.

Der Hubschrauber ist nahezu wie ein Operationssaal in einem Krankenhaus ausgestattet und kommt immer dann zum Einsatz, wenn ein lebensbedrohlicher Notfall vorliegt. Er ist mit einem speziellen vibrationsarmen System ausgerüstet und daher extrem leise.
Die Besatzung dieses Helikopters besteht immer aus einem Piloten, einem Flugrettungsarzt und zusätzlich einem Flugrettungssanitäter. Innerhalb von knapp drei Minuten ist der Heli bei einem Notfall in der Luft.

Urbans großer Traum hatte sich endlich erfüllt. Er war inzwischen zur Prüfung zugelassen worden und durfte sich seit einer Woche Hubschrauberpilot im Rettungsdienst nennen. Er hat die praktische Ausbildung, die mindestens fünfundvierzig Flugstunden voraussetzt, das Fliegen des Hubschraubers mit einem Fluglehrer sowie das Emergency-Training mit zehn Flugstunden, ebenfalls mit einem Fluglehrer, erfolgreich absolviert. Danach folgten noch weitere Übungen mit einem

Fluglehrer, sowie abschließend die Alleinflüge.

Urban hatte zusätzlich noch das große Glück, dass seine erste Pilotenstelle gar nicht so sehr weit weg von Nauders war, im etwa sechzig Kilometer entfernten Karres. Leider konnte er jetzt nicht mehr mit Filomena zusammenarbeiten, es sei denn, er sollte zu einem Notfall in ihrem Heimatort Nauders gerufen werden.

Tatsächlich bekam er schon eine weitere Woche später den in Erwägung gezogenen, aber nie ernsthaft gewünschten Einsatz in Nauders zugewiesen.

Vom Wölfeleskopf waren zwei Schneeschuhwanderer nicht mehr von ihrer Tour zurückgekehrt. Sie waren sehr früh aufgebrochen und hätten gemäß Absprache bereits um 14.00 Uhr wieder in ihrem Hotel Zum Lamm in Nauders sein sollen. Da sie gegen 15.30 Uhr immer noch nicht zurück waren, rief der Hotelinhaber die Bergrettung Nauders an. Von dort aus wurde sofort ein Helikopter alarmiert und Urban kam somit zum ersten Hubschraubereinsatz in seiner Heimatgemeinde.

Da aber der Notarzt und auch der Rettungsassistent noch in einem anderen Einsatz gebunden waren, flog Urban den Einsatz allein. Es ging ja zunächst vorrangig darum, die beiden Schneeschuhwanderer zu orten.

Sobald der Notarzt und sein Assistent frei wären, würden sie mit einem zweiten Hubschrauber nachfliegen. So war der Plan, aber dann passierte es. Urban fühlte sich absolut sicher, als er unmittelbar an der spitz herausragenden Felswand vorbeiflog. Das knirschende Geräusch, wenn Metall auf Stein trifft, drang ihm plötzlich schrill in die Ohren. Schon im nächsten Moment trudelte der Hubschrauber ab und verlor immer mehr an Höhe. Gott sei Dank befand sich nur wenige Meter unter ihm eine Alm. Die harte und unkontrollierte Landung zerstörte den Hubschrauber wenig später nahezu vollständig. Er kippte zur Seite weg. Urban benötigte ein paar Minuten, bis er einen klaren Gedanken fassen konnte. Er schnallte sich ab und wollte sich aus dem Hubschrauber befreien, der bedrohlich wackelte und nach der Notlandung direkt an den steilen Abhang gerutscht war. Es bestand akute Gefahr, dass Urban zusammen mit dem Hubschrauber in den nächsten Sekunden in die Tiefe stürzen könnte.

Er wollte sich von seinem Sitz lösen. Erst jetzt erkannte Urban, dass sein rechter Fuß eingeklemmt war. Er versuchte es mit Gewalt, aber es ging nicht. Er konnte seinen Fuß nicht aus eigener Kraft herausziehen.

Urban musste dabei unweigerlich an einen Vorfall in den Bergen von Utah, im mittleren Westen der USA, denken. Ein eingeklemmter Bergsteiger sah dort keine andere Möglichkeit mehr. Nachdem er fünf Tage in einer Felsspalte ausgeharrt hatte und die Hoffnung auf eine Rettung immer kleiner wurde, wusste er sich nicht mehr anders zu helfen. Der Bergsteiger schnitt sich selbst mit einem billigen Allzweckwerkzeug zwischen Handgelenk und Ellenbogen den Unterarm ab, da er darin die letzte Möglichkeit sah, sich zu befreien und nur so überleben konnte.

Immer mehr bestand die Gefahr, dass Urban zusammen mit dem Hubschrauber abstürzen würde, was für ihn den sicheren Tod bedeutet hätte. Aber jetzt den eigenen Fuß abschneiden? Würde er das überhaupt schaffen? Plötzlich hörte Urban die schlagenden Motorgeräusche eines Helikopters, der tatsächlich immer näher kam. Urbans Schmerz verlor jegliche Bedeutung. Erleichtert atmete er auf. Sein Helikopter wackelte bedenklich, aber sie hatten ihn gefunden und konnten ihn schnell, mit einem Hebelwerkzeug, aus seiner misslichen Notlage befreien und bergen. Nur wenige Sekunden später stürzte der Hubschrauber laut krachend in die Tiefe.

Filomena wäre fast ohnmächtig geworden, als sie von dem Vorfall in den Bergen gehört hatte. Sie fuhr sofort ins Krankenhaus von Zams. Der Chefarzt sah Filomena mitfühlend an. „Er ist stabil, braucht aber im Moment viel Ruhe. Wir mussten ihn sofort operieren."

„Aber er wird doch hoffentlich wieder ganz gesund?"

Professor Kunde atmete tief durch. „Wir … wir mussten ihm seinen Fuß abnehmen … oberhalb vom Knöchel. Er konnte nicht mehr ausreichend durchblutet werden, eine Amputation war unbedingt notwendig. Wir mussten sofort handeln, sonst wäre er uns auf dem Operationstisch gestorben. Es war leider nicht mehr möglich, die verletzten Gefäße und Nerven miteinander zu verbinden." Der Chefarzt sah sie bedauernd an.

„Aber machen Sie sich bitte keine allzu großen Sorgen. Es gibt heutzutage sehr gute Prothesen. Man wird später fast nichts mehr davon bemerken." Sie wollte etwas sagen und öffnete den Mund, war dann aber nicht imstande, ihre Gedanken in Worte zu fassen. Filomena sah den Arzt irritiert an und schüttelte dann ungläubig den Kopf. „Kann ich jetzt zu ihm?"

„Ja, aber wie gesagt, er braucht viel Ruhe. Vermutlich schläft er im Moment noch. Aber gehen Sie ruhig in sein Zimmer. Ihr Mann … er weiß schon Bescheid von der Amputation."

Es hatte sich später herausgestellt, dass die beiden Bergwanderer pünktlich gegen 14.00 Uhr wieder in Nauders waren. Sie hatten sich kurzfristig entschlossen, noch im Almhof einzukehren, was sie dem Lammwirt leider nicht mitgeteilt hatten …

Nauders in Tirol
Sommer 1996

Birgit und Sven hatten lange überlegt. Damals, nach dem Unfall von Urban, im Jahr 1988. Professor Kunde hatte recht gehabt. Mit seiner Prothese konnte Urban fast ohne Einschränkungen laufen. Nur das Fußballspielen bei den Senioren des FC Nauders musste er leider einstellen. Auch durfte er seinen Beruf als aktiver Bergretter und Hubschrauberpilot nicht mehr ausüben. Er übernahm eine Stelle im Innendienst. Am Notruftisch. Auch da sind praxiserfahrene Mitarbeiter gefragt. Nachdem Urban damals aus dem Krankenhaus Zams entlassen worden war, entschieden sich Birgit und Sven dann doch für eine Lösung, die alle Parteien in irgendeiner Weise zufrieden stellen sollte. Insbesondere, oder ganz besonders, die Interessen von Crescencias Großeltern Filomena und Urban.

Man wollte die Familie zusammenhalten und entschied sich, in Nauders zu bleiben. Annas Haus, das seit ihrem Gleitschirmunfall leer stand, bot sich an. Es waren zwar zunächst aufwendige Renovierungsarbeiten erforderlich gewesen, aber zwei Jahre später konnten sie in das Haus von Jakob und Anna einziehen. Sven konnte zusätzlich die Werkstatt von Jakob als Experimentierraum nutzen.

Crescencia war inzwischen acht Jahre alt und besuchte die zweite Klasse der Volksschule in Nauders.

Ausschlaggebend für die Entscheidung in Nauders zu bleiben war aber nicht nur die Rücksichtnahme auf Filomena und Urban, sondern auch auf Ambros und Genoveva, die ja nur einen Steinwurf entfernt wohnten und ihren wohlverdienten Ruhestand genossen.

Die Schicksalsschläge der Familie schweißten sie jetzt sogar zusammen. Vom Zweiten Weltkrieg bis zur Flutung des Reschensees. Vom Tod von Valentina, die im Reschensee ertrunken war, bis zum Suizid von Jakob. Und dann war da auch noch Annas Absturz mit dem Gleitschirm. Sie hofften gleichzeitig auf bessere Zeiten.

Birgit brachte das überzeugendste Argument in die familiäre Entscheidungsfindung. Sie wollte und konnte es ihrer Mutter Filomena nicht antun, dass ihr Enkelkind irgendwo weit weg aufwächst. Insbesondere, da sie ihre Schwester Valentina verloren hatte, die damals acht Jahr alt gewesen war. So alt wie Crescencia heute.

Birgit musste dafür aber ein großes Opfer bringen und die deutsche Hauptstadt endgültig aus ihrem Plan streichen. Eigentlich wollte sie ja dort bleiben und nach dem Studium in Berlin ihre Fachärztin machen.

Heimlich träumte sie auch von einer großen Karriere in der Charité, eine der bekanntesten Universitätskliniken Europas. Dort forschen, heilen und lehren Ärzte und Wissenschaftler auf internationalem Spitzenniveau.

Über die Hälfte der deutschen Nobelpreisträger für Medizin und Physiologie stammen aus der Charité, unter ihnen Kapazitäten wie Emil von Behring, Robert Koch oder Paul Ehrlich. Weltweit wird das Universitätsklinikum als ausgezeichnete Ausbildungsstätte sehr geschätzt. Bewerber, die von der Charité kommen, werden auf der ganzen Welt bevorzugt.

Aber ihre Tochter Crescencia war ihr final wichtiger als die Karriere. Birgit war nach Cressis Geburt aus ihrer Studentenbude in Berlin ausgezogen; es war überhaupt kein Problem gewesen, einen Nachmieter zu finden.

Nur in Nauders konnte die Familie zusammenbleiben … die ganze Familie.

181

Sven konnte seinen Studienplatz in Innsbruck behalten und hatte dort inzwischen auch seinen Master absolviert. Die Fahrtstrecke von Innsbruck nach Nauders hatte er in etwa einer Stunde bewältigt.

Birgit konnte sich dann auch noch kurzfristig in Innsbruck einschreiben und entschied sich nach dem erfolgreich abgelegten Medizinstudium ihre Fachärztin für Allgemeine Chirurgie im Krankenhaus St. Vinzenz in Zams zu machen. Die Prüfung hatte sie inzwischen mit Auszeichnung bestanden. Auf ihrem Namensschild, das sie nicht ohne Stolz trägt, stand bereits seit einem Jahr: Dr. Birgit Wirsching.

Sven hatte nach seinem Master eine Stelle im Geologischen Institut Bozen erhalten und dort seinen Traumjob gefunden. Dank seiner wissenschaftlichen Kenntnisse ist er jetzt in der Lage, die aktuellen oder potentiellen Auswirkungen der menschlichen Eingriffe auf die Umwelt fachlich zu beurteilen. Zusätzlich gehört es zu seinem Aufgabengebiet, die geologischen Gefahren und Risiken wie Bodenabsenkungen, Erdbeben, Erdrutsche, Überschwemmungen, sowie auch die Vulkanausbrüche entsprechend zu bewerten. Zu diesem Zweck kann er sich Techniken wie geodätische und topographische Vermessungen, Fernerkundungen, sowie die Analyse und Bestimmung von Gesteins- und Bodenproben im Labor zunutze machen.

Sven war auf seine wissenschaftlichen Kenntnisse fast genauso stolz wie auf seine kleine Familie.

Ganz besonders emotional waren für Sven immer wieder die abendfüllenden Gespräche mit Ambros, wenn die damalige Flutung des Reschensees zur Sprache kam. Die Jahre des Leidens haben bei Ambros zwangsläufig Spuren hinterlassen. Aber es tat ihm inzwischen gut, wenn er darüber sprechen konnte. Er hat lange genug geschwiegen.

Auch sein Schwiegervater Urban, der die damalige Situation, wie Sven selbst, nur von Erzählungen kannte, wurde ungewohnt laut, wenn dieses Thema zur Sprache kam. Die Art, wie man damals diese Pläne der betroffenen Bevölkerung mitgeteilt hatte und dann deren Einverständnis voraussetzte, war wirklich kriminell. Da waren sich alle drei Generationen einig.

Das erste Bauvorhaben wurde ja vom faschistischen Gemeindesekretär in Graun nur in italienischer Sprache unter vielen anderen Verfügungen und amtlichen Bekanntgaben veröffentlicht und dann nur für zwei Wochen publiziert, so dass die betroffenen Bürger es nicht lesen und deshalb natürlich auch keinen Einwand gegen den Bau des Staudamms erheben konnten. Die meisten Südtiroler wollten nie Italiener sein! Nach Ablauf der dort dokumentierten Frist meldete dann der zuständige Sekretär, dass kein Einwohner etwas gegen das geplante Stauprojekt einzuwenden habe, was natürlich auch im damaligen faschistischen Italien vollständig gesetzeswidrig gewesen war.

Immer wieder kam in der Familie auch der 6. April 1940 zur Sprache. An diesem Tag ermächtigte nämlich das römische Ministerium die Firma Montecatini zum Baubeginn und erklärte zugleich die Bauarbeiten für dringend und unaufschiebbar. Der Rest ist inzwischen in der ganzen Welt bekannt.

Es war jetzt zwar zu spät, aber mit seinen erworbenen Kenntnissen hätte Sven vielleicht sogar die damalige Flutung verhindern und dadurch den Menschen viel Leid ersparen können. Man hätte ein geologisches oder biologisches Gutachten begründen müssen, das aufgrund anderer Gefahren den Bau des Staudamms verhindert oder zumindest solange verzögert hätte, bis er irgendwann nicht mehr rentabel gewesen wäre.

Zwar erarbeitete der Geologe Raimund von Klebelsberg damals sogar ein wissenschaftliches Gutachten, in welchem er auch darauf hinwies, dass der Grund des Grauner Sees nicht stark genug sei, dem Druck des Wassers am Staudamm standzuhalten, doch es fand keinerlei Berücksichtigung. Zusätzlich wurde noch die Genehmigung des Projekts angezweifelt, da die Stauung zunächst mit fünf Meter Höhe angegeben worden war, später aber um unglaubliche siebzehn Meter erhöht wurde. Aber auch das half nichts. Der zuständige Chefingenieur wartete sogar mit einer Drohung auf. Wenn das inzwischen weit fortgeschrittene Projekt widerrufen werden sollte, würde man vom Staat finanziellen Ersatz für die bisher entstandenen Kosten einfordern und die waren bereits immens. Somit waren auch diese Hoffnungen sehr schnell zunichte gemacht worden.

Sven überlegte laut. „Man hätte nur nicht nachgeben dürfen und dabei auch ein ordentliches Gerichtsfahren einleiten und dieses bis zur letzten Instanz durchziehen müssen. Zumindest hätte man dadurch Zeit gewonnen." Er war sich sicher, dass er es mit seinen inzwischen erlangten Kenntnissen geschafft hätte, die Flutung in dem durchgeführten Maße zu verhindern. Es hätte auch noch andere Möglichkeiten zur Stromgewinnung gegeben. Er hatte noch so einiges im Kopf, aber er wusste natürlich auch, dass damals die Herrschaftsform des Faschismus die Diktatur war.

Es war 18.30 Uhr. Sven wartete zuhause auf seine Tochter. Birgit hatte in ihrem Krankenhaus Spätdienst und Crescencia war gleich nach der Schule zu ihrer Freundin Marie Heinrich gegangen. Die Mutter von Marie kam ursprünglich aus Dörnigheim in Hessen und hatte den beiden Mädchen Grüne Soße mit Kartoffeln gekocht. Eine Frankfurter Spezialität.

Schlag 19.00 Uhr klingelte es. „Hallo Paps, bin wieder zurück. Pünktlich wie du siehst. Aber ich wäre gerne noch die ganze Nacht bei Marie geblieben. Die Heinrichs haben ein ganzes Zimmer voll mit den tollsten Spielsachen von ganz Österreich."

Sven sah seine Tochter vorwurfsvoll an. „Dann geh doch mal hoch in dein Zimmer und du wirst sehen, dass es genauso voll ist, mit den allertollsten Spielsachen auf der ganzen Welt."

Cressi, wie sie liebevoll von ihren Eltern genannt wurde, machte ihren bekannten Schmollmund. „Ja, aber mit denen habe ich schon tausendmal gespielt."

Sven lächelte jetzt wieder. „Gut, dann richte ich für uns beide das Abendessen."

Cressi hob abwehrend beide Hände. „Oh, nein, Papa! Für mich brauchst du nichts richten; ich habe bei Marie nicht nur Grüne Soße zu Mittag gegessen, es gab auch noch ein sehr gutes Vesper. Die Heinrichs essen schon um 18.00 Uhr und ihre Eltern kommen beide pünktlich um 17.00 Uhr von der Arbeit nach Hause. Ihr Vater Tobias ist bei der Sparkasse in Landeck beschäftigt und Maries Mutter Isabel ist Erzieherin im Kindergarten Nauders. Bei denen ist nicht so ein Durcheinander, wie bei uns, mit Früh- Spät- oder Nachtdienst und so."

„Ja, aber bei uns ist das halt so. Dafür haben wir, also deine Mama und ich, die schönsten Berufe der Welt …

185

und die spannendsten auch."

Crescencia lächelte ihren Vater an. „Gut, wenn du meinst. Ich gehe noch kurz zu Opa Urbi und Oma Mena rüber. Gute Nacht sagen. Darf ich?"

„Ja natürlich. Aber um 20.00 Uhr bist du wieder hier und dann geht's ins Bad und anschließend ohne große Umwege und Theater ins Bett. Verstanden?"

Crescencia lächelte ihren Vater im Vorbeigehen frech an. „Vielleicht?!"

„20.00 Uhr habe ich gesagt. Pünktlich, sonst hole ich dich … nötigenfalls mit Gewalt." Mit gespielt ernstem Blick sah er seiner Tochter nach. Aber die verließ das Zimmer ohne sich noch einmal umzudrehen.

Sven überlegte laut. „Es ist doch komisch, dass es immer heißt, Kinder gehören zu den Eltern, dabei ist es doch genau umgekehrt. Ich vermisse sie schon jetzt."

Dann schaltete er den Fernseher ein und legte die Füße entspannt auf den Wohnzimmertisch.

Als Birgit von der Arbeit nach Hause kam, schlief Crescencia schon in ihrem Bett und Sven auf dem Sofa im Wohnzimmer. Der Fernseher lief wieder mal für die Katz', wie Birgit immer sagte.

Er rappelte sich schlaftrunken auf. „Ach, du bist schon da. Wie war's bei der Arbeit, Frau Doktor?"

Sie lächelte leicht. „Wie immer. Stressig! Deshalb ist es auch etwas später geworden. Und bei dir?"

„Ich war heute schon gegen 16.00 Uhr daheim. Wir haben ja noch dieses Ausgrabungsprojekt in Glurns. Haben leider bisher noch nichts Wichtiges gefunden. Aber Cressi schläft schon tief und fest."

Birgit gab Sven einen Kuss auf die Stirn und ging dann ins Kinderzimmer zu ihrer Tochter. Sie lag wie ein Engel im Bett. Birgit sah sie lange an. Sie überlegte:

Manchmal, wenn ich sie ansehe, kommt es mir so vor, als käme mein vergangenes Ich zu Besuch und ich würde mir dabei wünschen, ich könnte mich selbst vor allem warnen was mir noch bevorsteht.

Schon als Cressi auf die Welt gekommen war, habe ich sie so sehr geliebt. Diese Liebe ist immer noch da und wird ewig bestehen bleiben. Egal was passiert. Musste dabei an das Schicksal von Valentina denken. Atmete dann tief durch und sah ihre Tochter glücklich an.

Ich liebe dich,

... auch wenn, wie gestern Mittag, die drei Kräuter aus deinem Spaghettiteller unbedingt entfernt werden mussten.

... auch wenn ich die Rinde an deinem Brot jeden Abend wegschneiden muss, obwohl sie so gesund ist.

... auch wenn das Brot auf gar keinen Fall in der Mitte durchgeschnitten sein durfte.

... sogar, wenn du früher den Wurstsalat mit den Fingern gegessen hast, obwohl ich dir vorher drei Gabeln zur Auswahl zeigen musste und du dich für keine entscheiden konntest. Kind, ich liebe dich.

Birgit gab Crescencia einen Kuss auf die Backe und verließ dann leise das Kinderzimmer.

Sie lächelte zufrieden in sich hinein. *Die Zeit, die wir unseren Kindern schenken, ist tatsächlich die schönste Zeit, die wir uns selber schenken.*

Sie ging ins Wohnzimmer zu Sven, der bereits wieder eingeschlafen war. „Hast du jetzt ausgeschlafen, oder gehst du mit mir ins Bett?"

Sven rappelte sich schlaftrunken auf. „Was? Wo? Ja! Natürlich, ich komme." Er gähnte demonstrativ laut und lief dann zum Bad.

Birgit schüttelte den Kopf. „Männer!"

187

Nauders in Tirol
Sommer 2004

Crescencia, die im vergangenen Monat sechzehn Jahre alt geworden war, hatte schon immer ein Auge auf ihn geworfen. Seine leicht dunkle Hautfarbe faszinierte sie vom ersten Tag an. Sie gingen zwar nicht in dieselbe Schule, aber es war fast nicht möglich, sich aus dem Weg zu gehen, da beide, Crescencia Wirsching und Tom Jones, schon immer in Nauders wohnten.

Obwohl ihr erstes Treffen völlig in die Hose gegangen war. Tom stand mit seinen Freunden an der Bar vom Almhof und sie saß mit ihren beiden Freundinnen an einem Tisch am Fenster. Die jungen Männer deuteten immer wieder auffällig zu dem Mädelstisch hin und erzählten sich lautstark Witze, die sie offensichtlich dann jeweils auf eine der jungen Frauen oder auf alle drei projizierten. Ein übertrieben lautes Lachen war dabei eher unsicheres Balzgehabe, als dass sie es tatsächlich so lustig gefunden hätten. Das enttäuschte natürlich Crescencia, zumal sie Tom schon länger näher kennenlernen wollte. Aber sie war von der alten Schule: Der Mann sollte die Frau ansprechen.

Beim späteren Verlassen des Lokals mussten die drei jungen Damen notgedrungen an der Bar vorbeigehen, was einen der jungen Männer dazu veranlasste, sie zu fragen, warum sie jetzt schon gehen wollten und ob sie denn schon so früh ins Bett müssten. Ein anderer meinte dazu, dass sie gerne mitkommen würden, aber im Moment keine Zeit hätten, da ihr Bier noch nicht leer sei. Wieder lachten sie lauthals.

Als es jedoch zwischen Crescencia und Tom, mehr zufällig, zu einem kurzen Blickkontakt gekommen war, verstummte sein Lachen ruckartig und er schaute sie entschuldigend an. Sie blickte aber demonstrativ in eine andere Richtung und lief gespielt borniert weiter.

Als sich Crescencia bereits am Ausgang befand, drehte sie sich noch einmal um und stellte dabei fest, dass Tom immer noch seinen Blick auf sie gerichtet hatte. Er musste ihr somit sehr lange nachgesehen haben.

Es könnte Zufall gewesen sein, aber vielleicht auch göttliche Fügung, dass sich beide am nächsten Morgen in der Bäckerei Habicher erneut trafen.

Crescencia stand in der wartenden Schlange direkt hinter ihm. Sie würdigte ihn keines Blickes und tat so, als wäre er Luft für sie, obwohl ihr das sehr schwer fiel.

Als Crescencia die Bäckerei verlassen hatte, lief er zielstrebig auf sie zu. Er hat offensichtlich draußen auf sie gewartet.

Tom lächelte sie freundlich an. „Ich bin so froh, dass ich dich treffe, ich … ich möchte mich bei dir entschuldigen. Wir haben uns gestern Abend saublöd benommen. So blöd, dass ich nicht einmal dem Alkohol die Schuld geben kann. Ich hätte in ein Erdloch kriechen können, als ich später darüber nachgedacht habe. Wie blöd kann man nur sein?"

Im ersten Moment dachte Crescencia, er würde das Gespräch auf demselben Niveau fortführen wie am Abend zuvor, obwohl sich Tom im Almhof mit Kommentaren deutlich zurückgehalten hatte. Aber mitgelacht hatte er natürlich auch, sogar über die ganz besonders schlechten Witze. Sie war jetzt doch etwas überrascht. Aber sie fand spontan die richtigen Worte. „Ja, da muss ich dir recht geben. Deine Frage, wie blöd man eigentlich sein muss, kann ich dir leider nicht beantworten. Das musst du schon selber wissen.

Aber auf einer Skala von Eins bis Zehn würde ich euer Verhalten von gestern Abend locker auf der Zwölf einordnen. Das war schon allerunterste Schublade." Tom lächelte sie fast dankbar an, da er doch eine gewisse Ironie in ihren Worten entdecken konnte. „Wie gesagt, es ist mir wichtig, dass ich dich heute zufällig hier sehen darf, um das alles etwas geradezurücken. Ich hoffe du akzeptierst meine Entschuldigung."

Crescencia lächelte Tom fast schon verwegen an.

Wollte ihn aber noch etwas zappeln lassen. „Das kann ich jetzt nicht so schnell entscheiden. Aber du hast Glück und ich werde es mir mal in Ruhe überlegen."

„Ja, gut. Dann wünsche ich dir noch einen schönen Tag. Äh, vielleicht könnten wir ..." Sie schaute ihn herausfordernd an. „Was könnten wir?"

„Ach nichts, ich … ich wünsche dir noch ein schönes Wochenende." Dann hatte er sich weggedreht und war nachdenklich die Doktor-Tschiggfrei-Straße hinuntergegangen. Warum hat er es ihr nicht gesagt? Er hätte sich selbst ohrfeigen können.

Crescencia lächelte in sich hinein. „Nun gut. Das war doch schon mal ein Anfang. Eigentlich ist er ja ein ganz sympathischer Typ … und er hat sich entschuldigt."

Eine ältere Frau hatte die Worte von Crescencia teilweise gehört und fragte nach, ob sie gemeint sei?

„Nein, nein. Habe mich heute mal mit mir selbst unterhalten. Schon gut." Die Dame hatte nur konsterniert ihren Kopf geschüttelt und lief etwas irritiert in die andere Richtung weg. Die Jugend von heute.

Crescencia hat inzwischen eine Woche nichts mehr von Tom gehört. Natürlich war er ihr nicht ganz egal und sie versuchte schon, unauffällig Informationen über ihn zu bekommen. Jones war eigentlich kein Tiroler Nachname und Tom auch kein Vorname, der in dieser Region sehr häufig vorkam. Eigentlich überhaupt nicht. Sie hat ihre Beziehungen spielen lassen und einige Quellen angezapft. Sie wusste inzwischen, dass Toms Großeltern aus Amerika gekommen waren, aus Nashville, der Hauptstadt des Bundeslandes Tennessee. Nashville ist die flächenmäßig größte Stadt in Tennessee und liegt an einem Fluss, dem Cumberland River. Die Stadt ist das Zentrum der Country-Musik-Szene und wird deswegen dort auch Music-City genannt.

Nashville hat ein feuchtes, subtropisches Klima mit sehr kalten Wintern und heißen Sommern. Das alles hat sie sich noch vom Erdkundeunterricht gemerkt.

Der Name Tom Jones war Crescencia natürlich durch den gleichnamigen Sänger bekannt. Aber dieser Sänger wurde in England geboren und nicht in Amerika, hat also mit der Familie Jones aus Nauders nichts zu tun. Sie musste kurz an Green green grass of home denken, eines der bekanntesten Lieder von Tom Jones, … dem englischen Tom Jones.

Der Großvater von Tom, eine gewisser Harry Jones kam in den letzten Wochen des Zweiten Weltkrieges als US-Soldat nach Nauders. Nachdem der Krieg dann 1945 vorbei war, musste er dienstlich noch in Tirol bleiben und lernte dabei seine Frau Erika kennen. Man sprach in Nauders auch darüber, dass Harry in Amerika bereits mit einer anderen Frau verheiratet sei und in den Staaten einen Sohn haben soll. Es hätte sich aber dann später herausgestellt, dass er zwar ein Kind mit einer Amerikanerin habe, aber nicht verheiratet sei.

Harry und Erika hatten später in Nauders zwei eigene Kinder, Jimmy und Jenny.

Jimmy Jones ist der Vater von Tom. Die Mutter von

Tom soll irgendwann plötzlich verschwunden sein. Man hat sie danach nie mehr in Nauders gesehen.

Mehr konnte sie über die Familie Jones aus Amerika nicht in Erfahrung bringen. Doch noch etwas, Tom hat auch noch einen um ein Jahr jüngeren Bruder, der Woody heißt. Er war ihr zwar schon einige Male über den Weg gelaufen, aber wenn sie die Wahl hätte, dann wäre ihr Tom schon lieber gewesen. Aber auch dieser Woody hat irgendetwas Besonderes an sich. Die Brüder sahen sich sogar ziemlich ähnlich.

Crescencia wollte am Wochenende auf jeden Fall wieder mit Marie Heinrich und Josefine Euring in den Almhof gehen. Ihre Freundinnen wollten eigentlich nach St. Valentin in eine angesagte Musikkneipe. Cressi konnte sich diesmal aber durchsetzen, zumal sie auch keinen Fahrer nach St. Valentin auftreiben konnten.

Marie überlegte kurz. „Gut, dann gehen wir halt in den Almhof. Hoffe nur, dass diese verrückten Halbstarken vom letzten Mal nicht wieder die Theke belagern und peinliche Gespräche führen, bei denen sie sich selbst stark überschätzen.“

Crescencia lächelte leise in sich hinein, was ihre Freundinnen aber nicht bemerkten. Natürlich wollte sie Marie und Josefine noch nichts von dem Treffen und dem Gespräch mit Tom vor der Bäckerei Habicher erzählen. Sie würden dann doch wieder in alle Richtungen spekulieren … oder nur in die eine? Aber sie vermutete, dass sie es nicht mehr sehr lange geheim halten konnte. Nur, bisher war ja überhaupt noch nichts geschehen.

Vielleicht war Tom heute auch wieder im Almhof. Dann könnte sie es ja so aussehen lassen, dass das alles Zufall wäre, falls er sie ansprechen würde.

Sie setzten sich auf ihre Stammplätze und bestellten jeweils einen Almdudler. Crescencia versuchte immer wieder unauffällig hinzuschauen, wenn sich die Eingangstür geöffnet hatte und Leute das Lokal betraten. Es war inzwischen 21.00 Uhr, noch konnte sie ihn nicht sehen. Aber das Lokal hat ja zwei Eingänge. Es könnte deshalb auch sein, dass Tom schon da war.

An der Theke saßen aber nur zwei ältere Männer in Tiroler Tracht, die sich bereits den halben Abend über Andreas Hofer unterhielten. Als sie später dann einige Gläser Bier und ein paar Schnäpse getrunken hatten, stimmten sie sogar Zu Mantua in Banden an. Das bekannte Andreas-Hofer-Lied ist die Landeshymne des österreichischen Bundeslandes Tirol. Aber schon nach der ersten Strophe ging ihnen der Text aus.

Ihr Thema behielten sie aber bei und sprachen jetzt von Andreas Hofers Hinrichtung, die auf Napoleons Befehl hin, am 28. Januar 1810, ausgeführt worden war.

Crescencia nahm heute lediglich sporadisch an den Gesprächen von Marie und Josefine teil, was ihren beiden Freundinnen auch ziemlich schnell aufgefallen war.

„Unsere Cressi ist heute aber sehr in sich gekehrt. Wo bleibt denn dein Frohsinn? Hast du den etwa an der Garderobe auf den Bügel gehängt? Wir sind ja nur wegen dir hier in Nauders geblieben. Welche Laus ist dir denn heute über den Weg gelaufen?"

Josefine runzelte die Stirn und sah Cressi fragend an.

„Keine!" war die kurze Antwort ihrer Freundin.

„Ach Cressi, das kannst du uns doch nicht erzählen, wir kennen dich inzwischen schon einige Jahre.

Das heute, ... das bist du nicht."

„Doch, das bin ich, Fine. Es gibt halt auch Tage an denen man nicht den Kasper machen will."

„Den brauchst du auch nicht zu machen, aber gesagt hast du heute trotzdem noch nicht sehr viel. Du wolltest doch unbedingt hierher. Jetzt sind wir da und du sitzt auf deinem Platz wie ein Ölgötze und starrst immer wieder auf die Eingangstür."

„Ja, stimmt schon." Crescencia hatte sich die Ausrede bereits zurechtgelegt. „Ich muss zur Zeit immer wieder an meinen Lieblingssänger Reinhard Fendrich denken. Was bei dem daheim alles so passiert sein muss, bevor er sich von seiner Andrea getrennt hat. Soll ja ein richtiger Rosenkrieg gewesen sein, wie man so schön sagt. Ich verstehe das alles einfach nicht. Da treffen sich zwei junge Menschen, sehen gut aus, haben viel Geld und sind erfolgreich. Außerdem haben die beiden auch so ein Projekt zur Unterstützung von Obdachlosen ins Leben gerufen. Ich verstehe einfach nicht, warum man dann auseinander geht. Wenn ich mal einen Freund habe, dann muss das der richtige sein, der auch ein ganzes Leben bei mir bleibt. Die Andrea Fendrich soll sogar mal gesagt haben, dass sie Reinhards Musik nicht mehr hören könne. Das ist schon starker Tobak. Da verkauft der Millionen von Schallplatten an alle möglichen Leute und die eigene Frau will seine Musik nicht anhören."

„Schallplatten?" Marie sah ihre Freundin fragend an.

„Ja, Schallplatten. Bei uns Zuhause gibt es noch einen Plattenspieler und ich höre halt immer noch lieber Schallplatten. Lieber Analog als Digital! Gut, ich gebe es zu, manchmal auch eine CD. Aber lieber ist es mir, wenn's knistert, … wenn ihr versteht, was ich meine." Crescencia dachte kurz an Tom.

Josefine nickte und schaute ihre Freundinnen kritisch an. „Ja, und dann wurde die Ehe von Reinhard und

Andrea unter großem Medienrummel geschieden. Natürlich waren da auch in der Öffentlichkeit sehr viele gegenseitige Schuldzuweisungen vorausgegangen."

Marie nickte ihrer Freundin bestätigend zu. „Ja, stimmt. Mir gefallen die Lieder von Reinhard Fendrich auch ganz besonders gut. Ich halte ihn persönlich für einen der besten Musiker von Österreich."

„Ja, da muss ich dir recht geben. Aber die Fendrichs haben ja auch ziemlich früh ihre Tochter verloren, das ist natürlich ganz besonders schlimm." Josefine blickte betroffen zu ihren beiden Freundinnen.

Plötzlich, ohne jegliche Vorwarnung, spürte Crescencia eine Hand auf ihrer Schulter. Sie drehte sich blitzartig um und … Tom stand in voller Größe vor ihr. Sie konnte es nicht mehr verhindern und lief knallrot an. Marie und Josefine konnten sich das Ganze nicht erklären und warteten deshalb nur interessiert ab, was jetzt weiter geschehen würde.

„Darf ich mich zu den Damen setzen oder sind heute an diesem Tisch Männer nicht zugelassen?"

„Männer schon", kicherte Josefine spitz.

Tom ignorierte die Bemerkung einfach und setzte sich, ohne eine förmliche Einladung abzuwarten, auf den freien Stuhl direkt neben Crescencia.

„Meinst du sie haben etwas bemerkt?" Tom stellte diese Frage an Crescencia als Marie und Josefine gerade das Lokal verlassen hatten.

„Spätestens jetzt, da wir beide noch allein am Tisch sitzen. Ja, ich glaube schon. Meine Freundinnen sind ja nicht blöd."

Tom nickte nachdenklich. „Na und wenn schon. Hast du noch Lust auf einen kleinen Spaziergang?"

„Ja, das ist eine sehr gute Idee. Dann weiß es ganz Nauders."

Tom konnte Crescencias Antwort nicht so richtig einordnen. „Wir können auch hier bleiben, wenn du willst. Aber es ist doch kein größeres Verbrechen, wenn zwei junge Leute miteinander spazieren gehen, oder?"

„Nein, du hast eigentlich recht. Ich brauche jetzt auch etwas frische Luft und Bewegung hat noch niemandem geschadet, sagt meine Mutter immer. Laufen wir zur Bergkastelbahn?"

„Gerne. Ja, prima, Ober, zahlen bitte!" Tom übernahm natürlich großzügig auch die Rechnung von Crescencia. Als sie gerade am Hotel Martha vorbeigingen, stellte Crescencia dann doch die Frage, die ihr schon einige Zeit auf ihren Lippen lag. „Sag mal, deine Familie, die kommt doch aus Amerika. Hast du dort auch noch Verwandte?"

Tom überlegte kurz. „Ich weiß nicht, was du jetzt alles von meiner Familie wissen willst, oder was du schon weißt. Aber ja, du hast recht, mein Großvater ist in den Staaten aufgewachsen. Wenn du es ganz genau wissen willst, in Nashville. Er hat auch einen jüngeren Bruder der dort noch wohnt."

„Ja, stimmt, ich muss zugeben, dass ich das mal, mehr zufällig, erfahren habe", log sie. „Und Nashville kenne ich sogar. Also nicht direkt. Ich habe schon im Erdkundeunterricht davon gehört und auch viel darüber gelesen. Über die Stadt und auch über die Musik, die dort produziert wird. Die gefällt mir ganz besonders."

Tom zeigte sich überrascht. „Du liebst die Country-Musik und nicht Disco-Musik oder sonstiges neumodisches Zeug, das finde ich ja spitze. Dann muss ich dir doch etwas mehr über meinen Opa erzählen. Er war schon in jungen Jahren Manager von einigen späteren Countrystars, die damals nach Nashville gekommen waren und ihr Glück als Sänger oder Musiker versuchen wollten. Er hat mir oft von Hawkshaw Hawkins, der Carter-Family, Benny Martin, dem Teufelsgeiger, und auch von den beiden Damen Jean Shepard und Patsy Cline erzählt."

Crescencia zog die Brauen hoch. „Oh, da muss ich jetzt leider passen. Die kenne ich alle nicht."

„Kannst du auch nicht kennen. Die Musik wurde damals eigentlich nur in Amerika gespielt. Aber die June von der Carter-Family könntest du schon kennen. Die hat später den Johnny Cash geheiratet. Der ist dir doch ein Begriff, oder?"

Crescencia schaute Tom gespielt mit beleidigter Miene an. „Natürlich kenne ich Johnny Cash, das ist doch die Countrylegende schlechthin. Der ist aber letztes Jahr leider schon gestorben. Ach ja, jetzt wo du es sagst. Dann stammt diese June Carter von der Carter-Family. Das habe ich leider bisher auch nicht gewusst."

Tom lächelte Crescencia an. „Mein Opa hat sogar mit der weltberühmten Sängerin Loretta Lynn verhandelt, aber es kam zu keinem Vertrag, da Loretta, die ja aus ärmlichen Verhältnissen stammte, schon zu berühmt und auch zu teuer war. Ihr Vater war Arbeiter in einem Kohlebergwerk. Sie soll auch eine ganz nette Frau ohne Staralüren sein … hat mein Opa zumindest erzählt."

Crescencia nickte nur vorsichtig. Auch von Loretta Lynn hatte sie bisher noch nichts gehört. Ihr vorgegebenes Interesse an der Country-Musik war doch noch nicht besonders stark ausgeprägt.

Die beiden jungen Leute waren inzwischen an der Bergkastelbahn angekommen und setzten sich an der

Talstation auf die dortige Skulpturenbank.

Als Tom Crescencias Hand ergriff, erschrak sie, obwohl sie eigentlich darauf gewartet hatte. Nach kurzer Überlegung erwiderte sie dann aber seinen Händedruck.

„Du hast mir noch nicht erzählt, wie dein Opa nach Deutschland gekommen ist." Crescencia wusste da zwar schon einiges, wollte sich jedoch nicht allein auf das Gerede von den Leuten verlassen.

„Ja, stimmt. Aber das hättest du dir auch so denken können. Nämlich, wie viele andere US-Amerikaner auch, durch den Krieg. Er wurde zunächst in Deutschland eingesetzt und kam dann nach Österreich. Schon während des Krieges lernte er Erika kennen. Sie kam ursprünglich aus Hohenlohe in Süddeutschland, genauer gesagt aus einem kleinen Ort namens Mulfingen. Da ihre Eltern während des Krieges Angst um sie hatten, schickten sie ihre Tochter damals zu ihrer Tante in Stellung und die wohnte … nun rate mal!"

„ … in Nauders?"

„Treffer!"

Crescencia lächelte Tom glücklich an. „Dann würde es dich in Nauders gar nicht geben, wenn es nicht zum Krieg gekommen wäre. Somit hatte der Zweite Weltkrieg sogar etwas Gutes … und wenn es auch das Einzige ist."

Tom war sehr überrascht von Crescencias deutlichen Worten. Er drückte ihre Hand fester. „Wenn ich das richtig verstanden habe, dann darf ich dich eigentlich jetzt küssen?"

Sie schaute ihn prüfend an, bevor sie lächelnd nickte.

Berlin, Deutschland
November 2004

Birgit Wirsching hielt ihre Tochter fest an der Hand, als die beiden Frauen durch das dichte Schneetreiben auf dem breiten Gehweg des Kurfürstendamms liefen. Es sah förmlich so aus, dass sie Crescencia mitziehen musste, die sich scheinbar gegen jeden Schritt sträubte.

„Hier muss doch irgendwo die Uhlandstraße sein. Es ist bereits 17.00 Uhr. Wir müssen uns beeilen. Hoffentlich schließen sie die Klinik nicht, bevor wir dort sind."

Sie schaute sich suchend um und erblickte in dem Moment tatsächlich die rechtwinkelig einmündende Uhlandstraße. Kurze Zeit später erreichten sie das Gynäkologium Berlin. Geöffnet von 08.00 – 18.00 Uhr. Gott sei Dank!

Die Dame hinter der Glasscheibe schaute fragend hoch.

„Zu wem möchten Sie?"

„Zu Frau Dr. Mutabo."

„Nehmen Sie bitte dort Platz. Sie werden aufgerufen und abgeholt. Unsicher setzten sich Mutter und Tochter an das Ende der langen Stuhlreihe. Eine junge Frau und ein älterer Mann, sowie zwei weitere Frauen saßen bereits auf der anderen Seite des Warteraums.

Crescencia lief eine Träne die Wange hinunter. „Mama, ich kann das nicht … ich will nicht."

„Das haben wir jetzt aber lange genug besprochen. Wir wollen doch nur genau wissen, welche Möglichkeiten wir haben. Das was jetzt gleich kommt ist ein rein informatorisches Gespräch. Danach entscheiden wir beide gemeinsam. Nur wir beide … oder am Ende du!"

Crescencia nickte mit ängstlichem Blick.

„Frau Wirsching?" Die Schwester, die eben den Warte-

raum betreten hatte, schaute Crescencia fragend an.
„Ja."
„Gut, dann folgen Sie mir bitte! Beide."
In der Mitte des ganz in weiß gehaltenen Raumes stand ein großer gynäkologischer Untersuchungsstuhl, der in Crescencia Beklemmung auslöste.
„Muss ich da drauf?" Crescencia Wirsching wurde es heiß und kalt zugleich. Sie zitterte.
„Zunächst mal noch nicht. Nehmen Sie doch bitte am Schreibtisch Platz! Frau Dr. Mutabo kommt gleich."
Crescencia lief eine weitere Träne die Wange hinunter. Diesmal auf der anderen Seite. „Mama, ich kann das nicht. Lass uns wieder gehen! Bitte!"
„Nein! Weißt du wie lange ich auf den Termin warten musste? Bin froh, dass ich ihn überhaupt noch bekommen habe bevor … bevor es zu spät ist. Jetzt sind wir da und machen es so, wie wir lange genug besprochen haben. Es gibt kein Zurück mehr! Ich will dir doch nur alle Möglichkeiten aufzeigen."
Nach zehn Minuten erschien die Ärztin, die sich mit Frau Dr. Mutabo vorstellte. „Ich muss zunächst mit Ihrer Tochter sprechen. Allein!"
Birgit Wirsching sah die Ärztin überrascht an. „Aber ich habe keine Geheimnisse vor meiner Tochter und sie vor mir auch nicht. Sie ist mit der Situation etwas überfordert. Außerdem bin ich ebenfalls Ärztin."
„Ja, das mag schon alles sein, aber, wie gesagt, zuerst mit Ihrer Tochter." Birgit schüttelte ungläubig den Kopf. „Nun ja, wenn Sie meinen."
„Ja, ich meine!", wiederholte die Ärztin dominant und deutete höflich, aber entschlossen zur Tür.
Nachdem Birgit zögerlich den Raum verlassen hatte, schaute die Ärztin Crescencia mit einem fragenden

Blick an. „Du bist … Sie sind sechzehn Jahre alt und im Moment im dritten Monat?"

„Ja. Aber sagen Sie ruhig du zu mir."

„Nun, ja. Vielen Dank. Ab sechzehn Jahren wird meist davon ausgegangen, dass die Jugendliche selbst entscheiden kann, ob sie einen Abbruch möchte", sagte die Ärztin. „Aber zunächst möchte ich mal einen Ultraschall von deinem Bauch machen. Lege dich doch bitte auf die Liege und dann müssen wir noch kurz auf den Stuhl."

Nach der gynäkologischen Untersuchung bat Frau Dr. Mutabo ihre Patientin auf dem Sessel an ihrem Schreibtisch Platz zu nehmen.

„Du bist zwar Österreicherin, aber hier bei uns gilt das deutsche Strafrecht."

Crescencia erschrak. „Strafrecht?"

„Ja, es hört sich aber schlimmer an als es ist. Ich werde dir alles erklären." Die Ärztin überlegte. „Warum seid ihr eigentlich hierher gekommen? Ich meine nach Berlin."

Crescencia schaute sie seufzend an.

Gedrückt antwortete sie dann: „Weil meine Mutter mal hier studiert hat. Sie meinte, dass uns in Berlin niemand kenne und eine … eine Abtreibung im Ausland besser wäre. Aber ich … Wir wohnen in Nauders, das liegt in Österreich."

"Oh, aus Nauders kommt ihr. Interessant. Das liegt doch kurz vor dem Reschenpass an diesem See, wo der Kirchturm ..." Crescencia unterbrach die Ärztin. „Ja, aber der Kirchturm steht bei Graun und ist nur für die Touristen etwas Besonderes. Für meine Familie ist er ein Mahnmal des Schreckens, der Zwangsenteignung und der Zerstörung von unserer ursprünglichen Heimat.

Ohne dass die Einwohner danach gefragt worden waren, ob sie das überhaupt wollten. Meine Vorfahren lebten in Graun. Das ganze Dorf musste damals zwangsgeräumt werden, bevor es willkürlich überschwemmt wurde. Meine Familie hat damals sehr darunter gelitten. Sogar noch heute kommt der Schmerz immer wieder hoch."

„Oh, ja. Das tut mir leid. Habe davon gehört. Gut! Aber deshalb bist du ja nicht hier. Ich möchte dir, damit du es richtig verstehst, alles genau erklären. Dann fangen wir gleich mal damit an. Die vorzeitige Beendigung einer Schwangerschaft nennt man auch Abtreibung oder Abbruch. Dabei wird das befruchtete Ei aus der Gebärmutter der Frau entfernt. In Deutschland regelt das rechtlich der Paragraph 218 StGB. Bereits seit mehr als hundert Jahren stand der Schwangerschaftsabbruch grundsätzlich unter Strafe. Um den gesellschaftlichen Änderungen dann aber gerecht zu werden, sollte der sogenannte Abtreibungsparagraph, ich sage es mal so, reformiert werden. Ich fange ziemlich vorne an, damit du es besser verstehst.

Die sogenannte Achtundsechzigerbewegung veränderte die Verbreitung der Antibabypille. Es kam eine völlig neue, offenere Einstellung zur Sexualethik und der mahnend konservative Einfluss der katholischen Kirche ließ immer mehr nach.

Anfang 1970 wurde im Rahmen einer Reform des Strafgesetzes sogar öffentlich über die rechtliche Regelung von Schwangerschaftsabbrüchen diskutiert. Auf der Titelseite der Zeitschrift Stern stand am 6. Juni 1971: Wir haben abgetrieben. Viele Frauen ließen sich dazu auf der Titelseite abbilden. Sie waren alle stolz auf das, was sie getan hatten und wollten keine Kinder in diese schlechte und ungerechte Welt setzen. Sie wollten dabei natürlich auch selbst über ihren Körper bestimmen.

Insgesamt bekannten sich 374 Frauen, darunter auch viele Prominente, öffentlich dazu, abgetrieben zu haben. Ja, ich möchte es so sagen, sie waren teilweise sogar stolz auf ihre ... ich nenne es mal hart ... Taten.

Auch im deutschen Parlament, damals noch mit Sitz in Bonn, wurde versucht, das heikle Thema Schwangerschaftsabbruch den sich ändernden oder geänderten gesellschaftlichen Gegebenheiten anzupassen.

Einige Jahre später, am 18. Juni 1976, trat dann das neue Gesetz in Kraft und fand gleichzeitig die Zustimmung der Ärzteschaft. Besonders wichtig war damals auch der § 218a, wonach der Schwangerschaftsabbruch durch einen Arzt nicht strafbar war, wenn die Schwangere einwilligte, eine medizinische, soziale, kriminologische oder eine Notlagenindikation vorlag und der Abbruch innerhalb der für die jeweilige Indikation geltenden Frist erfolgte. Damit blieb den Ärzten die Kontrollfunktion, die sie seit der Kaiserzeit für sich beanspruchten, erhalten.

Fast zwanzig Jahre später, am 29. Juni 1995, entschied dann der deutsche Bundestag, dass Frauen straffrei abtreiben dürfen, wenn seit der Empfängnis nicht mehr als zwölf Wochen vergangen waren. Der Abbruch muss durch einen Arzt erfolgen und die Frau muss sich zuvor beraten lassen. Das wäre bei dir, du bist ja noch im dritten Monat, nach aktuellem Stand, noch möglich. Die Beratung müsste das Gesundheitsamt durchführen und du könntest dein Kind ... du könntest das befruchtete Ei dann entfernen lassen."

Crescencia schaute die Ärztin entsetzt an, die unbeeindruckt fortfuhr. „Mit dieser neuen Fassung des

Bundestags wurde festgeschrieben, dass die Beratung
ergebnisoffen zu führen sei und dem Schutz des unge-
borenen Lebens dienen solle. Man solle die Frau zur
Fortsetzung der Schwangerschaft ermutigen und ihr
Perspektiven für ein Leben mit dem Kind eröffnen."
Crescencia atmete tief durch und sah die Ärztin jetzt
schon wieder fast dankbar an.
Frau Dr. Mutabo lächelte. „In der Beratung muss der
Schwangeren auch klar gemacht werden, dass das un-
geborene Kind ein eigenes Recht auf Leben hat."
Crescencia schüttelte ungläubig den Kopf. „Aber ich
will doch ..." Sie unterbrach sich selbst.
Die Ärztin nahm ihre Hand und schaute sie liebevoll
an. „Ich will dir bei allem helfen. Du bist nicht allein.
Deine Mutter müssen wir jetzt mal außen vor lassen.
Wir beide besprechen das jetzt in aller Ruhe.
Übrigens, ich habe soeben die Ultraschallbilder von dir
angesehen. Deine Schwangerschaft verläuft demnach
völlig normal. Es ist alles in Ordnung. Du trägst ein
gesundes Kind unter deinem Herzen. Es ist bereits so
groß wie eine Orange. Du kannst jetzt selbst entscheiden, ob du es haben willst oder nicht, ohne Zwang
oder strafrechtliche Folgen. Deshalb habe ich dir das
alles so genau erklärt."
Crescencia nickte betroffen. Dicke Tränen liefen ihr bei
den Worten der Ärztin über die Wangen. „Ich will das
Kind doch gar nicht abtreiben. Ich möchte es auf die
Welt bringen. Nur, meine Mutter ..." Sie schluchzte
laut. „Meine Mutter meint, ich würde mir alles ver-
bauen, meine Jugend, meine Zukunft. Sie ist ja, wie sie
Ihnen gerade gesagt hat, selbst Ärztin und sie hat mir
schon oft erklärt, dass sie wisse wovon sie rede.
Sie will, dass ich ein Medizinstudium mache. Aber es

ist doch ein menschliches Wesen da drin … und es ist doch ein Teil von mir." Sie schaute liebevoll auf ihren Bauch, der sich bereits leicht sichtbar gewölbt hatte. „Diesen Teil von mir möchte ich unbedingt in meinem Kind entdecken, wenn es auf der Welt ist. Diese Entdeckungsreise kann sich durch das ganze Leben meines Kindes ziehen. So stelle ich es mir zumindest vor. Es ist zwar schon länger her, aber in unserer Familie ist mal ein achtjähriges Mädchen im Reschensee ertrunken. Das hat meine Urgroßeltern in ein unheimliches Leid gestürzt. Die hätten alles dafür gegeben, wenn sie ihre kleine Tochter wieder bekommen hätten. Wenn sie mit ihr hätten lachen, spielen, tanzen, singen und einfach nur zusammen sein dürfen. Und genau das will ich jetzt auch. Ich kenne mein Kind zwar noch nicht, aber wie gesagt, es ist ein Teil von mir und ich möchte es kennenlernen. Das finde ich unheimlich spannend. Ein Kind unter dem Herzen zu tragen, wie sie gerade gesagt haben, ist für mich das größte Wunder auf der Welt." Crescencia machte gewollt eine kurze Pause und schaute in Frau Dr. Mutabos überraschte Augen. „Ich … ich muss Ihnen noch etwas sagen. Sie haben ja diese … diese ärztliche Schweigepflicht, oder?"

„Ja, die habe ich und daran werde ich mich auch halten, wenn du mir keine besonders schwere Straftat gegen Leib oder Leben gestehst!"

Crescencia nickte mehrmals, dann schüttelte sie den Kopf. „Nein, natürlich handelt es sich nicht um eine Straftat, sondern um eine sehr … sehr persönliche Sache, die ich bisher noch keiner Menschenseele auf der Welt erzählt habe."

„Dann werde ich alles, was du mir jetzt mitteilst, natürlich für mich behalten. So wie ich es damals beim Hippokrateseid vor unserer Ärztekammer geschworen habe." Frau Dr. Mutabo lächelte ihre Patientin vertrauensvoll an. „Ja, gut. Nun es ist so. Schon in der Grundschule und auch später hatte ich immer nur einen einzigen Wunsch. Alle meine Schulkameradinnen wollten Pilotin, Zugführerin, Gärtnerin, Polizistin oder Lehrerin werden. Eine sogar Bergführerin.

Ich wollte das alles nie. Mein größter Wunsch war es immer … ich hoffe, Sie lachen mich jetzt nicht aus, mein größter Lebenswunsch war es schon immer … Mutter zu werden. Ich wollte ein Kind haben und, wie gesagt, eine Mutter werden. Treusorgend und jederzeit für mein Kind da. Ja, das wollte ich schon immer. Das war … ist noch tief in mir drin."

Die Ärztin lächelte Crescencia überrascht an. „Das habe ich bisher noch nie gehört. Aber ich finde es toll. Wenn ich deine Mutter wäre, dann wäre ich unheimlich stolz auf dich. Das was du eben gesagt hast, hat mein Herz berührt. Dann werden wir jetzt mal deine Mutter hereinholen."

Nachdem Birgit Wirsching die Klinik verlassen hatte, schaute sie ihre Tochter ängstlich an. „Bitte entschuldige, Cressi. Ich wollte dir nur deine Möglichkeiten aufzeigen. Du weißt, dass ich Kinder über alles liebe, aber es ging mir dabei um deine Zukunft. Die ist doch auch wichtig."

„Ja, Mama, das weiß ich. Aber ich will dieses Kind und ich bin mir sehr wohl bewusst, was es bedeutet mit sechzehn Jahren ein Baby auf die Welt zu bringen. Außerdem bin ich dann fast schon siebzehn.

Ich will dieses Kind! Dieses Kind ist mein Kind! Glaube mir, es wäre für alle Beteiligten das Beste, wenn ich die Abtreibung vornehmen würde. Nicht nur für dich oder für mich, sondern auch noch für zwei weitere Personen. Aber darüber möchte ich noch nicht sprechen. Es wäre für alle das Beste, außer ... außer für die allerwichtigste Person, das Kind selbst, das ich immer lieben werde ... das ich dann ... getötet hätte."

Tränen brannten in ihren Augen, und sie rang um Selbstbeherrschung. „Es wäre für mich unerträglich, wenn ich es verlieren würde. Ja, am Anfang dachte ich schon mal kurz dran, dass ich meinen Körper für mich alleine haben möchte. Ich habe mir viele Gedanken gemacht und meine Zukunft dabei nicht außer Acht gelassen. Aber gerade im Blick auf meine Zukunft habe ich letztendlich erkannt, dass dieses Kind sogar der wichtigste Teil meines Körpers ist. Die Zukunft wird mir recht geben. Ich könnte es niemals ertragen, wenn ich meinem Kind das vor ihm liegende Leben nehmen würde. Es wäre ein schwerer Fehler und ich könnte die Erinnerung daran niemals verdrängen. Manchmal muss man sich durch eine enge Pforte zwängen, denn der breite Weg führt oft zur Verdammnis."

Birgit dachte nach, schüttelte unmerklich den Kopf, war aber schon im nächsten Moment wieder stolz auf ihre Tochter. Sie hatte ja recht. Birgit dachte an ihre eigene Schwangerschaft. Auch sie hätte niemals ihr Kind abtreiben können. Dann umarmte sie Crescencia und drückte sie so fest und so liebevoll, wie es nur eine Mutter tun kann. Kinder sind eine Brücke zum Himmel.

Als sie wieder im Zug nach Landeck saßen, war Birgit sogar richtig froh über die Entscheidung ihrer Tochter. Aber was hat es mit den zwei weiteren Personen auf sich, die Crescencia eben erwähnt hatte?

Nauders in Tirol
Weihnachten 2004

Heute sollte er zurückkommen.
Bereits seit dem Sommer war Tom in Nashville bei
seinem Großonkel. Das Ganze lief zwar offiziell über
ein Schüleraustauschprogramm, aber irgendwie hatte er
es geschafft, bei seinem Großonkel zu wohnen.
Crescencia und Tom hatten natürlich oft telefoniert und
sich auch viele Liebesbriefe geschrieben, aber sie hatte
nichts von ihrer Schwangerschaft erwähnt. Sie konnte
es nicht und sie wollte es nicht. Wenn Tom zurückkommen würde, wollte sie seine Reaktion abwarten.
Sie wollte es ihm persönlich ins Angesicht sagen.
Wollte ihm dabei gegenüberstehen und in seine Augen
blicken. Zwar stellte sie ihn dadurch vor vollendete Tatsachen, aber dann wusste sie ganz genau, wie er
wirklich war. Ob es sich tatsächlich lohnte, ein ganzes
Leben mit ihm zu verbringen. Wobei lohnte vielleicht
der falsche Ausdruck war. Aber wenn er sie wirklich
lieben sollte, dann müsste er auch das gemeinsame
Kind lieben, von dem er im Moment noch nichts
wusste. Sie waren beide noch so jung. Es war alles sehr
schwierig. Aber Crescencia war sich auch weiterhin
absolut sicher, sie wollte ihr Baby auf die Welt bringen.
Dabei kam es ihr wieder in den Sinn. Hatte Angst vor
der Schuld, die sie auf sich geladen hatte. Aber sie
konnte es nicht mehr ungeschehen machen, musste damit leben. Sie hatte beschlossen, dass es ihr Geheimnis
bleiben würde ...
Die Boeing 747 aus den Vereinigten Staaten landete am
23. Dezember 2004 sicher in Innsbruck-Kranebitten.
Tom Jones kam tatsächlich noch vor Weihnachten nach

Nauders zurück. Sein erster Weg führte ihn natürlich zu Crescencia. Sie bat ihn sofort in ihr Zimmer und erzählte ihm alles, obwohl er zunächst ernüchternd stehengeblieben war und ungläubig auf ihren, noch kleinen, aber schon sichtbaren Bauch geschaut hatte.

„Du bist … Aber du hättest es mir sagen müssen!"

Seine lebhaften blauen Augen schauten sie vorwurfsvoll an. Sie errötete. „Ich … ich weiß. Aber ich musste erst mal selbst mit der Situation fertig werden … und es war mir wichtig, dass wir uns gegenüberstehen, dass ich es dir persönlich sage und nicht schreibe … oder am Telefon erzähle, wenn du weit weg bist. Obwohl", sie überlegte kurz, „ich hatte es sogar mal in einem Brief geschrieben, aber den habe ich nie weggeschickt.

Später habe ich ihn dann zerrissen und verbrannt."

„Ja, war für dich bestimmt auch nicht leicht. Ich weit fort in Amerika, und du allein hier in Nauders. Ich glaube du wolltest mich auch schonen. Wenn ich es gewusst hätte, wäre ich natürlich sofort zurückgekommen. Es ist so unglaublich, zwar irgendwie fremd, aber du trägst unser Kind in dir. Ich bin so glücklich."

Sie lächelte ihn dankbar an. Dann überlegte sie. „Nur, dass da keine saublöde Frage aus deinem Mund kommt. Es ist dein Kind!"

„Ach Cressi, das weiß ich doch. Diese saublöde Frage hätte ich nie gestellt. Und, … ob du es glaubst oder nicht, ich kann rechnen." Crescencia schluckte für einen kurzen Moment. Aber sie war glücklich über Toms Reaktion. „Jetzt müssen wir nur noch einiges klären."

Er nickte. „Ja, gut. Äh … wann ist es denn soweit?"

„Mein … unser Termin ist der 5. Mai 2005."

209

Nauders/Berlin
Frühsommer 2005

Am Sonntag, dem 1. Mai 2005, kam im Krankenhaus von Zams ein kerngesundes Mädchen auf die Welt. Die Eltern Tom und Crescencia gaben ihrem Kind den Namen Veronika. Veronika Lynn Jones.
Sie waren stolz auf ihre kleine Tochter, die ein ganz besonders hübsches Gesichtchen und auch eine leicht dunkle Hautfarbe hatte.
Noch vor Veronikas Geburt waren Crescencia und Tom in die Einliegerwohnung von Birgit und Sven gezogen, die zwar lange Zeit vermietet gewesen war, jedoch seit Ostern wieder leer stand.
Sowohl der Vater von Tom, als auch Crescencias Eltern unterstützten die junge Familie wo sie konnten.
Eine Heirat stand in Planung, jedoch hatten die jungen Eltern, die beide noch zur Schule gingen, bisher keinen genauen Termin festgelegt.

„Ach, übrigens, ich gehe noch mal kurz weg. Mein Bruder Woody hat angerufen. Wir wollen uns heute Abend in der Yetibar treffen. Du hast doch nichts dagegen? Ich nehme an, er will mit mir die Geburt seiner Nichte feiern." Crescencia erstarrte kurz, fasste sich dann aber sofort wieder. „Nein, kein Problem. Geh nur." Ängstlich wiederholte sie in ihren Gedanken die Worte: *Geburt seiner Nichte? Hoffentlich Nichte!*
Tom lächelte dankbar. „Wird nicht besonders spät, hoffe ich. Unsere kleine Veronika schläft ja schon. Dann kannst du dich auch etwas ausruhen. Ist schon ziemlich anstrengend, so ein kleines Kind, also ich allein könnte das nicht. Bin froh, dass ich dich habe."

Er lächelte Crescencia liebevoll und dankbar an, in deren Kopf im Moment jedoch ganz andere Gedanken kreisten.

„Du musst nicht auf mich warten. Du brauchst deinen Schlaf, Cressi."

Als Tom die Tür geschlossen hatte, griff Crescencia mit beiden Händen verzweifelt in ihr Gesicht. „Hoffentlich … nein, das glaube ich nicht. Das kann Woody doch nicht machen. Wir haben ausgemacht, dass es für alle Ewigkeit unser Geheimnis bleiben würde und Toms Bruder hat ja bisher auch geschwiegen. Er wird doch nicht jetzt plötzlich …?"

Aus dem Schlafzimmer war ein leises Wimmern zu hören. Veronika hatte wohl schon wieder Hunger.

Woody saß schon an der Theke, als Tom die Bierkneipe betrat, in der es sogar Berliner Bier gab. Er begrüßte seinen Bruder mit einem subtilen Lächeln. „Hey, alter Junge. Schön dass du gekommen bist. Habe dir schon ein Kindl bestellt." Woody, der in diesem Moment alles andere als stolz auf sein zufälliges Wortspiel war, hielt sich mit der rechten Hand den Mund zu. „Oh, das war jetzt aber ein saublöder Satz. Entschuldigung. Aber, was soll's, genau das muss ich mit dir heute klären. Ich habe sonst keine ruhige Minute mehr. Wollte mich extra deswegen mit dir treffen. Ich … ich muss es dir sagen."

Tom verstand nur spanische Dörfer. „Wie, was soll daran komisch sein, dass du mir ein Bier bestellt hast?"

„Ein Kindl!", korrigierte ihn sein Bruder kleinlaut. „Habe das Ganze jetzt wirklich total blöd angefangen. Tom, du bist mein Bruder und ich muss es dir sagen … ich muss! Heute noch."

Sie nahmen ihre Getränke von der Theke und setzten

211

sich an einen Tisch, ganz hinten in der Ecke. Woody brauchte in dieser Angelegenheit keine Mithörer.

„Was denn Bruderherz, dann einfach raus mit der Sprache. Ehrlich währt am längsten."

„Nein, so einfach ist das nicht und wenn du es hörst, wirst du mir vermutlich die Fresse polieren."

„Jetzt mach aber mal 'nen Punkt Woody, ich habe dich noch nie geschlagen. Sprich endlich in ganz einfachen, klaren Sätzen mit Subjekt, Prädikat und Objekt und nicht um irgendeinen heißen Brei herum. Vermutlich willst du dich nur mal wieder wichtig machen, weil du nicht mit mir nach Amerika durftest."

„Nein, genau das will ich nicht. Ich kann es dir einfach nicht verschweigen. Ich will dir die Wahrheit sagen und es ist eine todernste Sache."

Tom sah seinen Bruder ungläubig an. „Tod … du wirst doch keinen umgebracht haben und brauchst jetzt meinen brüderlichen Rat?"

„Nein, mein Bruder, genau das Gegenteil ist der Fall … könnte der Fall sein … und die Frage wäre die, ob du dann noch mein Bruder sein willst?"

„Gut, dann aber jetzt endlich raus mit der Sprache. Vielleicht kann ich dir tatsächlich helfen."

Woody nickte ergeben. „Ja, stimmt, wenn mir mit meinem Problem jemand helfen kann, dann du. Jetzt, wo die kleine Veronika auf der Welt ist, kann ich nicht mehr anders."

Woody musste schwer atmen. „Wie gesagt, das Gegenteil ist der Fall … ich habe … ich bin. Es ist halt passiert und ich schwöre dir, nur einmal. Du warst gerade drei Tage in Nashville, als … nun als ich Cressi besucht habe. Ich wollte nur nach ihr sehen, wollte mich mit ihr unterhalten, ihr meine Hilfe anbieten, weil du ja weg warst. Wollte sie ins ibex zum Burgeressen einladen, damit sie nicht so allein ist. Aber so wie es dann gekommen ist, war das nicht geplant. Es hat sich dann halt ergeben. Es tut mir so leid. Habe mich danach wie ein Verräter … ein Betrüger gefühlt."

Tom wurde sterbensbleich und schaute seinen Bruder ungläubig an. „Was ist passiert? Sage es mir, du wirst doch nicht …?"

„Doch wir sind uns näher gekommen, eins gab das andere und dann … aber wie gesagt es war nur ein einziges Mal und das habe ich schon tausendmal bereut. Ich und Crescencia … ja, wir haben miteinander geschlafen als du weg warst. Wir haben dich betrogen. Glaube mir es schmerzt so unendlich. Ich wollte das nicht." Woody liefen Tränen unkontrolliert die Wangen hinunter. Er wollte seinen Bruder umarmen, aber der stieß ihn grob weg. „Das kann ich nicht glauben, du und Cressi, ihr beide habt ..."

„Ja wir haben … und es tut mir unendlich leid. Wir haben uns gegenseitig geschworen, dir nichts zu sagen, aber ich kann es nicht. Du bist mein leiblicher Bruder. Ich kann es nicht verheimlichen."

Toms Existenz geriet in diesem Moment in einen unberechenbaren Strudel. Seine bisher so heile Welt mit Crescencia und Veronika wurde plötzlich auf den Kopf gestellt. Sein Verstand setzte aus und mutierte zu einem irrationalen Wesen.

Woody spürte den Faustschlag gegen seine rechte Wange nicht mehr. Erst als er wahrnahm, dass er auf dem Fußboden lag, griff er schmerzverzerrt an sein Kinn. Er schüttelte sich und versuchte aufzustehen, was ihm aber erst beim dritten Versuch gelang. „Tom, wir wollten das nicht. Es tut mir so unendlich leid."

„Deine Reue kommt zu spät. Das hättest du dir früher überlegen müssen. Das hätte ich dir nie zugetraut. Woody, das war's mit uns beiden in diesem Leben. Ich will dich nie wieder sehen. Hörst du, nie wieder! Wenn das irgend so ein Blödmann gemacht hätte, aber mein eigener Bruder hat mich mit meiner Freundin betrogen. Mein eigener Bruder! Ich fasse es nicht."

Tom stand auf, sein Stuhl fiel laut krachend nach hinten um. Die anderen Gäste schauten jetzt bereits zum zweiten Mal irritiert zum Tisch der beiden Brüder. Tom kümmerte sich aber nicht darum. Er trat mit dem Fuß gegen ein Werbeschild und verließ wutentbrannt das Lokal ohne seine Rechnung zu bezahlen.

Woody spürte jetzt, dass der Schmerz an seiner Backe stärker wurde und atmete tief aus. Er spuckte den Zahn, der sich plötzlich in seinem Mund befand, auf den Boden des Lokals. Dann bezahlte er die zwei Bier und das kaputte Werbeschild, auf dem Berliner Kindl stand.

Tom wollte den Kopf freibekommen, was ihm aber nicht gelang. Alles drehte sich wild durcheinander. Er lief erst mal völlig ziellos durch Nauders. Als er an der Talstation Mutzkopfbahn angekommen war und sich orientiert hatte, kehrte er entschlossen um und lief wieder in Richtung seiner Wohnung. Aber was sollte er jetzt machen? Lange blieb er vor der Haustür stehen. Sollte er zu seinem Vater gehen? Er überlegte laut. „Kurz bevor ich nach Tennessee gegangen bin, waren wir leichtsinnig, haben nicht verhütet. Ich kann also der Vater von Veronika sein, aber auch Woody ... Vor zwei Stunden hatte ich noch ein Kind und war glücklich. Und jetzt steht mein Leben auf dem Kopf."

Er musste mit Crescencia reden. Sofort!

Auch sie hatte ihn betrogen. Er sprach weiter laut mit sich selbst. „Wie hatte sie doch damals gesagt: Ich soll nicht auf die Idee kommen, saublöde Fragen zur Vaterschaft zu stellen. Ich hatte das als Spaß aufgefasst. Warum hat *sie* mir nicht die Wahrheit gesagt? Wir hätten doch eine Lösung gefunden. Obwohl sich die Situation dadurch eigentlich nicht geändert hätte. Nur haben die beiden mich bis heute in dem Glauben gelassen, dass ich der Vater sei. Aber vielleicht bin ich ja der Vater. Ich müsste einen Test machen. Aber will ich das überhaupt? Oder haben sie vielleicht verhütet? Was ist aber, wenn Woody tatsächlich der Vater wäre?" Er schloss leise die Wohnungstür auf.

Crescencia lag bereits im Bett, konnte aber nicht in den Schlaf finden. Sie hatte eine Vorahnung. Ihr kam es so vor, als würde ein schweres Gewicht auf ihrer Brust liegen. Krampfhaft versuchte sie einzuatmen. Doch die Luft, die ihre Lungen wieder füllte, brachte keine Frische in ihren Körper. Sie fühlte sich hundeelend.

Würde Woody in der Bar seinem Bruder alles erzählen, oder hatte er es schon getan? Sie hatten sich abgesprochen, ja sogar gegenseitig geschworen, ihm nichts zu sagen. Sie hoffte auf dessen Loyalität. Vielleicht wird doch noch alles gut und Woody hält sich auch weiterhin an die Abmachung. Sie war davon überzeugt, dass es für alle Beteiligten das Beste wäre.

Als sich die Schlafzimmertür laut öffnete, fuhr sie erschrocken aus ihren Gedanken hoch. Tom schaltete rücksichtslos das Licht an und kam sofort an ihr Bett, ohne vorher seine Schuhe auszuziehen.

„Crescencia!", eigentlich nannte er sie bisher immer Cressi, „komm mit ins Wohnzimmer! Wir müssen reden. Sofort!"

Sie seufzte laut. In ihrem Kopf schwamm alles wild durcheinander. Also doch! „Ja, ich komme."

Er stand mit ernster Miene am Fenster. Als sie das Wohnzimmer betrat, warf er ihr einen Blick zu, von dem er sich erhoffte, dass er sie durchbohren würde. Seine Stimme bebte. „Habt ihr beide, du und Woody, habt ihr wirklich miteinander …?"

Ihre Antwort war frustrierend langsam. Sie nickte ernst, bevor sie sprach. „Ja, es ist … passiert. Ein einziges Mal. Aber wir wollten es beide nicht und doch … und doch ist es geschehen. Es tut mir so leid, Tom."

Er konnte und wollte die Schärfe in seiner Stimme nicht verhindern. „Habt ihr wenigstens verhütet?"

Sie begann laut zu weinen und verbarg das Gesicht in ihren Händen. „Nein, es war so spontan. Wir haben nicht … nein!"

Tom musste das alles erst verarbeiten. „Dann kann also auch Woody der Vater von Veronika sein."

Crescencia nickte.

„Ja kann. Aber ich bin mir sicher, absolut sicher, dass du …" In diesem Moment war das leise Weinen ihres Babys aus dem Kinderzimmer zu hören.

Sarkastisch schaute Tom zu ihr. „Dein Kind ruft!"

Nachdem Veronika wieder eingeschlafen war, kam Crescencia ins Wohnzimmer zurück und setzte sich gegenüber von Tom auf das Sofa.

Er hatte sich eine Flasche Whisky geholt. Ein leeres Glas stand daneben. Er schaute sie erwartungsvoll an.

„Was soll ich sagen, Tom? Es ist passiert und ich weiß, dass es niemals hätte passieren dürfen. Ich möchte mich nicht herausreden, aber es muss ein Fluch auf unserer Familie liegen. Meine Urgroßeltern, Genoveva und

Ambros Dachgruber, mussten einen Weltkrieg miterleben, von dem ihr Schwager Jakob mit einem Trauma heimgekommen war und sich später im Grauner Kirchturm erhängt hat. Kurz vorher verloren Genoveva und Ambros auch noch ein Kind, ihre achtjährige Tochter Valentina. Sie ist im Reschensee ertrunken, der den beiden Familien vorher Haus und Hof genommen hatte. Jakobs Frau Anna, die ihm bis zu seinem Tod treu zur Seite gestanden war, verunglückte später tödlich mit einem Gleitschirm. Meine Großeltern Urban und Filomena hatten sogar noch Glück. Ihre Tochter Birgit, meine Mama, stürzte bei einer Bergwanderung ab und konnte nur durch ein Wunder überleben und durch den Umstand, dass Anna, mit der sie unterwegs gewesen war, noch rechtzeitig Hilfe holen konnte.

Dann ist mein Großvater Urban noch mit dem Hubschrauber verunglückt und nur knapp dem Tod entgangen … aber sie mussten ihm den Fuß abnehmen.

Ja, und dann gibt es auch noch eine Sache, über die ich eigentlich nie mehr in meinem Leben sprechen wollte. Ich habe versucht, sie aus meinen Gedanken zu streichen, doch ganz ist das nicht möglich. Davon habe ich dir bisher auch nichts erzählt. Du kannst mir jetzt natürlich vorhalten, dass ich das alles mit dir hätte besprechen müssen. Natürlich hättest du damit auch recht, aber ich war völlig überfordert. Meine Mama ließ mir auch keine andere Wahl. Ich musste mit ihr nach Berlin fahren um … ja, um eine Abtreibung mit einer Ärztin zu besprechen und eventuell auch … vorzubereiten.

Natürlich hat sie mir versprochen, dass ich das dann ganz alleine entscheiden könnte. Das war im vergangenen November. Ich war sechzehn und im dritten Monat. Du warst ja noch in Amerika."

Tom schaute Crescencia mit offenem Mund an.

„Du … du hast aber dann die Abtreibung nicht vornehmen lassen … obwohl du gewusst hast, dass sowohl ich, als auch Woody der Vater deines Kindes sein könnten. Wenn du das Kind abgetrieben hättest, dann, … ja dann hätte ich es vielleicht nie erfahren und alles wäre viel einfacher für dich gewesen."

Sie nickte. „Und wenn Veronika hundert Väter hätte; für mich kam nie eine Abtreibung in Frage. Bin eigentlich nur meiner Mutter zuliebe nach Berlin gefahren. Außerdem war ich mir sicher, dass du der Vater bist. Du! Und sonst niemand!" Ihr kamen die Tränen. „Du, … der einzige Mann auf der Welt, den ich liebe. Heute genauso wie im vergangenen Jahr. Den Vater unserer Tochter. Von mir aus kannst du ruhig einen Test machen. Aber ich brauche ihn nicht."

Tom atmete die angestaute Luft aus und schenkte Whisky nach. „Eigentlich wollte ich dich nie mehr sehen, wie meinen Bruder auch. Aber jetzt sehe ich alles in einem ganz anderen Licht. Dass du und Woody, … dass ihr … ich hätte es zwar nie geglaubt, aber Fehler werden von Menschen gemacht. Wir sind alle keine Engel und ich bin dir jetzt sogar dankbar, dass du mir das alles gesagt hast. Und ich darf auch gar nicht so große Urteile fällen. Ich muss dir gestehen, dass ich in Nashville eine Mitschülerin kennengelernt habe. Wir sind uns auch etwas näher gekommen. Als es dann … ja, kurz davor war, hat sie mich plötzlich weggedrückt und mir erklärt, dass sie da nicht mitmache. Sie sei kein Ersatz für meine Freundin und ich würde ja bald wieder zurückkehren … nach Austria.

Ich hatte ihr natürlich von dir erzählt. Aber ich weiß nicht, was passiert wäre, wenn sie mitgemacht hätte."

Er atmete tief ein. „Doch, ich weiß es schon."

Tom überlegte. „Ich bin ein Mann. Vermutlich hätte ich mit ihr ... Im Nachhinein bin ich natürlich froh, dass nichts passiert ist. Das habe ich aber nicht mir, sondern ihr zu verdanken. Ich will ehrlich zu dir sein."

Beide versanken in ihren Gedanken. Sie saßen noch einige Minuten im Wohnzimmer, bis Tom aufstand. „Cressi, lass uns schlafen gehen! Ich würde gerne morgen nochmal mit dir über alles reden. Ich glaube, dass es mit uns weitergehen kann. Ich hoffe es. Wir müssen auch an unsere Veronika denken."

Crescencia nickte kritisch. „Ja, das machen wir natürlich." Sie lief zur Tür. Auf ihrem Weg blieb Crescencia noch einmal an der Türschwelle stehen und drehte sich zu Tom zurück. „Wir beide blieben bisher von einem Schicksalsschlag verschont und wir haben unsere Veronika ... noch. Ich gehe ganz fest davon aus, dass sie unser Kind ist. Bei dir war es Liebe, bei Woody ein dummes Abenteuer, auf das ich mich, weiß der Teufel warum, eingelassen habe und das ich nicht mehr rückgängig machen kann."

Tom blickte noch lange Zeit konsterniert auf die Tür, durch die Crescencia gerade den Raum verlassen hatte. Er liebte sie ... immer noch.

Am nächsten Morgen saßen sie gemeinsam beim Frühstück. Crescencia hatte Veronika auf dem Arm, die Tom immer wieder freundlich anlächelte.

„Jetzt ist halt die alles entscheidende Frage, wie es mit uns beiden", sie verbesserte sich, „nein, mit uns dreien weitergehen soll. Deine Geschichte mit dem Mädchen aus Nashville glaube ich dir, so wie du sie erzählt hast. Meine Geschichte entspricht ebenfalls in jedem Punkt der Wahrheit. Meine kam viel zu spät, deine aber auch!

Soviel zur Ehrlichkeit in einer Beziehung. Die Ehrlichkeit ist die Basis des Vertrauens und das ist mir ganz besonders wichtig."

„Ja, Ehrlichkeit und Vertrauen sind mir auch ganz besonders wichtig. Aber du musst wissen, dass ich im ersten Moment oder auch noch, wenn ich jetzt darüber nachdenke, nun, dass ich da schon sehr enttäuscht bin. Gerade wegen der Ehrlichkeit, die du eben erwähnt hast. Ja. Ich habe mich hintergangen gefühlt. Meine erste Reaktion gegenüber Woody war, dass ich ihm spontan einen Kinnhaken verpasst habe. Aber ich habe inzwischen weitergedacht. Ich möchte auf keinen Fall auf Veronika verzichten. Bin fest davon überzeugt, dass sie meine Tochter ist und ohne dich möchte ich auch nicht leben. Aber ich hätte ein Problem, zusammen mit dieser ganzen Geschichte weiter in Nauders zu wohnen. Das könnte ich nicht, weil ich überall Gespräche über uns vermuten würde. Die Blicke der Leute würden mich töten. Mein Auftritt gestern Abend in der Yetibar hat bestimmt schon die Runde in ganz Nauders gemacht. Bevor ich jedoch irgendwelche Entscheidungen treffe, möchte ich dich fragen, ob du auch bereit wärst, mit mir wegzugehen. Wir haben eigentlich eine schöne Wohnung und es geht uns hier gut. Es wäre schon eine schwierige Entscheidung, alles aufzugeben."

Crescencia sah ihn ernst an. „Ja, stimmt, wir haben hier alles. Aber mir geht es genauso wie dir. Ich bin mir natürlich auch absolut sicher, dass sich dein Faustschlag in der Yetibar inzwischen in ganz Nauders herumgesprochen hat. Da laufen jetzt die Spekulationen auf Hochtouren."

Tom nickte bestätigend. „Ja, das glaube ich auch. Aber wohin sollen wir gehen?"

„Ich möchte so weit weg wie nur möglich. Am liebsten wäre mir Berlin. Meine Mutter hat dort studiert und immer sehr positiv über die Stadt berichtet. Ich kenne Berlin etwas, seit wir letztes Jahr dort waren. Nur die Umstände waren damals etwas unglücklich."

Tom sah Crescencia nachdenklich an. „Es gibt ein schottisches Lied über Loch Lomond. Darin heißt es, dass das gebrochene Herz keinen zweiten Frühling kennt, aber das stimmt nicht … nicht für uns. Ich möchte unsere Familie nicht kaputt machen. Es ist mir inzwischen auch egal, wer was falsch gemacht hat und warum. Es geht doch um unsere Zukunft."

Dann stand Tom auf und nahm einfühlsam ihre Hände. „Cressi, das machen wir. Wir gehen nach Berlin. Ich möchte unbedingt diesen Neuanfang, mit dir und mit Veronika. Unbedingt!"

Seine Entschlossenheit stärkte ihr Selbstvertrauen.

„Ja, aber wir sollten schon unseren Eltern Bescheid sagen, ich bin doch noch nicht volljährig und …" Tom fuhr ihr ins Wort. „Nein, auf keinen Fall, die würden uns das nur ausreden. Ich gebe zu, dass es schon ein gewagter Schritt ist, einfach so wegzugehen. Aber es ist unsere Chance und eigentlich hält uns hier nichts. Ja, stimmt. Deinen Eltern und meinem Vater müssen wir es natürlich erklären und sie müssten uns eventuell Vollmachten ausstellen, aber das können wir später alles regeln. Jetzt geht es erst einmal um uns."

„Ja, so machen wir es, klingt sogar richtig nach Abenteuer. Ich packe alles zusammen und dann verlassen wir Nauders. Dann können uns die Blicke der Leute nicht mehr töten."

„Wie lange brauchst du ungefähr?"

„In einer Stunde bin ich fertig."

„Okay, dann rufe ich das Taxi zum Bahnhof auf 08.00 Uhr zur Tankstelle in der Reschenstraße."

„Ja, Tom. Das alles klingt so unwirklich ... wie in einem Kinofilm. Aber genauso will ich es ... zusammen mit dir. Nur noch eine Frage, möchtest du nicht doch sicher wissen ob du der Vater von Veronika bist?"

„Du meinst ich sollte einen Test machen? Nein! Ich bin mir auch absolut sicher, dass ich der Vater von unserem Kind bin. Dazu brauche ich keinen Vaterschaftstest."

Ohne jegliche Verabschiedung verschwanden Tom, Crescencia und die kleine Veronika bereits am selben Morgen aus Nauders und schon am späten Abend waren sie in Berlin.

Ihre erste Übernachtung in der Hauptstadt von Deutschland war zwar noch in der Bahnhofsmission Zoo, aber bereits am nächsten Tag konnten sie in der Richard-Wagner-Straße in Berlin-Charlottenburg eine möblierte Altbauwohnung finden und sofort beziehen. Der Vermieter wollte nur Bargeld sehen. Keine Ausweise.

Im August 2005 fand die standesamtliche Hochzeit statt. Crescencia und Veronika führten ab sofort beide den Nachnamen Jones. Zur Hochzeitsfeier kamen ihre Familien nach Berlin, sowohl die von Crescencia, als auch die von Tom, ... außer Woody. Sie hatten sich inzwischen mit der Flucht ihrer Kinder nach Deutschland arrangiert, obwohl es für sie in den ersten Tagen und Wochen sehr schwer gewesen war.

Als sich damals an jenem Morgen, um 10.00 Uhr, immer noch nichts in der Einliegerwohnung geregt hatte, klopfte Birgit mehrmals ohne Erfolg an der unteren Haustür. Da dort dann niemand geöffnet hatte, befürchtete sie schon das Schlimmste und schnappte sich den Ersatzschlüssel. Sie schaute in alle Räume.

Auf dem Küchentisch stand noch das Frühstücksgeschirr, aber die junge Familie war in der Wohnung nicht anzutreffen gewesen. Es war für sie schwer, zu begreifen, was da vorgefallen sein konnte. Die Familie leitete sämtliche Suchmaßnahmen ein. Ohne Erfolg! Erst zwei Tage später hatte der Anrufbeantworter der Familie Wirsching geblinkt. Birgit drückte auf den Wiedergabeknopf. Dann hörte sie Crescencias zögerliche Stimme. *„Entschuldigung! Ihr wart immer für uns da, aber wir haben uns spontan entschieden, wegzugehen. Hat mit euch nichts zu tun. Es ist einiges passiert, aber macht euch keine Sorgen. Wir sind alle gesund. Melden uns später, aber im Moment ist es noch zu früh. Sagt bitte auch Toms Vater Bescheid."* Dann war eine längere Pause erfolgt, bevor die Verbindung mit einem lauten Klicken unterbrochen wurde. Sie waren jung, schauten in die Zukunft und wollten sich ein neues Leben in Berlin aufbauen. Schon bald fand Tom eine Stelle als Gartenbauhelfer im Schloss Sanssouci. Crescencia kümmerte sich zunächst um ihre Tochter. Als Veronika zwei Jahre alt war und in den Kindergarten gehen konnte, fand Crescencia eine Lehrstelle als Hebamme im Gynäkologium Berlin. Sie hatte einfach spontan bei Frau Dr. Mutabo angerufen und der Ärztin ihre Lage geschildert. Frau Dr. Mutabo besorgte ihr daraufhin sehr unbürokratisch eine Lehrstelle, obwohl Crescencia noch keinen Schulabschluss nachweisen konnte. Die Familie Jones fühlte sich in den Anfangsjahren wohl in der Stadt. Crescencia vermisste zwar das freie Leben in den Bergen, gewöhnte sich aber sehr schnell an die Hektik der Stadt, in der alles in Bewegung war und hunderte von Menschen wie die Ameisen kreuz und quer durcheinander liefen.

Berlin, Deutschland
Frühjahr 2022

Veronika war zu einem richtigen Stadtteenager herangewachsen. Sie war ausgesprochen hübsch und auch ihre Noten auf dem Berliner John-Lennon-Gymnasium konnten sich sehen lassen.

Nur etwas bereitete ihr in der vergangenen Zeit immer wieder Sorgen: Ihre Mutter hatte schon mehrmals angedeutet, dass sie inzwischen von der Stadt genug habe und in Erwägung zöge, wieder zurück nach Nauders zu gehen. Veronika war in der Großstadt aufgewachsen und hatte sich hier eingelebt. Sie wollte nicht mehr von Berlin weg. Hatte hier ihre Freunde, ihre gewohnte Umgebung und war einfach glücklich. Fühlte sich als richtige Berlinerin. Wie oft hatte sie in der Schule John F. Kennedys legendären Satz von 1963: Ich bin ein Berliner, in gespielter Dramatik parodiert … natürlich in weiblicher Form. Aber ihre Mutter wollte einfach keine Berlinerin mehr sein.

Das in den letzten Jahren immer stärker gewordene Problem mit ihrem Vater Tom und den damit verbundenen Streitigkeiten hatte sich inzwischen erledigt. Veronika wusste aber immer noch nicht, warum sich ihre Eltern so oft in die Wolle bekommen hatten. Sie selbst konnte zwar nichts dafür, aber sie spürte, dass sie irgendwie daran beteiligt war.

Tom hatte angefangen zu trinken und dann jedes Mal einen Streit vom Zaun gebrochen. Aber nur, wenn Veronika nicht in der Wohnung war. Er zweifelte gegenüber Crescencia dabei an, der Vater von Veronika zu sein. Er wollte sogar gewisse Ähnlichkeiten von Veronika mit seinem Bruder Woody festgestellt haben.

Als Crescencia ihm dann in aller Deutlichkeit erneut anbot, dass er doch immer noch einen Vaterschaftstest machen könnte, blockte er, wie immer. Er wollte diesen Test einfach nicht machen. Crescencia vermutete, dass er vor dem Ergebnis Angst hatte, wenn er dann doch nicht Veronikas leiblicher Vater wäre.

Die Streitigkeiten wurden jedoch immer heftiger, und die Abstände verkürzten sich immer mehr, bis dann Tom im November letzten Jahres, praktisch über Nacht, Ehefrau und Tochter verlassen hatte. Ohne jegliche Vorankündigung! Eines Morgens lag ein Zettel auf dem Wohnzimmertisch: *Bin weg, ihr braucht mich nicht zu suchen, weil ihr mich nicht finden werdet. Meine Zweifel wurden unerträglich. Sie machen mich krank. Tom.*

Auf Veronikas Frage, welche Zweifel da wohl gemeint wären, bekam sie von ihrer Mutter nur die Antwort, dass sie ihr das alles später einmal sagen würde. Aber im Moment sei es ihr noch nicht möglich.

Sie liebten Tom als Ehemann und Vater, so wie er war. Crescencia und Veronika versuchten alles, ihn wieder zurückzuholen. Sie hatten überall gesucht und sogar Plakate aufgehängt, konnten ihn aber tatsächlich nirgends finden. Weder am Bahnhof Zoo, noch in seinen gängigen Kneipen, die er in der zurückliegenden Zeit immer öfter aufgesucht hatte. Nicht einmal im Stadion An der Alten Försterei in Köpenick, wo er eine Dauerkarte für den 1. FC Union Berlin besaß. Sie waren sogar an einigen Samstagen beim jeweiligen Heimspiel der Eisernen im Stadion gewesen. Toms Platz war aber immer frei. Die Hoffnung, Tom noch zu finden, wurde immer kleiner. Ohne das Gemeinsame mit ihrem Mann wuchs der Wunsch Crescencias dann immer mehr, wieder zurück nach Nauders zu gehen. In ihre alte Tiroler Heimat. Die gesunde Bergluft einatmen und nicht die Abgase der Berliner Auto- und Industriewelt.

Crescencia wollte die 1394 Meter Seehöhe genießen. Entspannende Bergwanderungen machen. Sie wollte so schnell wie möglich zurück, zumal sie von ihren Eltern erfahren hatte, dass die Einliegerwohnung in ihrem Haus zur Zeit leerstehe und sie dort jederzeit unterkommen könnten. Auch hatte sie Heimweh. Leidvolles Heimweh nach ihrer Familie. Wollte wieder bei ihren Eltern und Großeltern wohnen. Tom war zwar immer noch ihre große Liebe, aber er war nicht mehr da … wollte nicht mehr da sein, … oder er konnte es nicht.

Ambros und Genoveva Dachgruber, Crescencias Urgroßeltern, waren bereits vor zehn Jahren nach einem langen und erfüllten, aber keineswegs sorgenfreien Leben, in Nauders gestorben.

Filomena und Urban befanden sich inzwischen in ihrem wohlverdienten Ruhestand.

Birgit und Sven arbeiteten weiterhin sehr erfolgreich in ihren jeweiligen Berufen.

Crescencia musste oft an Tom denken. Wie er ihr damals, als alles auf der Kippe stand, erzählt hatte, dass in dem schottischen Lied Loch Lomond behauptet wird, dass ein gebrochenes Herz keinen zweiten Frühling kenne. Sie hatte zwar auch fest daran geglaubt, dass die Zeile aus dem Volkslied nicht auf sie und Tom zutreffe, aber es war leider doch so. Es gab zwar zunächst einen zweiten Frühling, aber jetzt, da Tom sie verlassen hatte, wusste sie, dass ihre Ehe endgültig kaputt war. In dem schottischen Lied wird weiter besungen, dass sich zwei Liebende treffen wollten. Aber er nahm dabei den oberen Weg und sie nahm den unteren. Damit sollte beschrieben werden, dass sie es deshalb nie schafften, zusammenzukommen. Crescencia musste und wollte weg von Berlin! Sah nichts mehr, was sie in dieser Stadt noch hätte halten können.

Aber Veronika wollte nicht nach Nauders. Als es zu Gesprächen über einen möglichen Umzug kam, gab es immer wieder Unstimmigkeiten zwischen Mutter und Tochter. Veronika wollte in ihrer Stadt Berlin bleiben.

Die Diskussionen über den Wegzug von Berlin waren aber nur ein paar Wochen konträr. Veronika hatte sich dann doch einverstanden erklärt. Wollte nicht ständig mit ihrer Mutter streiten. Die hatte diesbezüglich genug mit ihrem Tom mitgemacht. Harmonie in der Familie war Veronika wichtig.

Tom blieb weiterhin spurlos verschwunden.

Am 1. Mai 2022, an Veronikas siebzehnten Geburtstag, saß sie zusammen mit ihrer Mutter im Café Kranzler.

„Mama, ich habe eine Überraschung für dich."

Crescencia schaute sie konsterniert an. „Aber du hast doch heute Geburtstag, Schatz. Da sollte ich doch dich überraschen."

„Ja, schon. Es geht aber nicht um meinen Geburtstag, sondern um unsere Zukunft. Ich … ich habe es mir lange überlegt und ich werde mit dir nach Nauders gehen. Hauptsächlich, weil du es willst, aber auch weil ich endlich meine Familie richtig kennenlernen möchte und du hast mir schon so viel von den Bergen erzählt. Auch die will ich kennenlernen."

Crescencia schüttelte ungläubig den Kopf. „Veronika, du machst mich unheimlich glücklich." Sie stand auf, ging um den Tisch herum und umarmte ihre Tochter.

Natürlich wusste Veronika, dass sie mit diesem Umzug sehr viel verlieren würde, aber ihre Mutter war ihr wichtiger, als alle ihre Freunde und die Clubs in Berlin. Veronika wusste inzwischen auch, dass sie schon einmal in Berlin gewesen war, noch vor ihrer Geburt, zusammen mit ihrer Mutter. Sie wusste auch, dass es damals um ihre eventuelle Abtreibung ging. Veronika wollte so auch Dankbarkeit zeigen.

Sie würde ja, und wenn es auch in einem Bergdorf war, wieder neue Freunde kennenlernen. Veronika war ein geselliger Mensch und hatte diesbezüglich überhaupt keine Bedenken. Sie war hübsch und sportlich, ihre langen, lockigen Haare waren blond und sie war ein positiver und direkter Typ. Es gab in Berlin zwar schon einige junge Männer, die sich nach ihr umgedreht hatten, aber bisher konnte und wollte sie sich noch nicht binden. *Dann wird mein erster Freund halt ein Junge aus den Bergen,* dachte sie in letzter Zeit immer öfter. *Und wenn er eine Lederhose trägt und Tiroler Lieder singt, dann ist das halt so.* Sie lächelte bei ihren Gedanken zufrieden in sich hinein. Ihre melancholischen braunen Augen leuchteten jetzt sogar richtig glücklich. Sie wurde von einem ganz besonderen Lebensgeist erfüllt. Es lag etwas ganz Neues in der Luft. Plötzlich liebte sie dieses Abenteuer Veränderung.

Crescencia war überglücklich, dass ihre Tochter, die den Umzug lange Zeit abgelehnt hatte, jetzt bereit war, mit ihr in die Berge zu ziehen, die sie im Lauf der Jahre doch immer mehr vermisste. Sie wusste natürlich auch, dass die Leute die alten Kamellen wieder aufwärmen würden. Aber das nahm sie in Kauf. Sie freute sich auf ihre Familie, auf die Berge von Nauders und auf Marie und Josefine. Dann dachte sie nach. *Hoffentlich wohnen sie noch in Nauders.* Sie hat, nachdem sie nach Berlin geflüchtet war, nichts mehr von ihnen gehört.

Nauders in Tirol
Weihnachten 2022

Crescencia und Veronika lebten jetzt schon ein halbes Jahr in Nauders.

Marie Heinrich wohnte tatsächlich noch hier. Sie hat sich mit Crescencia schon mehrmals im Café exclusive zum Frühstück getroffen. Marie war inzwischen glücklich mit dem Biolandwirt Gerhard Schulz verheiratet. Sie haben vier Kinder.

Marie besuchte Crescencia sofort, nachdem sie von deren Rückkehr gehört hatte. Sie verstanden sich auch wieder so gut, als wäre Crescencia nie weg gewesen.

Josefine Euring hatte Nauders sofort nach Beendigung der Schule verlassen und im englischen Essex Meeresbiologie studiert. Sie lebt mittlerweile in Douglas auf der britischen Insel Isle of man und hat dort einen Motorradrennfahrer geheiratet, der jedes Jahr im Juni bei den gefährlichsten Motorradrennen der Welt sein Leben riskiert. Cressi und Josefine haben inzwischen wieder Kontakt, und zwar über Facebook, der zufällig zustande gekommen war. Dort schrieb ihr Josefine, nachdem Crescencia einmal gefragt hatte, ob sie keine Angst um ihren Mann habe, dass sie mit ihm schon tausendmal darüber gesprochen hätte. Ihr Mann habe ihr dabei immer wieder versichert, dass er nicht vorzeitig sterben wolle, aber wenn es dann doch einmal sein sollte, dann beim Tourist-Trophy-Rennen mit dem Motorrad auf der Isle of man. Dann wäre er nämlich im letzten Moment seines Lebens glücklich gewesen ...

Vor zwei Monaten hatte Crescencia dann eine schreckliche Nachricht aus Berlin bekommen. Ihr wurde mitgeteilt, dass ihr Ehemann Tom gestorben sei. Er lag zuvor monatelang tot in einer Berliner Hinterhofwohnung, die er damals nach seinem plötzlichen Verschwinden über einen Freund angemietet hatte.

Crescencia hatte sich sofort mit der Berliner Stadtverwaltung in Verbindung gesetzt und die erforderlichen behördlichen Angelegenheiten geregelt. Dabei wurde ihr auch die Todesursache von Tom mitgeteilt. Diese Nachricht machte ihr jedoch noch mehr zu schaffen, als die Übermittlung von Toms Tod. Die in solchen Fällen grundsätzlich angeordnete Obduktion ergab nämlich, dass Tom vermutlich am sogenannten Broken-Heart-Syndrom gestorben sei, einer plötzlich auftretenden Herzmuskelerkrankung, die durch großen emotionalen Stress ausgelöst werden kann. Diesbezüglich würde zufällig eine aktuelle Studie in der Berliner Charité laufen. Betroffene dieser Krankheit haben ähnliche Symptome wie bei einem Herzinfarkt mit begleitender Herzschwäche.

Crescencia dachte nach. Tom hatte es nie verkraften können, dass auch sein Bruder Woody der Vater von Veronika sein könnte. Er wollte aber auch nie einen Vaterschaftstest machen lassen, da er große Angst davor hatte, tatsächlich nicht der Vater von Veronika zu sein.

Crescencia aber wollte es nach Toms Tod unbedingt genau wissen, obwohl sie selbst niemals daran gezweifelt hat.

Da Toms medizinische Daten, Gewebe- und Blutproben bei seiner Obduktion für eventuell weitergehende Untersuchungen asserviert worden waren, veranlasste sie selbst einen Vaterschaftstest.

Vor etwa zwei Wochen erhielt sie dann das gesicherte Ergebnis, dass Tom tatsächlich … nicht der leibliche

Vater von Veronika war ...! Sie hatte aber bisher noch nicht den Mut aufgebracht, es ihrer Tochter zu sagen.

Die Familie Brümmer hatte Crescencia und Veronika am Zweiten Weihnachtsfeiertag zum Kaffee in ihr Haus eingeladen. Die Eltern von Thomas Brümmer kannten Veronika inzwischen, aber ihre Mutter Crescencia hatten sie bisher noch nicht persönlich kennengelernt.
Obwohl sie nur sechs Personen waren, hat Sarah drei Kuchen gebacken. Außerdem wollte sie noch ihr Weihnachtsgebäck dazustellen. Sie hatte schon am frühen Morgen allergrößte Sorge, ob die Kuchen heute auch gelingen würden, obwohl ihr der Ruf einer äußerst guten Bäckerin vorauseilte.
Pünktlich um 15.00 Uhr klingelte es. Sarah ging zur Tür. Nach einer herzlichen Begrüßung bat sie ihre Gäste ins Esszimmer.
Thomas setzte sich neben Veronika. Sarah stellte noch Schlagobers auf den äußerst reichlich gedeckten Tisch. Schon nach wenigen Worten, welche Crescencia und Sarah miteinander wechselten, hatte Thomas den Eindruck, dass sie sich gut verstehen würden. Das war ihm besonders wichtig. Er lehnte sich zufrieden zurück, als ihm seine Mutter ein Stück Schwarzwälder Kirschtorte auf den Teller legte. Bei der Größe des Kuchenstücks meinte sie es besonders gut mit ihrem Sohn.
Die anschließenden Gespräche wurden zunächst über Politik, die österreichische Fußball Bundesliga und das Wetter in den Skigebieten, sowie über die jeweiligen Schneehöhen in den Bergen geführt. Crescencia hatte nur einmal kurz das starke Verkehrsgeschehen in Berlin beklagt, aber man kam sehr schnell wieder auf die Berge und Täler von Nauders zurück, die grundsätzlich

staufrei waren und eher für Entspannung sorgten.

Als sich eine kurze Gesprächspause einstellte, kam Thomas' Vater spontan auf das derzeit allgegenwärtige Thema von Nauders zu sprechen. „Es hat sich ja inzwischen überall herumgesprochen und ist längst kein Geheimnis mehr", begann er und warf seine Stirn nachdenklich in Falten. „Aber es geht mir immer wieder durch den Kopf, obwohl es ja schon länger her ist."

Crescencia schaute Niklas fragend und etwas ängstlich an. Befürchtete schon, dass jetzt ihre Vergangenheit mit Tom und dessen Schicksal zur Sprache kommen würde.

Niklas hob streng die Brauen und fuhr fort. „Ich meine das allgegenwärtige Thema Corona."

Crescencia atmete erleichtert aus, was aber zum Glück niemandem aufgefallen war.

Niklas schaute Veronika traurig an. „Die Sache mit den Eltern eures Mitschülers Ferdinand ist ja ganz besonders schlimm. Herr und Frau Krämer-Boltenhagen waren damals bei uns eingeliefert worden und sind noch in der selben Nacht gestorben. Beide fast gleichzeitig. Wir haben noch alles versucht, konnten ihnen aber nicht mehr helfen. Ich bin ja grundsätzlich ein Freund des Impfens, aber, jetzt kommt's … beide waren geimpft. Vielleicht sind sie zu spät in unser Krankenhaus eingeliefert worden, ist aber hinterher schwer zu sagen."

Thomas schaute Veronika kritisch an. „Ja, der arme Ferdinand. Er will sich deshalb natürlich auf keinen Fall impfen lassen. Wir haben das in unserer Klasse besprochen und alle sahen es als richtig an. Da warst du noch nicht da." Sie nickte mitfühlend. „Ja, ist schon verständlich. Aber ich hätte mich an seiner Stelle trotzdem impfen lassen. Natürlich akzeptiere ich den-

noch seine Entscheidung. Es ist sein Körper."
Da Thomas dieses heikle Thema nicht weiter austreten wollte, lenkte er das Gespräch nach einer kurzen Denkpause auf die Flutung des Reschensees im Jahr 1950. An diesem Thema kam bis zum heutigen Tag selten eine Gesprächsrunde in der betroffenen Gegend vorbei und der Reschensee wird auch in Zukunft ein ewiges Thema bleiben. Thomas wusste natürlich inzwischen, dass Veronikas Familie ebenfalls betroffen war.
„Wir haben diese Flutung erst im vergangenen Jahr in der Schule intensiv besprochen. Der Kirchturm im Reschensee, der als Mahnmal an Ungerechtigkeit und Heimatverlust erinnert, wird lediglich von den dort vorbeifahrenden Touristen bewundert, die auf dem Parkplatz eine kurze Rast einlegen und ein geschichtsträchtiges Fotomotiv gefunden haben, das sich natürlich inzwischen in unzähligen Fotobüchern wiederfindet. Oft sogar auf der Titelseite.
Wenige der Reisenden lesen die Informationstafeln am Infostand des Parkplatzes vollständig durch.
Nach der Weiterfahrt denken die Touristen vermutlich wieder schneller an ihren immer näher kommenden Urlaubsort, als an das Schicksal, das vielen Menschen von Reschen und Graun hier widerfahren war.
Ganz besonders herauszuheben ist hierbei der damalige Grauner Pfarrer Alfred Rieper, der auch oft der Vater der Gemeinde genannt wurde. Er hat in der Grauner Leidensgeschichte untilgbare Spuren hinterlassen. Mit Tatkraft, Mut und seelsorgerischem Spürsinn stand er der Bevölkerung treu zur Seite und ließ seine Gemeinde auch in den schwierigsten Zeiten nicht allein. Alle ihm zur Verfügung stehenden Mittel setzte er in Bewegung, um das drohende Unheil von Graun abzuwenden und

den Leuten zu ihrem Recht zu verhelfen. Besonders gefährlich wurde für ihn die Situation, als er sich zum Anführer der aufgebrachten Bauern und Hausbesitzer machte. Dabei drohte man ihm sogar mit Gefängnis. Er war einer der wenigen, die den von der Auswanderung Betroffenen hilfreich zur Seite standen, indem er alle möglichen Pfarreien anschrieb, um käufliche Grundstücke zu finden. Über ein Jahr lang musste der Pfarrer, da das neue Pfarrhaus noch nicht fertig war, dann selbst in einer Baracke wohnen. Seit 1942 bis zu seinem Tod im Jahre 1996 ist Hochwürden Rieper seinem geliebten Graun treu geblieben.

Durch die unrechtmäßige Flutung des Reschensees wurde für viele Menschen das Leben grundlegend verändert. Das Schicksal hat viele Väter, aber die Zeit ist eine sanftmütige Göttin."

Thomas sah Veronika glücklich an. „Wenn nur ein einziges kleines Rädchen in eine andere Richtung gelaufen wäre, dann … ja dann hätte ich Veronika nie kennengelernt. Das Schicksal kann natürlich, wie gesagt, viele Väter haben und manchmal auch grausam sein, aber ich persönlich bedanke mich am Ende des Tages mehr bei der sanftmütigen Göttin."

Crescencia dachte über den letzten Satz von Thomas nach. Er war ein sehr intelligenter junger Mann. In ihr stieg ein gewisser Stolz auf.

Dann fiel ihr wieder das Telefongespräch vom vergangenen Abend ein. Woody hatte nachgefragt, ob sie sich mal treffen könnten. Er wusste noch nichts von seiner Vaterschaft. Sie hatte lange überlegt, dann aber doch zugesagt. Morgen Abend, 20.00 Uhr.

Aber nicht in der Yetibar, sondern im Almhof.

Crescencia atmete schwer aus.

„Die Menschen von Graun wollten ja nicht ihr eigenes Grab schaufeln. Einige haben sich dann doch dazu überwunden.“

Karl Stecher,
Jg. 1933, St. Valentin a. d. H., ehem. Bürgermeister von Graun, als die Bürger aufgefordert wurden bei der Seestauung mitzuarbeiten.

Den Reschensee mit seinem noch sichtbaren Kirchturm hätte es mit Sicherheit in seiner heutigen Form nicht gegeben, wenn man sich damals an die Grundsätze der Vereinten Nationen gehalten hätte.

Dort ist vermerkt, dass die Souveränität, Unabhängigkeit und territoriale Integrität aller Länder gewahrt werden muss.

Dazu hätte es aber ein freies und unabhängiges Land Tirol geben müssen.

Andreas Hofer hatte alles versucht, aber es sollte nicht sein ...

Jedem Land sollte sein Selbstbestimmungsrecht erhalten bleiben.

Woodrow Wilson,
amerikanischer Präsident
nach dem Ersten Weltkrieg im Jahr 1919

Quellen

Jody Picould – Die Wahrheit meines Vaters

Hermann Hesse

Die Bibel

Karl Stecher, Jg. 1933, St. Valentin a. d. H., ehem. Bürgermeister von Graun

Alfred Rieper, Pfarrer von Graun zur Zeit der Flutung des Reschensees

Otto Knörzer

Stefan Bertsch

Edgar Lochner

Christiane Wernhard

Augustinus

Friedrich Hölderlin

Valentin Paulmichl

Worte von Zeitzeugen (entnommen aus dem Internet GEO Magazin, Geo Plus, von Jan Henne)

Wikipedia

WWW

Bürger von Reschen und Graun, die sich öffentlich über das Internet geäußert haben.

Green, green Grass of home, Lied von Tom Jones

The Bonnie Banks of Loch Lomond, Schottisches Volkslied

und Sybille.

Sollten einige der Namen in diesem Roman mit Personen identisch sein, mit denen wir unsere Zeit gemeinsam verbringen dürfen oder durften, dann wäre dies rein zufällig. Charakterliche oder persönliche Vergleiche sind völlig abwegig.

Stimmen von Zeitzeugen zur Flutung des Reschensees

„Mein Onkel wollte mit dem Gardumi, dem Chefingenieur der Montecatini, reden. Er sprach ihn an, aber der blieb nicht einmal stehen, sondern ging einfach weiter, als hätte er einen starren Nacken. Mein Onkel war sehr enttäuscht, wahrscheinlich wollte er nur etwas fragen. Wenn man Haus und Hof verliert, dann wäre eine Antwort auf eine Frage doch wohl das Mindeste, das man erwarten kann."

Peppi Plangger, Jg. 1933, verst. 2014, Graun

„Ich sehe heute noch, wie sie mit dem Lastwagen und einem Anhänger kommen, mit lauter Särgen drauf. Das war eine furchtbare Sache … Die Mama ist zum Friedhof gegangen, sie wollte sich versichern, dass auch der richtige Verstorbene im neuen Sarg liegt. Sie haben ja auch die Namen auf die Särge geschrieben. Die Gebeine, von denen man nicht wusste, wem sie gehörten, hat man in der Kapelle unter eine Decke gelegt. Eine sehr traurige Sache war das. Meine Mama hat so darunter gelitten.
‚Jetzt haben wir der Mutter die Halskette angelassen, aber wozu? Das Kettchen war noch schön, aber der Mensch ist halt schon verwest', meinte meine Mutter."

Theresia Theiner, Jg. 1932, Graun, Seniorchefin Hotel Traube

„Als sie in Reschen angefangen haben zu räumen, da haben die Leute alle geweint … Einige sind in das Pustertal ausgewandert, einige nach Österreich … Der Sepp Messmer ist ins Nonstal hinein. Seine Mutter hat es so verdrossen, die wird vor lauter Verdruss gestorben sein."

Aloisia Plangger, Jg. 1923, verst. 2019, Graun

„Einfach nur schrecklich war es zu wissen, dass ich jetzt die Tür von meinem Vaterhaus zum letzten Mal schließen würde. Ich hing sehr an der Heimat, und ich hänge heute noch daran. Der Umzugswagen wartete halt schon ... Damals war Markt in Tartsch, dieser Markt auf dem Tartscher Bühel. An dem Tag sind wir nach Moncovo gefahren. Mein Vater und meine Schwester sind schon am 7. Dezember 1949 weg von Graun. Und da haben uns die Bauern alle ziemlich geholfen, wir haben uns überhaupt alle gegenseitig geholfen, bis zuletzt. Wegen dem Mist sind dann noch einige Leute nach Graun gekommen, von Burgeis, von Schlanders ... Überall waren die Mistgruben noch voll.“

Alois Messmer, Jg. 1935, verst. 2016, Moncovo/Trentino

„Im alten Dorf hat man jeden gekannt. Aber im neuen Dorf nicht, nur einige... Man musste wieder von Neuem anfangen.“

Eleonora Moritz, Jg. 1934, Reschen

„Nein, zufrieden waren wir nicht mit dem neuen Haus ... Einmal sind Schweizer zu uns gekommen. Genau hier war es, hier in der Stube. Dann haben sie den Vater gefragt, ob wir denn nicht zufrieden seien mit dem neuen Haus, unten hätten wir ja nur ein altes gehabt. Da hätten wir sie am liebsten an der Gurgel gepackt! Im Frühling 1949 haben sie angefangen, Wege zu machen. Wir mussten überall mithelfen. Mit den Autos wäre man sonst nicht vorwärtsgekommen. Und dann haben sie mit alten Baggern das ganze Material zur Seite geschoben, damit sie überhaupt eine Straße machen konnten. Sie haben geschwind angefangen auszumessen und zu bauen. Wer einen eigenen Grund hatte, konnte schnell anfangen zu bauen. Die anderen mussten warten.“

Konrad Stecher, Jg. 1931, Reschen

„Mit dem Schiff auf dem See fahre ich nicht. Ich würde nie über die alten Felder und Anger drüberfahren mit dem neuen Schiff. Außerdem sind da unten alle meine Vorfahren begraben. Da würde ich nie drüberfahren!"

Alois Messmer, Jg. 1935, verst. 2016, Moncovo/Trentino

„Ich bin 1985 als Lehrer nach Graun gekommen und habe in diesen Jahren häufig mit dem alten Pfarrer von Graun gesprochen. Pfarrer Rieper hat mir schon bald den Auftrag gegeben, die Vorträge weiterzuführen, sollte er einmal nicht mehr sein. Es ging also darum, den Kindern beizubringen, wie es im alten Dorf war. Das habe ich ernst genommen, ich bin zum Pfarrer gegangen und habe gefragt, ob er mir seine Dias über die Seestauung leihen könnte ... Ich habe viele Gespräche mit Pfarrer Rieper geführt. Dann habe ich angefangen, Vorträge zu halten, in Reschen, in Graun und in vielen anderen Orten. Es war mir immer ein Anliegen, auch die Kinder zu informieren und aufzuklären. Die Kinder sollten verstehen, dass die Eltern und die Großeltern Opfer gebracht haben wie kaum jemand anders in Südtirol. Ich sage heute immer noch, die Seele vom Oberland liegt im Stausee versunken."

Ludwig Schöpf, Jg. 1952, Reschen

Das Wasserkraftwerk im heute mehr als sechs Kilometer langen und einen Kilometer breiten Reschensee produziert 250 Millionen Kilowatt Strom im Jahr. Erst Anfang des Jahres 2000 erhielten die betroffenen Gemeinden schließlich durch eine Beteiligung an dem Gewinn des Stromkraftwerks eine minimale Entschädigung. Diese musste sie sich aber gerichtlich erstreiten.

Der Konzern Montecatini war bis 2016 unter dem Namen Edison bekannt. Danach übernahm Alperia deren Anteile an den Südtiroler Kraftwerken.

Meinen herzlichen Dank an

FM Radio Nashville

Radio Tirol

Charley Pride

Tom T. Hall

Loretta Lynn

AC/DC

David Crosby

Bob Dylan

Woody Guthrie

Pete Seeger

Dave Dee, Dozy, Beaky, Mick & Tich

und Thomas Brümmer aus Osterburken, ein Kollege und Freund, der viel zu früh gestorben ist, aber unvergesslich bleibt. Er ist grundsätzlich nur namentlich identisch mit dem Thomas Brümmer in diesem Roman. Aber wer ihn etwas näher kannte, dürfte schon Parallelen feststellen. Besonders seine Frau Silvia.

Auch diesmal habe ich es leider nicht geschafft, das Buch allein fertigzustellen. Dazu bedurfte es einiger Hilfen. Mein besonderer Dank für die tatkräftige Unterstützung geht an

Andreas
Priska
Linda
Felix
Richard
Katharina
Sarah
Niklas
Sybille
und Marie (4 Jahre alt), die mir immer wieder aufmunternde Icons über WhatsApp geschickt und wunderschöne Katzenbilder gemalt hat.

Sowie noch einmal an Loretta Lynn, die leider am 4. Oktober 2022 in Hurricane Mills, Humphreys County, Tennessee, verstorben ist.
Wie auch an David Crosby, der kurz vor Fertigstellung dieses Buches am 18.1.2023 in Santa Ynetz, Kalifornien, verstorben ist. Aber wenn ich eine *Schallplatte* auflege, kann ich sie noch hören.

… doch auch die Sage von den heute noch erklingenden Glocken des Kirchturms ist noch nicht verstummt. Der Glöckner soll die nicht mehr vorhandenen Glocken der denkmalgeschützten Kirche auch heute noch oft zum Läuten bringen und reißt damit alte Wunden wieder auf.

Mit Hells Bells hat das grundsätzlich nichts zu tun.
Aber wenn man den Text von AC/DC übersetzt und etwas Fantasie entwickelt, kann man, wenn man will, schon in einigen Aussagen gewisse Ähnlichkeiten mit den traurigen Geschehnissen in diesem Roman erkennen.

Grenzfall
Als das Volk die DDR abschaffte
von Hans G. Hirsch

Wenn man das Leben in der DDR und auch in der BRD vor und nach der Grenzöffnung verstehen will, dann gibt dieses Buch eine abwechslungsreiche Hilfestellung.

Vier Familien, die zunächst überhaupt nichts miteinander zu tun und auch räumlichen Abstand voneinander hatten, verknüpfen sich nach dem Mauerfall durch ungeahnte Zufälle. Hintergrund und Ursache ist die Teilung Deutschlands nach Kriegsende 1945, durch immer mehr verstärkte Aussperrung, Grenzkontrollen, Stacheldraht, Minenfelder und abschließend durch den Mauerbau.

Menschen können eine Mauer bauen!

Aber es sind auch Menschen, die eine Mauer wieder einreißen können, wenn sie sich solidarisch verhalten und dabei sogar auf Gewalt verzichten.

Die vier Familien in dieser Geschichte kommen aus Berlin-Köpenick, Ostberlin, und Wittenberg, Ostdeutschland, sowie aus Berlin-Charlottenburg, Westberlin, und Köln, Westdeutschland. Sie erleben die Zeit der Wende in ihrem eigenen Umfeld und somit aus ihren persönlichen Perspektiven unter ganz besonderen Schicksalsschlägen.